DIA DA LIBERTAÇÃO

GEORGE SAUNDERS

Dia da libertação
Contos

Tradução
Jorio Dauster

COMPANHIA DAS LETRAS

Copyright © 2022 by George Saunders

Grafia atualizada segundo o Acordo Ortográfico da Língua Portuguesa de 1990, que entrou em vigor no Brasil em 2009.

"A mamãe da ação audaciosa", "Carta de amor", "O carniçal", "Dia das Mães" e "Elliott Spencer" foram originalmente publicados pela *New Yorker*.

Título original
Liberation Day: Stories

Capa
Elisa von Randow

Imagem de capa
Cargo/ Getty Images

Preparação
Cristina Yamazaki

Revisão
Carmen T. S. Costa
Marina Nogueira

Dados Internacionais de Catalogação na Publicação (CIP)
(Câmara Brasileira do Livro, SP, Brasil)

Saunders, George
    Dia da libertação : Contos / George Saunders ; tradução Jorio Dauster. — 1ª ed. — São Paulo : Companhia das Letras, 2023.

    Título original: Liberation Day: Stories.
    ISBN 978-85-359-3453-3

    1. Contos norte-americanos I. Título.

23-154450   CDD-813

Índice para catálogo sistemático:
1. Contos : Literatura norte-americana 813
Tábata Alves da Silva – Bibliotecária – CRB-8/9253

Todos os direitos desta edição reservados à
EDITORA SCHWARCZ S.A.
Rua Bandeira Paulista, 702, cj. 32
04532-002 — São Paulo — SP
Telefone: (11) 3707-3500
www.companhiadasletras.com.br
www.blogdacompanhia.com.br
facebook.com/companhiadasletras
instagram.com/companhiadasletras
twitter.com/cialetras

Para Paula

Sumário

Dia da libertação, 9
A mamãe da ação audaciosa, 74
Carta de amor, 105
Uma coisa no trabalho, 115
Pardal, 142
O carniçal, 151
Dia das Mães, 185
Elliott Spencer, 213
Minha casa, 245

Dia da libertação

É o terceiro dia do Interregno.
Para nós, um Interregno bem longo.
Ficamos nos perguntando o dia todo: quando o sr. U. vai voltar? Ao Pódio? Será que os Untermeyer (sr. U., sra. U., filho adulto Mike) estão satisfeitos? Por que estariam? Ou por que não estariam? Quando é que voltaremos a ser chamados a Falar? Sobre o quê, em que tom?
Nós nos perguntamos avidamente. Mas não em voz alta porque pode haver Punição. Qualquer um de nós pode ser des-Pregado diante dos olhares perturbados dos outros e levado a uma Área de Punição. (Aqui, com os Untermeyer, um barracão no quintal.) Durante a Punição, a pessoa fica sentada no escuro em meio a pás. Pode-se falar, mas não Falar. Como seria possível? A fim de desfrutar da euforia especial de Falar, a pessoa precisa estar Pregada. Na Parede da Fala.
De outra maneira, falamos assim.
Como estou falando com vocês agora.

De forma simples, sem inspiração, sem nenhuma beleza no que é dito.

Ouvindo o sr. U. aproximar-se pelo corredor, nos perguntamos: será que hoje à noite tem Companhia?
Mas não. Logo descobrimos que se trata de um mero Ensaio. A intenção do sr. U.: uma sessão de improvisação.
"Ted, onde está você, o que está fazendo?", a sra. U. indaga de outra parte da casa, em voz raivosa.
"Na Sala dos Ouvintes", ele responde. "Numa sessão de improvisação."
"Ah, pelo amor de Deus", ela diz.
É um sentimento especial quando o sr. U. nos envia o Impulso, mas ainda não chegou de todo. É como a sensação anterior ao sonho ou ao déjà-vu, foi assim que Craig, Lauren e eu o descrevemos naquelas raras ocasiões em que, correndo o risco de Punição, conversamos entre nós. Se você tiver recebido o Impulso por inteiro, as palavras brotam sem que você tencione prenunciá-las, mas de qualquer modo elas fluem através de você, erguidas, por assim dizer, sobre a fundação que você oferece, superturbinadas pelo Impulso e moldadas pelo Tópico escolhido. Por exemplo, se o sr. U. tivesse discado Náutico: a pessoa que ele selecionou para começar de repente passaria a Falar de coisas Náuticas no próprio tom, seja homem ou mulher, mas de maneira muito mais convincente do que o faria se não estivesse Pregado. Ao fazer uma sessão de improvisação, o sr. U. pode escolher que todos nós Falemos de coisas Náuticas simultaneamente, num sussurro ou em voz bem alta; ou pode nos Acionar da direita para a esquerda (de Craig para Lauren, dela para mim, segundo nossa presente Arrumação), cada qual de nós na sua vez, dando uma interpretação pessoal do assunto.

Hoje à noite me vem o sentimento de iminente sonho/déjà-vu e então: *Através da vasta e escorregadia superfície do convés principal, inclinado devido ao último vagalhão* — eu me vejo dizendo —, *em meio a uma verdadeira babel de gritos em dialetos variados e com sotaques diferentes, mãos calejadas agarram e soltam mastros fugidios e encharcados, enquanto a chuva varre a madeira escura cortada por velhas cordas esverdeadas pelo mofo sob as botas que correm de um lado para o outro a fim de cuidar de um nó ou cabo inseguro, enquanto cada jovem marujo se pergunta se vai sobreviver à borrasca ou se vai confrontar o fim claustrofóbico e sufocante no abismo oceânico em que criaturas de muitos tentáculos...*

Mesmo enquanto estou Falando, percebo os olhares de pena, de comiseração, de Craig e Lauren, olhares que parecem dizer: Apesar de não estarmos exatamente seguindo você, bom trabalho, Jeremy, Falou bem. Você sem dúvida está fazendo o possível para Falar de assuntos Náuticos e, se o resultado é algo vago e difícil de analisar, bom, isso é culpa do sr. U., que pelo jeito fixou sua Prolixidade num nível muito alto.

Mas eles não ousam me julgar com dureza demasiada.

Porque em breve também receberão Impulsos.

Continuamos Pregados no Intervalo, descansando. Nossa Pose atual: braços e pernas bem abertos, no formato da letra X, cada qual inclinado num ângulo diferente.

Como estrelas ou um trio de indivíduos caindo de grande altura.

O sr. U. volta com uma cerveja e batatas fritas.

"Estou pensando", ele diz, "numa Cidade. Paisagem urbana. O que é que vocês acham?"

Como a Punição por responder está perpetuamente em

vigor, apenas acenamos com a cabeça, indicando: Claro, sim, Cidade é uma boa ideia.

O Painel de Controle permite ao sr. U. criar muitos matizes de Fala. Não é somente sobre Cidade que começo a Falar (mais uma vez sou o primeiro, noto bem feliz): é Cidade mais Triste, mais Verão, mais uma coloração predominante de verde e azul; Cidade situada num eixo norte-sul e às margens de um rio. Devo Falar em frases curtas e intensas; Lauren, vindo depois de mim, Fala também de uma Cidade orientada no eixo norte-sul que ocupa as duas margens de um rio, mas, além disso: Fome, Chuva, Exaltação, toda a sua Apresentação consistindo em uma longa frase. Craig recebe: Cidade disposta no eixo leste-oeste, branca, Inverno, sem rio, tomada por gatos, alternando frases curtas e longas; lá para o fim de sua Apresentação, começa a rimar, ou tenta rimar, e também Fala, ou tenta Falar — o sr. U. está tentando fazer com que ele Fale — em pentâmetros iâmbicos (!).

Para o Grande Final, todos os três Falam de sua Cidade ao mesmo tempo à medida que o sr. U. indica um Crescendo, de tal modo que, mais tarde, a garganta dos três doerá de verdade devido ao volume que o sr. U. acabou por imprimir a nossa Fala.

O sr. U. estava Gravando. Toca um trechinho para ouvirmos. Ficou satisfeito. Então ficamos satisfeitos. Quem não ficaria? Bem, a sra. U. Ele a chama, toca o trechinho.

"Isso não passa de um ruído aleatório, Ted", ela diz, indo embora.

Observamos o sr. U. cuidadosamente. Ele ficou aborrecido? Parece que sim. No entanto, ainda acredita em nós. Podemos dizer isso pelo sorriso, que sugere: alguma vez ela gostou de qualquer coisa que fizemos?

E sorrimos de volta: Ainda não.

O sr. U. trepa na escada portátil para nos depositar uma pastilha em cada boca. Jean, a criada, chega com três esponjas úmidas na ponta de varas, e umedece nossos lábios com elas, e depois tem o Jantar, e Jean nos Alimenta ligando nosso Tubo Pessoal de Alimentação ao Tubo Principal de Alimentação, com seus três bocais que despontam acima do grande vidro de Mistura do Jantar.

Ela então se põe de lado e vai ler um livro enquanto Jantamos.

Apesar da dor na garganta, estamos eufóricos: acabou o Interregno.

Nos sentimos de novo uma parcela útil e criativa da equipe.

Tarde da noite a porta geme. A sra. U. entra de camisola. Como sempre, vem diretamente na minha direção.

"Jeremy", ela sussurra. "Está acordado? Não quero incomodar. Mas..."

"Estou acordado", sussurro de volta.

Ela vai lentamente até o Pódio a fim de não fazer nenhum ruído e o ajusta no nível mais baixo. Deslizando o microfone montado num suporte, deixa-o diante de meus lábios, coloca os fones de ouvido para não perturbar os outros nem alertar o sr. U. Sentada no chão à minha frente, busca um ponto acima e atrás dela para ligar o Painel de Controle.

Hoje é Rural, mais Antigo, com sugestões de Fuga.

Começo a Falar (ou melhor, obedeço a suas Configurações, Sussurrando ao microfone) sobre a Beleza dela, estamos às margens de um plácido lago italiano. Em frases simples e objetivas, pois somos fazendeiros, Falo das colinas distantes onde, eu lhe prometo, algum dia vamos desaparecer; mais um pouco sobre a Beleza dela. Com grande Especificidade, descrevo essa Beleza (os quadris, os seios, o jeito como os cabelos tombam sobre os ombros na luz da manhãzinha; de como me sinto ao vê-la do outro lado da mesa da comunidade em dias de festa) e descubro que estou ficando excitado, tal como ela, mas também que, se posso assim dizer, estou me apaixonando por ela, como, acredito, ela está se apaixonando por mim, muito embora sua família de fazendeiros não aprove porque é noiva de um paspalhão arrogante, filho da família mais rica da cidadezinha; e, ao passarmos de mãos dadas em meio a um rebanho de carneiros que pertencem à família dele, igualmente dona do moinho que se avista ao longe, ela se encosta em mim, indicando (estou Sussurrando tudo isso ao microfone): Não quero ele nem os carneiros dele, só quero você.

Uma nova Característica hoje à noite: aproxima-se uma tempestade. Pouco depois, estamos encharcados e tiro meu paletó para lhe cobrir os ombros delgados. A tempestade é dela: faz parte de suas Configurações, incluída no Rural. Mas o fato de abrigá-la com o paletó é coisa minha: forneço esse detalhe e vejo que lhe agrada, à pessoa de verdade, sentada de pernas cruzadas ali à minha frente.

Então, sob uma cachoeira, ou de fato ao lado dela, temos relações sexuais e também descrevo isso. Embora eu não possa fazer nada pois estou Pregado, a sra. U. não está e pode se valer disso.

Como sempre, me pergunto se, depois de haver assim se aliviado, não poderia ocorrer à sra. U. a ideia de ficar de pé, aproximar-se e me aliviar.

Mas não. Não parece lhe ocorrer. Nunca ocorre. Nunca ocorreu até agora.

O que, depois de extinta minha excitação, sempre me parece ter sido melhor, talvez.

Ela apenas se levanta de repente, tira os fones do ouvido e, como que arrependida, rapidamente empurra o Painel de Controle de volta para onde estava, repõe os Marcadores nas posições originais, vai até Lauren e depois Craig a fim de iluminar um pouco o rosto deles com o celular para ver se estavam acordados durante o que se passou. Como de costume, conclui que não estavam. Às vezes eles não estão mesmo. (Paradoxalmente, apesar de Pregados e imóveis o dia inteiro, sempre estamos exaustos à noite.) Em certas ocasiões em que estavam de fato acordados, quando a sra. U. se aproximou com o celular eles sem demora fingiram estar dormindo, não desejando que ela se sentisse minimamente incomodada.

Durante todos esses quatro anos, ela nunca se sentou à frente de Craig. Só de mim. E nos últimos tempos começou a se sentar diante de mim com maior frequência e por mais tempo, a ponto de, certas vezes, o débil prenúncio da madrugada plantar sobre seu colo uma fresta de luz amarela que rasteja daquilo que antes acreditamos ter sido uma janela, embora agora esteja tapada com tábuas de forma meio precária. Nessa hora, ela se põe de pé num salto, resmungando, por exemplo: "Que diabo, já é de manhã?".

Ela está, assim creio, se apaixonando por mim. E eu me apaixonando por ela. Quando comecei a lhe Falar sobre sua Beleza, foi, sim, graças sobretudo às Configurações. As Configurações determinavam: Jeremy, Fale, olhando para mim, sobre minha Beleza. Além do mais, minha Especificidade era ajustada por ela no nível máximo. Falar de sua Beleza com tamanha frequência e Especificidade fez com que aquilo se tornasse real para mim; fez com que eu a notasse. (Ela realmente é tão Bonita!) À medida que comecei a lhe Falar sobre sua Beleza com mais fervor (sentindo mais fervor por reparar em sua Beleza com mais Especificidade, e Falando por isso com maior precisão), ela, lá de baixo, passou a mostrar uma expressão cada vez mais suave no rosto, um sinal de excitação sem dúvida, mas também de amor. Acredito nisso.

Ela raramente fala comigo. Não conheço seu coração. Será que sente amor por mim? Quando não estou Falando com ela? Quando, por exemplo, ela está em outra parte da casa, perdida nos pensamentos, cuidando de outras coisas?

Não consigo saber.

Porém sei que nunca em minha vida achei que alguém era tão excepcionalmente Bonita quanto sinto que a sra U. é quando, tendo recebido o Impulso, eu Falo com alto grau de Especificidade sobre sua Beleza e ela está lá embaixo olhando para mim com expressão de quem me ama.

Esse sentimento passa? Sim, passa.

Mas também, de certa forma, perdura.

Quer dizer: hoje em dia penso nela sem parar, e sinto que a amo mesmo quando não estou Falando com ela, ou sobre ela, e mesmo quando ela não está por perto.

Hoje pela manhã o sr. U. pôs a cabeça para dentro da Sala onde estamos.

"Companhia hoje à noite", ele disse. "Vamos fazer Cidade."

Portanto, um dia longo e ansioso. Gostaríamos mesmo de Ensaiar. Mas o sr. U. precisa Trabalhar. O que eu faço para me preparar: penso em Cidade o dia inteiro. Depois que começamos, depende sobretudo de nós. Nossa Fala é superturbinada e tornada mais articulada pelo Impulso, isso é fato, e obviamente moldada pelas Configurações, mas, apesar disso, no fim das contas depende sobretudo de nós mesmos. De mim, de Craig e de Lauren. Não Falamos identicamente bem, se posso assim dizer, e a preparação é parte (mas apenas parte) da razão pela qual um de nós, por exemplo, pode tender a Falar melhor (de uma forma mais elevada, mais envolvente) que os outros. Também existe algo inato: talento seria uma maneira de definir tal coisa.

Não se trata de competição. E, todavia, é.

O que descobri: quanto mais eu viver mentalmente, por antecipação, meu Tópico, melhor será o fluxo depois que começo.

O sr. U. chama isso de "preparar o terreno".

Preparo meu terreno o dia todo, conhecendo melhor minha Cidade ao pensar nela.

É uma Cidade triste, sim, pois é o que consta nas Configurações, porém imagino um local mais animado onde ocorrem todas as comemorações da Cidade, uma pequena ilha que à qual só se pode chegar de canoa (uma pequena flotilha aguarda no cais).

Qual a cor das canoas? Há quem as pilote? Qual a direção da correnteza quando os canoeiros as conduzem através da baía para a ilha da comemoração? Haverá fogos de artifício que iluminem o rosto dos lojistas e trabalhadores que deram duro para poupar algum dinheiro a fim de comemorar, pelo menos naquela noite, deixando a tristeza para trás? Imagino que os fogos de artifício serão refletidos, ondulando, nas águas rasas que lambem as enseadas estreitas vistas em volta de toda a ilha, ao longo das quais estão aninhados barzinhos laranja e marrons, com fileiras de pequenas lâmpadas que balançam no teto ao sopro da mais leve brisa, os bares que a cada noite ressoam com o som do riso dos que conseguem desfrutar da breve alegria.

Assim, enquanto Lauren e Craig cochilam, eu preparo meu terreno.

Lauren acorda, me lança um olhar como se perguntasse: Jeremy, me diga, você está preparando seu terreno?

Meu olhar de volta diz: Estou. E daí, algum problema?

Lauren e Craig acham que sou estranho, sensível demais. É verdade que me deixo fascinar pelas Configurações de modo mais

intenso que eles. Sempre foi assim. Bem, amo meu trabalho. Sempre anseio por sentir mais para Falar com mais prazer, provocando mais emoção e engajamento por parte de meus Ouvintes.
É isso que, penso eu, me faz diferente dos outros dois.

Por volta das cinco, o sr. U. volta do Trabalho. Ainda vestindo a roupa de Trabalho, entra na Sala dos Ouvintes e anuncia uma inspiração que teve no Trabalho, de uma nova Arrumação: eu, na extrema esquerda, três metros acima do solo; Lauren no meio, sete metros acima do solo; Craig, na extrema direita, dez metros acima do solo. Formaremos assim uma linha ascendente com três pontos. Também ganharemos uma nova Pose, mais compatível com Cidade: cada qual de pé, as mãos fazendo sombra para os olhos, como se contemplássemos Cidades longínquas sobre as quais em breve vamos Falar.

Jed Dillon chega para administrar o Necessário Alongamento entre Poses. Ou, como ele diz, "vamos Alongar a turma toda".

Depois de nove dias no formato da letra X, o Alongamento é, como se pode imaginar, ao mesmo tempo bom e ruim.

Somos então vestidos como habitantes da Cidade: smokings para Craig e para mim, vestido longo e vaporoso para Lauren.

O filho adulto Mike traz a escada de armar, andaimes e plataformas cobertas de borracha sobre as quais devemos ficar de pé para sermos rePregados. Uma vez posicionados, cada um de nós encosta a cabeça de volta na Taça Fahey, permitindo que as três pequenas hastes Fahey se encaixem delicadamente nos receptores Fahey implantados na base de nosso pescoço.

Então é realizado um teste: o sr. U. faz com que cada um de nós recite o alfabeto de modo extremamente rápido e, depois, com extrema lentidão.

E estamos prontos.

Esperamos, nervosos, ouvindo o zum-zum da Companhia enquanto eles desfrutam de um Bufê na Área de Estar Principal.

Entrando sutilmente, os Ouvintes sorriem para nós de forma cortês enquanto tomam lugar em cadeiras de armar arrumadas mais cedo com rabugice pelo filho adulto Mike. O sr. U. entra com passadas largas vestindo o blazer que usa nas Performances e ocupa seu posto junto ao Pódio. A sra. U. toma posição nos fundos da sala, dando a impressão, se me é permitido dizer tal coisa, de estar infeliz, como se quisesse incorrer na Punição e ser assim forçada a sentar-se no barracão da Punição até a Performance terminar.

Mas, é pena, eles estão casados e ela precisa permanecer.

Começamos.

Lauren vai na frente. Falando numa longa frase de sua Cidade (situada no eixo norte-sul às margens de um rio, Fome, Chuva, Exaltação). No meio da frase, Craig entra Falando de sua Cidade em pentâmetros iâmbicos: disposta no eixo leste-oeste, sem rio, branca, Inverno, tomada por gatos. Então, enquanto Lauren e Craig ainda Falam, entro eu, Falando de minha Cidade (Triste, Verão, verde-azul, eixo norte-sul às margens do rio, canoas verde-azuis voltadas na direção da ilha da comemoração como agulhas atraídas por um ímã, os lojistas e trabalhadores bem-aventurados entregues ao sonho, arrastando as mãos pelas águas frias e claras, enquanto, com fogos de artifício pipocando no céu, são conduzidos aos barzinhos laranja e marrons rumo ao único bastião de felicidade naquela vida decepcionante deles).

Acho que Falo lindamente de minha Cidade, eu a represento bem. Craig e Lauren também Falaram bem. Suficientemente bem. É como se estivéssemos criando, para a Companhia, as três Cidades naquelas planícies distantes ao contemplarmos — com as mãos protegendo os olhos — o que havíamos criado.

No entanto, mesmo enquanto estamos fazendo nossas Cidades, sentimos que a Companhia não se impressionou. Olham para os pés, fingem estar lendo os programas impressos pelo filho adulto Mike mais cedo, no quarto. Alguns bocejam, outros olham de esguelha para o teto como se desejassem escapar através dele. Esposas cutucam os maridos, como se dissessem: não sussurre esse comentário sarcástico agora, Ronald, não quero ser grosseira caindo na risada. Quando os membros da Companhia olham na direção da sra. U., ela apenas levanta as mãos, como se dissesse: francamente, não tenho a menor ideia.

O sr. U. também sabe que não estamos tendo sucesso. Em vão, com o rosto afogueado, ele ajusta desesperadamente nossas Configurações, suando por baixo de seu blazer de Performances.

Mais tarde, dando a impressão de que poderia chorar, ele aceita uma série de congratulações falsas e forçadas da Companhia, indo com os Ouvintes para a Área de Estar Principal, onde será servido um bolo.

Na Sala dos Ouvintes ficamos somente eu, Craig, Lauren e as cadeiras de armar, muitas delas deslocadas de suas fileiras devido à pressa com que a Companhia escapou.

O sr. U. corre de volta, o nó da gravata desfeito.

"Não foi culpa de vocês", ele diz. "Fizeram tudo o que pedi. A culpa é minha. Vamos pensar nisso e tentar alguma coisa nova."

Ficamos muito gratos. Ele se esforça tanto! E acaba sempre desapontado.

Ele então manda trazer o bolo, que Jean faz chegar a nossas bocas em seu Prato de Oferecimento na ponta da Vara de Alcance. E hoje há vinho nas esponjas, a Alimentação parece mais rica que de costume, como se o sr. U. tivesse mandado acrescentar caldo de carne.

Craig, Lauren e eu trocamos olhares que dizem: Deus meu, que provação!

Depois, ainda na vertical, ainda com as roupas formais, ainda protegendo os olhos, dormimos.

À noite, o filho adulto Mike entra atabalhoado, fazendo um barulhão.

"Oi, desculpe", ele diz. "Acordei vocês? Precisam de alguma coisa? Para ser honesto, me senti muito mal por vocês essa noite. Foi a pior exibição."

Gostaríamos de responder: Sim, filho adulto Mike, sabemos que foi a pior. O que precisamos agora é dormir. Por favor, vá embora.

Mas, se respondermos, o filho adulto Mike pode nos impor a Punição. Já fez isto antes: impôs a Punição quando respondemos a alguma pergunta que acabara de nos fazer, que ele então declarava ter sido retórica.

O filho adulto Mike é mau-caráter. O melhor, como aprendemos, é não se relacionar com ele.

Por isso, apenas fixamos o olhar para a frente, implacáveis.

"Só quero que vocês todos saibam", ele diz. "Não estão sozinhos. Muitos de nós vemos esse troço como um excesso monstruoso. Vocês são seres humanos. Sem dúvida. Mesmo se o mundo, mesmo se meus pais parecem ter esquecido isso. Mas vem aí a ajuda. Vem mesmo. Em breve."

Fez então sua reverência de mãos unidas e foi embora.

Lauren, Craig e eu trocamos olhares que dizem: Uau, obrigado, filho adulto Mike, antes de você nos dizer isso agora há pouco, não sabíamos que éramos seres humanos.

Depois trocamos olhares preocupados.

É sempre lamentável ter atraído a atenção do filho adulto Mike.

Nós nos lembramos bem da vez em que, tendo aprendido

durante os estudos de pós-graduação que o vestuário é uma das mais antigas e básicas formas de autoexpressão humana, ele exigiu do sr. e da sra. U. que prestassem mais atenção em nossa roupa. O filho adulto Mike é um chato repetitivo. Nunca dá folga. Logo depois chegaram muitas calças, várias túnicas, jaquetas jeans e chapéus vistosos, postos no chão diante de nós na Sala dos Ouvintes, e cada qual devia escolher as peças que achasse mais interessantes. Posteriormente, por ordem do filho adulto Mike, as roupas tinham de ser trocadas três vezes por dia. E lá se foi nosso descanso. Parecia que a Jean trocava nossa roupa o tempo todo. Quando ela se queixou do excesso de trabalho, o sr. e a sra. U. foram espertos e mandaram que o filho adulto Mike a ajudasse. Tratando-se de um mau-caráter, o filho adulto Mike não gostava de trabalhar e ficava visivelmente desconfortável quando se via forçado a lidar com a roupa de baixo dos dois homens, isto é, a de Craig e a minha, e com isso logo depois parou de se queixar sobre o que vestíamos. E as coisas voltaram ao normal, ou seja, usávamos o Conjunto de Moletom Número 1 durante quatro dias, e depois Jean nos vestia o Conjunto Número 2 e levava o Número 1 para lavar.

E recuperamos nosso período de descanso.

Desde então, nem uma palavrinha do filho adulto Mike sobre vestuário.

Por isso, hoje à noite ficamos preocupados. O que ele quis dizer com "vem aí a ajuda"?

De onde? Para quê? Por que seria necessária alguma ajuda aqui, onde todos nós nos damos bem e, com exceção do filho adulto Mike, temos um trabalho criativo e gratificante a fazer?

A manhã seguinte traz um clima de derrota. O sr. U. chega às nove. Com um prato de Doces. Parece querer dar um Doce a cada um de nós como forma de pedir desculpas, mas estamos muito alto na parede para que possa nos alcançar. Por isso, põe os Doces por enquanto sobre uma cadeira de armar. Na verdade, nenhum de nós vai comer seu Doce. Eles vão ficar o dia todo naquela cadeira de armar.

Devido a tudo o que aconteceu naquele dia.

"Espero que me perdoem pelo fracasso da noite de ontem", diz o sr. U. "Hoje é um recomeço. E hora de corrigir os erros. Às vezes, na arte, na vida, a gente tem que investir. Quer sua mulher aprove ou não. Se e quando ela descobrir."

Engole em seco, nervoso. Como se fosse um gesto espirituoso. O que não é.

Como gostamos do sr. U.!

Jed Dillon e Jean entram. Nossa roupa citadina é retirada por Jean, que depois nos ajuda a vestir o Conjunto de Moletom Número 1. Fazemos Alongamentos, somos postos em outra Pose (na vertical, mãos soltas). Em nova Arrumação, ficamos de pé no chão, bem próximos: Craig encostado na parede, depois Lauren, depois eu. Nunca estivemos tão perto uns dos outros. Nos perguntamos se isso não vai parecer estranho para a Companhia. Uma Parede da Fala gloriosamente larga e alta, e três Faladores amontoados num canto, como se a Sala dos Ouvintes tivesse sido inclinada durante a noite e todos tivessem deslizado.

O sr. U. desaparece atrás da Parede da Fala a fim de mudar nosso Receptor Dianteiro de lugar.

"Vocês podem estar curiosos para saber o que está acontecendo", ele diz lá de trás.

Estamos.

"Jed!", ele chama.

Ao que Jed traz onze Cantores. Sei que são Cantores por causa do que vestem. O primeiro se aproxima, toma posição a meu lado, os braços se tocando, seguido pelos demais que ocupam o resto da parede.

Então o sr. U. volta trazendo uma pequena caixa.

"Alguém sabe o que é isso?", pergunta.

Sabemos graças a Ed, nosso colega que se foi depois de um breve período conosco, expulso por disseminar mentiras.

É um Potenciador de Conhecimento.

Sabemos o que é por causa do estojo de um vermelho muito vivo.

Ora, ora, pensamos, o sr. U. não está de brincadeira, esses Potenciadores de Conhecimento, segundo o colega expulso, não são baratos.

O sr. U. passa os dez minutos seguintes de mangas arregaçadas, grunhindo e praguejando enquanto conecta o Potenciador ao Painel de Controle.

Chega então a hora de testar.

O Impulso do Potenciador de Conhecimento, vemos logo, é mais denso, com uma ponta aguçada, lembrando uma almofada com espinhos. Amplia-se por trás de um modo agradável, como uma dança folclórica agitada ao fim de um dia longo e entediante.

E, de repente, sabemos tanto! Sobre a "Batalha do Little Bighorn". Também conhecida como "Luta de Custer". Ou, popularmente, "A última resistência de Custer". Posso lhe dizer que antes não sabia nada disso.

"Nome do cavalo montado por Custer na batalha?", pergunta o sr. U. testando.

"Vic", nós três Faladores dizemos ao mesmo tempo.

"Embora Dandy também estivesse lá", diz Craig.

"E muitos, incorretamente, acham que foi Comanche", diz Lauren, "que é o nome do único animal do Sétimo Regimento de Cavalaria que sobreviveu."

"E que, na batalha, serviu de montaria para o Capitão Myles Keogh", eu acrescento, sorrindo com o prazer de repentinamente saber tudo aquilo.

"Que povos, pacificamente reunidos no vale do Little Bighorn, os homens de Custer atacaram?", pergunta o sr. U.

"Lakota, arapaho, cheyenne do Norte", diz Lauren.

"Quem eram os inimigos históricos dos lakota que serviram como batedores para Custer? A que povo pertenciam?", pergunta o sr. U.

"Os crow, também conhecidos como absaroka", respondemos todos ao mesmo tempo.

Os Cantores, que não podem Falar e nem mesmo conversar, simplesmente concordam com um gesto de cabeça, como se dissessem: Embora, como parte de nosso desenvolvimento, tenhamos nos tornado mudos, a menos que recebamos o Impulso e estejamos Cantando, concordamos com tudo o que acaba de ser dito por nossos colegas.

Sr. U. bate as mãos uma vez, com força, como se estivesse contente.

"Vai ser espetacular", ele diz, saindo depois para Almoçar.

Os Cantores emitem em coro um som prolongado, as mulheres uma oitava acima dos homens. Que entendemos significar: "Oi, bom dia, estamos ansiosos para trabalhar com vocês no que promete ser um projeto bem excitante e original".

Estar conectado a um Potenciador de Conhecimento é, digamos, diferente.

Não se trata apenas de que, como de costume, fazemos observações sobre alguns conceitos genéricos como Náutico, como Cidade. Agora nos são fornecidos fatos. Fatos verídicos. Que são úteis para criar estruturas convincentes. É como passar por um corredor estreito, delimitado em ambos os lados por paredes cinzentas de fatos. É como andar cambaleante num deserto e, de repente, uma chuva de conhecimento cair sobre você com os detalhes exatos pelos quais você ansiava mas nem sabia que eram tão desejados.

O sr. U. abre o Registro Cronológico que veio com o Potenciador de Conhecimento e o prende com clipes a duas estantes de música. Verifica-se que ele é um craque em matéria de Formatação, determinando quem Fala sobre quais fatos, por quanto tempo e em que ordem.

O resultado é como uma história.

Eu sou o soldado raso Fritz Neubauer, um assustado imigrante alemão que entrou para o Sétimo Regimento de Cavalaria porque não arranjou outro emprego. Minhas botas são do tamanho errado e me machucam. Meu inglês é precário. Não sei ao certo como municiar minha arma. Craig é o Cachorro Amarelo, um jovem membro do povo lakota de quem os companheiros caçoam por ser bonito: está nadando no rio Little Bighorn depois de dançar até tarde na noite anterior, fazendo muitos novos amigos entre os povos reunidos. Escolheu aquela parte do rio porque, bem ali debaixo dos salgueiros, algumas moças, entre elas a Corça de Perna Preta, estão colhendo rabanetes selvagens. Ela está lá agora, com a testa enrugada, dando a impressão de que estuda o solo perto da margem para que o Cachorro Amarelo possa vê-la e para que ela, como faz agora, possa fingir surpresa ao erguer os olhos e vê-lo, e então depois sorrir, admitindo com aquele sorriso que a surpresa era falsa. Os dois se olham sem pejo durante alguns segundos, após o que ela volta a se juntar às amigas, sabendo que ele a observa. Todos estão felizes, é uma belíssima manhã de verão com nada a fazer ao longo do dia.

Lauren é o major Marcus Reno, instruído por Custer a atacar com seu batalhão a extremidade sul da aldeia. Custer prometeu lhe dar apoio na empreitada. Reno preferiria permanecer com o grupo principal, nunca esteve envolvido numa luta real contra os indígenas. Mas se afasta cavalgando. Quando veem a aldeia, os soldados do batalhão começam a galopar, lançando gritos de guerra. Em breve estarão cobertos de glória. À distância: formas brancas, estruturas frágeis, contendo seres humanos. O objetivo é atirar contra as tendas, passar por cima delas, causar pânico, caçar e matar os que fugirem a pé.

Mas então uns doze hunkpapa aparecem, cavalgando de um lado para o outro na linha de ataque, levantando poeira ao tentar dar tempo para que as mulheres e as crianças escapem.

Estruturados pelos fatos, somos invadidos por um sentimento de urgência. Isso aconteceu de verdade, está acontecendo de verdade. Como vai acabar? O soldado raso Neubauer vai sobreviver à batalha iminente? O Cachorro Amarelo vai sobreviver? A Corça de Perna Preta? Não há crianças na aldeia? O que vai acontecer com elas? Por que aqueles homens montados querem tanto atacar uma reunião pacífica? Honestamente, não sabemos. Ou o sr. U. só carregou parte do Potenciador ou o próprio Potenciador tem um dispositivo de limitação temporal rigoroso, isto é, só se revela gradualmente, por estar organizado em "capítulos". Seja como for, vivemos, por assim dizer, no maior suspense. Ainda improvisamos um pouco em cima dos fatos (por exemplo, com as cavalgadas, causei no soldado raso uma lesão nas costas que não foi sugerida pelo Potenciador), porém, com tantos fatos à nossa disposição, há menos necessidade e menos espaço para esses improvisos.

E então os Cantores entram em cena.

E é uma maravilha.

Às vezes repetem, Cantando, as palavras que estamos Falando. Outras vezes se organizam em grupos de dois ou três, Cantando as experiências de indivíduos à margem da ação principal (por exemplo, o soldado raso Neubauer, Reno, o Cachorro Amarelo ou a Corça de Perna Preta). Há um momento em que cada Cantor se transforma num diferente jovem lakota correndo pela margem do rio de volta à aldeia, com o alarme soando. Num ponto efetivamente assombroso, todos os onze Cantores se lançam numa fuga complexa que representa o estado de espírito coletivo das tropas de Reno durante o ataque (a excitação deles, a saudade de casa, a expectativa de uma vitória rápida e indolor).

Mesmo sendo parte daquilo, em parte mergulhados naquilo, sabemos que é assombroso.

O sr. U. nos põe em Pausa.

"Deus meu", ele diz. "Deus meu."

Nós Faladores, nós Cantores, lá ficamos recuperando o fôlego, orgulhosos e belos em nossa exaustão.

Como os cavalos do Sétimo Regimento, pensamos, como os pôneis dos povos indígenas.

Ensaiamos até tarde da noite, repetindo várias vezes, acrescentando camadas de detalhes em cada Repassada.

Guerreiros montados começaram a aparecer nos flancos de Reno. Ele vinha bebendo uísque de um cantil a manhã toda. Tomado pela ansiedade, temendo uma cilada, interrompe o ataque e dá ordens para que seus homens formem uma linha de escaramuça. Com isso, perde-se qualquer esperança de uma vitória rápida. Surgem centenas de guerreiros, como se brotassem da poeira. Nas hostes de Reno, a ordem começa a se desfazer. Alguns homens abandonam a linha para se refugiar num bosque próximo. Nesse bosque, o batedor arikara de Reno, Faca com Sangue, é morto com um tiro na cabeça. Os miolos dele escorrem pelo rosto de Reno. Esse acontecimento traumático (enfatizado pelos Cantores com uma série de acordes chocantes e atonais) abala Reno. Ele ordena que seus homens desçam dos cavalos, depois que voltem a montar. Abruptamente, dispara antes de suas tropas sem fazer soar a retirada. Mais tarde, dirá que se tratava de um ataque às linhas dos indígenas. Na verdade, apavorado, esquece por inteiro de seus homens, daqueles que lhe haviam confiado a vida. Muitos morrem naquela hora, liquidados como búfalos pelos guerreiros enquanto tentam atingir o rio e depois atravessá-lo. Alguns que perderam a montaria são mortos ao rastejar de quatro subindo o que para sempre será conhecido como colina Reno.

Tendo sofrido sérias baixas, o batalhão, ou o que sobra dele, está agora reunido no topo daquela colina, homens abatidos, desorientados, cercados.

Onde está Custer?, nós Falamos, nós Cantamos.

Nós, os Faladores, perguntamos isso usando diversos sotaques norte-americanos que nos foram fornecidos pelo Potenciador. Os Cantores perguntam reiteradas vezes numa melodia (o Potenciador de algum modo nos explica isso) derivada do tema principal de uma obscura ópera italiana composta por alguém chamado Federici.

Mas não há resposta, ninguém sabe onde está Custer. Foi visto pela última vez uma hora antes, no morro mais acima, quando nos lançamos em nosso malfadado ataque, acenando para nós com o chapéu, convencido de que em breve seríamos vencedores, e seguindo para o norte com as diversas companhias sob seu comando.

Esperamos na colina Reno a tarde toda, sob um calor brutal, desesperadamente sedentos, alvejados sempre que nos movíamos, esperando a qualquer momento sermos massacrados pelos poderosos demônios que, tendo nos dominado daquela forma, agora pareciam uma força totalmente sobrenatural, superior a nosso poder de resistência.

E então nos transformamos naqueles "demônios" lakota, arapaho e cheyenne do Norte, naqueles filhos, maridos e irmãos para quem os diabos brancos na colina não se mostravam mais assustadores (como ocorreu nos primeiros momentos do ataque, quando a aldeia sonolenta foi pega de surpresa), mas sim patéticos e repugnantes. Viajaram de longe para matar nossos filhos e, ao lutarmos como homens, entraram em pânico, jogaram fora as armas, choraram, suplicaram, afastaram-se rastejando.

De toda a aldeia começamos a seguir rumo ao sul para confrontá-los.

Temos a esperança de conseguir matar todos antes do cair da noite.

O sr. U. repentinamente desliga tudo.

É um tremendo choque sermos outra vez só nós mesmos.

"Vocês estão me fazendo feliz", diz o sr. U.

Levanto a mão.

O sr. U. aponta para mim, indicando que posso falar sem medo da Punição.

"Quanto tempo levou tudo isso?", pergunto.

O sr. U. parece contente de que isso tenha sido perguntado.

"Bem, o quanto já cobrimos até agora? Aconteceu em 25 de junho de 1876."

"Quando é agora?", eu pergunto.

Ele sorri, sacode a cabeça, solta uma risadinha.

"Eu diria que é hora de dormir um pouco", responde.

O sr. U. apaga as luzes e sai da Sala dos Ouvintes.

O que sabemos, o que retemos daquilo que acabamos de aprender, paira sobre nossa cabeça como a poeira que levantamos ao cavalgar. Em sonhos que logo chegam, somos lakota, arapaho, brancos, cheyenne, crow, movendo-nos livremente numa miniatura do campo de batalha que tem o tamanho da sala. Gritamos piadas, instigamos nossa montaria, de repente somos todos amigos, esquecidos por completo que pouco antes, quando ainda era dia, desejávamos nos liquidar mutuamente.

Acordo no meio da noite para encontrar a sra. U. empurrando o Pódio. Ela puxa também o suporte do microfone, Aciona suas Configurações, põe os fones de ouvido e senta-se, inclinada para trás.

Estamos ainda ligados ao Potenciador, o Potenciador que a sra. U. ainda não sabe que o sr. U. comprou. Quando ela alcança o botão atrás e acima do corpo para ligar o aparelho, sou Autoconectado a uma Localização aleatória, ignorando as Configurações que ela acabara de Acionar.

Assim me vejo Sussurrando para ela na forma da carta de um capitão, o Capitão Evers de Minnesota, declarando sentir falta dela, sua esposa, quando ele, deitado de bruços, ainda espera que a colina Reno seja conquistada. Nas proximidades, amigos muito queridos após anos de serviço juntos choram aterrorizados. O cadáver de Carvelli jaz onde caiu, com um tiro entre os olhos recebido quando delirava procurando por água. Nenhum de nós jamais sentira tamanha sede. Sentimos essa sede como uma espécie de loucura. Em algum lugar uma mulher está gritando. Não, não é uma mulher. É Dietzen, o corneteiro. Nossos inimigos parecem capazes de matar instantaneamente quem não estiver estirado no chão, com a boca cheia de terra seca. Alguém diz a Dietzen para se calar: alguém o repreende para que demonstre algum orgulho. Dietzen continua gritando.

Como nós, o poderoso Sétimo Regimento, chegamos a esse ponto? Estamos furiosos por ter sofrido nas mãos do que imaginávamos ser um contingente insignificante de débeis selvagens, mas que se revelou uma veloz máquina de matar perfeitamente adaptada às condições da geografia e da paisagem locais. Queremos ir para casa, começar de novo, nunca ter vindo até aqui.

Agora, pelo erro de ter vindo, precisamos morrer aqui, manualmente, por assim dizer: por cacetadas na cabeça, furados por flechas, tiros desfechados à queima-roupa, facadas. Poucas horas antes vimos muitos amigos queridos perecerem exatamente assim.

Vai acontecer. Vai acontecer em breve.

Temo que vá acontecer comigo em breve. A esse corpo precioso, que conheço e amei a vida toda.

Não menciono nada disso na carta para minha mulher. Ela é delicada. De todo modo, não se trata mesmo de uma carta de verdade, não tenho com o que escrever e nenhuma luz para ver: escrevo essa carta na mente, para me reconfortar. Embora a situação seja terrível, eu lhe digo (Sussurro para a sra. U.) que estou buscando consolo em determinada recordação dela que, em outras circunstâncias, eu hesitaria em revelar, mas que, hoje à noite, parece uma grave negligência não recordar com a mais profunda gratidão: ela ajoelhada em nossa cama na véspera do Natal de nosso primeiro ano de casados, vestindo a camisola que comprei em Cleveland e que levei para o Oeste, a ventania uivando lá fora enquanto em nosso lar tudo era íntimo e quente.

E então escrevo (Sussurro): você foi generosa ao deixar aquela peça cair porque, à luz da lareira, eu pude ter a visão que me inspirou um sentimento de êxtase com o qual nenhuma paisagem do Oeste jamais poderia rivalizar.

Durante tudo isso a sra. U. não faz nenhum movimento para se aliviar, conquanto mantenha os olhos fixados em mim e preste total atenção.

O que me encoraja ainda mais.

Todo homem (Sussurro) nasce com determinado estoque de desejo. É um tesouro recebido como herança e deve ser sabiamente empregado ao longo da vida. Cada qual se move no mundo encontrando objetos nos quais possa gastá-lo. Abençoado é aquele que encontra um objeto digno, moldado por Deus, que lhe seja confiado por acaso e que provoque seus sentimentos de maneira tão forte a ponto de que tudo mais recue por algum tempo e ele se torne desejo puro. Então, maravilha das maravilhas: a mulher que ele deseja, uma vez corporificada, pode tornar-se ela própria puro desejo, desejando-o. Eis o que quero dizer, minha adorada, encurralado nessa colina desolada e abandonada por Deus, cercado de demônios que desejam me destruir: como conheci tal momento com você (a luz saltitante da lareira dançando nas paredes; o cão dormindo junto à porta; a cama ondulando sob nós como se em sua linguagem única fizesse um comentário aprovador), posso agora morrer, se necessário for, sabendo que vivi de verdade.

A sra. U. põe-se de pé, chega perto de mim, deixa cair o roupão.

Fica nua à minha frente.

"Me elogie", ela murmura.

Faço isso.

Realmente faço isso.

Elogio-lhe pernas, quadris, cintura, seios, pescoço, cabelos, olhos. Elogio tudo. Não sou um capitão de Minnesota, deixo claro, sou eu, Jeremy, um de seus Faladores. E adoro você. Ela pisca duas vezes, surpresa, mas não afasta o olhar. Eu lhe digo que, ali Pregado, por ouvir com atenção focalizada sou capaz de saber em que parte da Área de Estar Principal ela está e o que faz, a que tarefa se dedica. Está sempre aperfeiçoando alguma coisa, arrumando alguma coisa, disponibilizando alguma coisa que tornará mais fácil e melhor a vida do sr. U. e do filho adulto Mike. A vida deles fica melhor graças a ela, devido a seus cuidados, embora eles pareçam não saber disso e raramente o reconheçam. Quero que saiba que eu, por ter tido um período amplo (quatro anos e dois meses) para observá-la de forma objetiva, acho que ela é uma pessoa maravilhosa, gloriosa, totalmente digna de ser amada.

Quando terminei, ela deu um passo à frente e me beijou.

"Me sinto tão solitária aqui", ela diz.

"Eu sei", retruco, arriscando a Punição.

Ela volta a me beijar, agora com mais força, demorando-se mais numa ligeira sugestão de mordida.

Ouve-se um som vindo da Área de Estar Principal.

Ela veste de novo o roupão, repõe no lugar o Pódio, desliga tudo, sai às pressas.

Craig solta um longo assovio baixinho.

Lauren reage com um muxoxo de desaprovação.

Os Cantores emitem uma série de explosões cromáticas breves, como se perguntassem: Deus meu, em que tipo de casa nos meteram?

Mas eu mal posso dormir de tão alegre.

Bem sei que é complicado. Adoro o sr. U. Isso não é trair a confiança dele? É, sei que é. Não desejo perturbar a felicidade de nossa família. Conheço essa gente querida minha vida toda.

E, não obstante...

A sra. U., que também é membro da família, quer essas noites comigo e até precisa delas.

E, para dizer a verdade, eu (outro membro da família) também desejo e preciso delas.

O mundo em que recebi um beijo mordido da bela sra. U. é um mundo melhor que aquele em que não o recebi. Recuso-me a agir — ou, melhor, me abstenho de agir — para impedir no futuro tais beijos mordidos, impedir a possibilidade de que, em alguma noite não muito distante, ela me permita, movida pelos maiores riscos que tenciono tomar na minha Fala, tocar nela (doce pensamento) com minhas mãos (caso minha Pose operacional à época as deixe desPregadas), e até mesmo beijá-la em outras partes do corpo, ou a possibilidade de que possa (Valha-me Deus!) fazer certas coisas ousadas comigo, usando as mãos, a boca, coisas sobre as quais sei, embora, para ser franco, não tenha uma ideia clara de como tomei conhecimento delas.

O que é certo, o que é errado? Nessa situação?

Que perguntinha!

O que é grande? É isso que meu coração deseja ardentemente perguntar. O que é a lascívia? O que é audacioso, o que é temerário? Em que direção se encontra a máxima riqueza, a abundância, o prazer?

Tudo isso é novo para mim, o fato de querer alguma coisa. Quero um relacionamento mais íntimo com ela, com intensidade maior do que quero o que antes queria ao máximo, a saber: ser tão bom no que faço a ponto de ninguém poder me criticar, a ponto de ficarem todos muito satisfeitos comigo e concordarem que não tenho rival em minha especialidade.

Será que ainda posso realizar tal objetivo enquanto busco e conquisto as afeições da sra. U.?

Creio que sim.

Espero que sim.

O casamento deles está morto, como sei por observar de perto (e me dói dizer tal coisa). Por ser a vida nova que vai começar a pulsar dentro da sra. U., de certo modo eu estarei salvando ambos. O sr. U., vendo brotar nosso amor, irá, por assim dizer, ceder terreno e encontrar um prazer renovado ao focar em seu trabalho no Pódio, deixando discretamente as noites para nós. E, com o passar do tempo, ele amará alguém novo, talvez ajudado pela sra. U. Quem sabe Hazel, amiga dela, que vez por outra visita a sra. U.,

ou sua outra amiga, Sandra, a meu juízo mais bonita e mais feliz que Hazel, mas que, ao entrar na Sala dos Ouvintes, costuma apenas fazer uma careta e recuar, sabe-se lá por quê.
Que seja então Sandra.
Faço uma anotação mental para abordar esse tópico com a sra. U. durante nossa próxima noite juntos.

Ensaiamos ao longo dos dois dias seguintes.
Chega enfim o dia da Performance.
Às três, Jed vem nos Rearrumar. Os Faladores, de pé, formam um triângulo coeso no centro da Parede da Fala, estando circundados por nossos Cantores. Um dos Cantores, que tem medo de altura, é tranquilizado por um bom tempo pelos demais, porém acaba recebendo um ansiolítico dado por Jean.
Uma vez que cada um de nós estará Falando/Cantando a partir de múltiplas perspectivas, o vestuário é simples: cada qual vai usar um novo Conjunto de Moletom preto. O filho adulto Mike, resmungando, tira as roupas envoltas em plástico da caixa de Alvos, uma a uma, pondo-as no chão da Sala dos Ouvintes a fim de, junto com Jean, verificar os tamanhos e ver quem recebe o quê.
"Que espetáculo, que noite!", ele diz.
"Mike", diz Jean. "Sem sarcasmo. Temos muita coisa a fazer."
"Um punhado de gente velha e rica precisa ouvir um sujeito velho e rico contar a história de um monte de jovens opressores imperialistas que morrem de forma gloriosa", diz o filho adulto Mike. "Encenado por um grupo de pessoas que, sem que elas próprias percebam, estão sendo oprimidas pelo sujeito velho e seus camaradas ricos na plateia, os quais ele insiste em matar de enfado de semanas em semanas, e os quais aceitam isso em

nome da amizade, tornando-se dessa forma cúmplices em todo o espetáculo de merda."

"Alguém aqui dá a impressão de estar oprimido, Mikey?", Jean pergunta. "Além de você? Dê uma olhada em volta."

Nós Faladores sorrimos ao nos ver em nosso novo Conjunto de Moletom preto. Os Cantores, em seu novo Conjunto de Moletom preto, também sorriem. Estamos alegres porque gostamos de nossa aparência, é claro, mas também por estarmos num estado de aguda expectativa, pois estamos trabalhando em algo profundo, complexo e surpreendente que dentro em pouco teremos a oportunidade de oferecer a um grupo de pessoas que de modo algum esperam ser impressionadas.

Um sentimento que o filho adulto Mike, tristemente, nunca conheceu.

Ele não tem nenhum trabalho, nenhum dote artístico, nenhum sonho, nenhuma alegria. Tem apenas raiva e um desejo de estar correto em sua desaprovação enérgica e moralista de tudo o que vê.

Ele vem e senta-se diante de nós.

"Jeremy, o que é você?", ele pergunta. "Um homem de uns trinta anos?"

Lanço-lhe um olhar como quem diz: Muito engraçado, filho adulto Mike.

"Não, seriamente", ele insiste. "Qual a sua idade?"

Levanto a mão.

"Pode responder."

"Quatro."

"Certo, você tem quatro anos. Quatro anos de idade."

"E dois meses", acrescento.

Lauren e Craig assentem com a cabeça, como se dizendo: Nós também temos quatro anos e dois meses.

"Bem grandinhos para quem tem quatro anos", ele diz. "Além disso, Craig, você está ficando careca."

Craig cora, lança um olhar tristonho para cima, na direção dos cabelos.

"Mike, francamente", diz Jean. "Você precisa crescer, mostrar algum respeito. Pelo trabalho do seu pai."

Jean deve ter sido uma criada aqui por muito tempo para que o filho adulto Mike, em geral tão irritadiço e combativo, não dê bola para sua repreensão.

"Quer dizer que vocês todos nasceram desse tamanho no mesmo dia há quatro anos?", ele pergunta; "Acham que foi o dia em que nasceram? O dia do nascimento coletivo?"

Faço que sim com a cabeça, Lauren sorri, Craig levanta o polegar como quem diz: Pelo que sabemos, foi isso mesmo.

"Quem foi a mãe de vocês? Já pensaram nisso?"

Pensamos. Chegamos até a conversar baixinho sobre o assunto. Uma de nossas primeiras recordações compartilhadas é de nos ter sido dito, por Jean, que as respectivas mães nos deram à luz aqui, mas depois tiveram de ir embora porque precisavam dar à luz outras crianças em outros lugares. Jean explicou que elas estavam muito ocupadas dando à luz Faladores em todo o país, prestando um serviço real ao mundo ao enchê-lo de Faladores de alto nível. Graças a nossa mãe, muitas pessoas teriam grande prazer nas Salas de Ouvintes, de uma costa à outra.

Foi uma longa explicação, tão longa que precisou ser lida de um papel plastificado, mas alguma coisa relacionada ao fato de ser obrigada a fazer a leitura amenizou o temperamento de Jean, que, antes de chegar ao fim, jogou o documento no lixo e usou sua Vara de Alcance para nos oferecer doces — momento em que pela primeira vez sentimos que iríamos mesmo gostar deste lugar.

E foi o que ocorreu. Gostamos mesmo daqui.

"Mas onde é que vocês estavam antes de vir para cá?", pergunta o filho adulto Mike.

"Vou chamar o seu pai", diz Jean.

"Vá em frente", diz o filho adulto Mike. "Ele sabe qual é a minha opinião sobre esta merda."

Jean vai.

"Céus", eu digo.

"Céus, está bem", diz o filho adulto Mike. "Vamos partir daí. E então? Vocês saíram da vagina da mãe de vocês já desse tamanho todo? Pensem nisso, gente. Como essas senhoras tinham de ser grandes para que uma porra dessas funcionasse? É só pensar um pouco."

O sr. U. entrou.

"Acho que tínhamos combinado que isso não ia acontecer mais", ele diz.

"Ótimo, papai", diz o filho adulto Mike. "Divirta-se com seu 'espetáculo', coreografando essa bosta do History Channel. Que, aliás, acho que negligencia em muito a perspectiva dos indígenas. Mas não me culpe. Não tenho culpa por nada disso."

"Michael, Mikey", o sr. U. diz. "Você não está entendendo, foi um acontecimento crucial na história. A *Ilíada* norte-americana, se podemos assim dizer."

"Argh, Jesus Cristo!", grita o filho adulto Mike.

Saindo como um furacão, ele apaga, acende e apaga as luzes.

O sr. U. segue atrás do filho.

Jean vai até o interruptor e reacende as luzes.

"Esqueçam isso, gente", ela nos diz. "Tratem de fazer o que sabem. Divirtam-se."

É o que planejamos fazer. Planejamos fazer o que sabemos, nos divertir.

Dentro de mais ou menos uma hora, o sr. U. retorna trazendo livros de história. Sentando de pernas cruzadas junto ao Potenciador, ele se esforça em adicionar manualmente bastante material novo para atender à crítica do filho adulto Mike sobre a escassez de relatos dos indígenas. Uma vez feito isso, como somos profissionais, devemos obviamente Ensaiar, em especial as novas informações, a fim de parecer um todo único — e isso toma a maior parte da tarde.

A Companhia chega às sete.
Menos gente que antes. Como se as notícias sobre nossa última Performance tivessem circulado.
Mas não importa.
Como sabemos, os quinze ali reunidos verão algo especial.
A sra. U., como de costume, está nos fundos, já exibindo uma expressão tristonha. Eu gostaria que nossos olhares se cruzassem. Mas estou concentrado no trabalho. Em pensamento, dedico-lhe minha Performance, esperando que algo a cative e impressione o bastante para atraí-la à noite, depois do Espetáculo.
Acho que tenho uma boa chance.
Porque me foi atribuído um Solo importante.
O sr. U. bate com a batuta no Pódio de Controle.
Começamos.
Reno avança em direção à aldeia. Os jovens lakota correm ao longo da margem, soando o alerta. Sou de novo o soldado raso Neubauer, Craig de novo o Cachorro Amarelo, Lauren de novo Reno. O ataque fracassa, a linha de escaramuça é formada, os tratadores dos cavalos, cada qual responsável por quatro animais nervosos, tremem à sombra do bosque de sabugueiros. Faca com Sangue leva um tiro, Reno entra em pânico, chega no alto da colina antes de seus homens. Sem montarias, sem munição, apavorados, eles o seguem, com nossos Cantores transmitindo por meio de um contraponto dissonante o terror que sen-

tem. Muitos soldados são mortos no caminho, ao cruzar o rio ou subir a vertente íngreme do outro lado, golpeados com bordunas, machadinhas ou a coronha de rifles.

Na colina Reno, os cadáveres começam a inchar devido ao calor brutal; Reno está bêbado, mal-humorado, inútil. Nós, seus homens, estamos aterrorizados e confusos. Alguns, delirando, não param de falar. Carvelli tomba. Dietzen urra. Alguns de nós começamos a cavar. Parapeitos rudimentares são construídos com alforjes e latas de comida. Os cavalos são postos num pequeno declive do terreno no centro do perímetro defensivo, onde se montou um improvisado hospital de campanha.

Cercados na colina, todos nós, Cantores e Faladores, clamamos por Custer. Por que ele não veio nos apoiar, como prometeu?

Não há resposta.

Nós o vimos pela última vez no topo do morro, mas não está lá agora.

Abandonados, refletimos sobre aquele que, assim acreditamos, nos abandonou. A fim de fazer isso, nos transformamos nele. Craig, Lauren e eu, respectivamente, somos Custer criança, Custer como impetuoso cadete de West Point, Custer como herói da Guerra Civil e como cortejador de Libbie, com quem troca tórridas cartas pornográficas. Seis dos Cantores dão voz a Custer no que tem de mais arrogante. Cinco no que tem de mais inseguro. Transmitimos sua ansiosa ambição típica dos norte-americanos, o amor pelos cães, o modo neurótico de falar em staccato quando movido pela excitação, a capacidade errática de comunicação, a alucinada confiança no campo de batalha.

Então, descendo o vale, enquanto os Cantores fornecem uma tríade exuberante, nós realizamos um Retrocesso, voltamos no tempo e começamos a viver a manhã de acordo com o estado de espírito coletivo da aldeia.

O dia tem um início tranquilo. Estamos felizes, em paz. Cachorro Amarelo flerta com Corça da Perna Preta. Ouvem-se tiros. Nos primeiros momentos do ataque, Touro Sentado manda seu sobrinho Touro Um e o amigo do sobrinho, Bom Rapaz Urso, para negociar a paz com Reno. Bom Rapaz Urso é baleado nas duas pernas e Touro Um o traz heroicamente de volta ao acampamento puxando por uma corda depois de laçá-lo. O cavalo de Touro Sentado é morto com um tiro. Abandonando as intenções pacíficas, ele ordena um contra-ataque. Velho demais para combater, ajuda as mulheres e as crianças a fugirem para o norte em busca de segurança.

Um dos que cavalgam ao encontro de Reno é Cavalo Louco. Craig, Lauren e eu, respectivamente, lhe damos voz como uma criança precocemente atlética; um impetuoso jovem apaixonado que cortejou a mulher de outro homem e por essa razão levou um tiro na cara; um místico no topo da colina, ansiando por uma visão sem antes ser submetido aos necessários rituais de purificação.

Seis dos Cantores dão voz a Cavalo Louco como um homem santo transcendente (instruído, naquela visão, a abrir mão de todas as posses e sempre entrar na batalha sem adornos, amado não somente pela bravura mas também pela abundante caridade em relação aos pobres), que vive como eremita, ligeiramente louco. (Conhecido na comunidade como "nosso homem estranho", ele continuou a cortejar Búfala Preta, esposa de Nenhuma Água, mesmo depois de ela dar à luz o terceiro filho — entendendo como cortejo ficar dias a fio nas proximidades da tenda do casal sem ser convidado.)

Aqui está ele agora, partindo na direção de Reno num galope tonitruante, uma única pena na cabeça, uma pedra atrás da orelha, o corpo sem nenhuma pintura exceto por alguns poucos traços que representam os raios e a neve.

Lauren torna-se Corça Vermelha, cujo filho, Coelho, nasceu com uma perna aleijada; ele tem dez anos, é grande demais para ser carregado. Amigos, tias, mães e até crianças que começaram a andar há pouco tempo passam por eles ao fugir. A boca de Corça Vermelha está seca devido à poeira. Por que eles vêm de tão longe para nos matar, para matar gente como ele, tão carinhoso com todos e com tudo, simples em seus modos (protetor de pássaros caídos, preocupado com búfalos caçados)?

Seu marido é Chifre Três. Partiu com Cavalo Louco para enfrentar Reno. Que esteja a salvo. Ele é audaz, orgulhoso, impulsivo. Um dos rituais agradáveis no casamento deles é quando, à noite, ela aconchega seu corpo pequeno e frio no corpo grande de Chifre Três, assim se aquecendo. No escuro, ele pergunta com voz brincalhona se deverá ser sempre a fogueira dela.

O menino está se movendo bem agora. Ela precisa ser paciente.

Por enquanto, está tudo silencioso. Não há necessidade de apressá-lo.

Ele olha para cima, dá um sorriso de desculpa; ela despenteia os cabelos dele e seguem em frente.

Por que precisamos ser eternamente perseguidos por esses assassinos imbecis? O que obriga essas criaturas desatinadas a deixar a família para trás e viajar por tantos quilômetros para nos atacar? Têm a aparência de seres humanos, mas a mente sofre da miopia egoísta dos animais. Parecem porcos na cor da pele e nas atitudes. Montados em cavalos, esses porcos vestidos penetraram no frágil esqueleto da aldeia, com cuspe nas barbas malcuidadas, um brilho tresloucado nos olhos injetados de sangue, como em Washita (ela estava lá, dois de seus irmãos morreram naquele combate), onde tomaram muitas mulheres e crianças como reféns, mais tarde usando as mulheres, tendo algumas delas voltado como ruínas humanas.

É um dia bom para morrer, gritam os guerreiros galopando ao encontro dos invasores brancos. E tentam crer nisso embora a garganta esteja seca e o coração martele no peito, e os entes queridos que talvez nunca mais voltem a ver vão ficando rapidamente para trás. É um dia bom para morrer, eles gritam, e precisam acreditar nisso para serem capazes de fazer o que quer que seja exigido deles nos momentos terríveis que se seguem, livres de qualquer desejo de permanecer nesse doce mundo ainda a se abrir para eles.

 Olho de relance para o sr. U. Concentração pura. Será que estamos indo bem? Estamos. Ele sabe. Ele os tem sob seu domínio, a Companhia. O que lhe vem agora é um tipo diferente de suor, o suor de um homem decidido a fazer alguma coisa alcançar uma conclusão gloriosa após muitos anos de humilhação.

 Olho de relance para a Companhia. Todos estão extasiados. Ninguém examina o programa nem deseja escapar pelo teto. Uma esposa aperta a mão do marido como se dissesse: Bom, não é mesmo? Ele dá um aperto de volta: Sim, estou contente de termos vindo.

 A sra. U., na última fileira, está de pé, alerta, como se alguma coisa dentro dela a instasse a reparar com novos olhos naquele homem que vem subestimando faz muitos anos. Durante a Performance ele está manifestando uma verve enérgica, uma atenção focada que, ao longo de todos aqueles anos, lhe vem negando.

 O filho adulto Mike aparece na porta, sai e volta, como se estivesse esperando pela chegada de alguém.

 Será que o filho adulto Mike convidou uma namorada? Isso seria bom. Talvez, para se tornar mais simpático, tudo de que o filho adulto Mike precisa é de uma companheira. Afinal, seus pais são extraordinariamente agradáveis.

 E aquela seria a melhor noite para que o filho adulto Mike pudesse ter convidado uma namorada.

Porque estamos mesmo produzindo um espetáculo ímpar, e todo mundo aqui sabe disso.

Faz-se silêncio em todo o vale do Little Bighorn. Os homens de Reno, ainda cercados, ouvem apenas o som da própria respiração entrecortada. Em volta deles, nas ravinas e no leito seco de riachos, os guerreiros se movem sorrateiros, engatinhando, atentos para qualquer movimento na colina. São jovens, muitos deles, e nervosos, porém essa é a oportunidade por que tanto ansiaram: o inimigo está realmente em suas mãos.

Do outro lado do vale, na direção norte, Custer para num promontório.

Diante dele está a maior aldeia que jamais viu.

Para a fim de raciocinar.

Tanta coisa depende do que fará a seguir.

Numa espécie de interregno, os Cantores descrevem os veados, linces, alces e leões da montanha que são encontrados em grande número nas cercanias. Cantam as folhas esvoaçantes dos álamos; as águas saltitantes do riacho, que, desconhecendo a paz ou a guerra, sempre correm entre as pedras; o som do vento ao cruzar a planície, amoldando-se com suavidade às encostas das colinas, aos barrancos, aos penhascos e ravinas.

Mas o silêncio não pode perdurar.

Em breve começará o verdadeiro morticínio.

Nós, Faladores e Cantores, começamos a pronunciar em uníssono a sílaba O, com tristeza, pasmo e assombro por conta do que está prestes a acontecer aqui, no meio do nada, nessa área de capim seco e colinas onduladas que, se aquele exército não tivesse vindo, teria permanecido desconsiderada pela história assim como inúmeros locais semelhantes no Oeste foram ignorados pela história porque neles não se registrou uma matança generalizada.

Reunidos naquela tarde de verão, no topo do morro ou no vale que o circunda, há inúmeros seres humanos cujo destino é morrer nesse dia, cerca de trezentos que acordaram pela manhã sem ter ideia de que seria sua última.

Por quê? Por que isso teria de acontecer? Não há coisas em abundância e beleza suficiente para garantir o sustento de todos em paz, caso fosse essa a intenção geral?

E há.

Mas a paz não é a intenção geral. Não é a intenção do exército. Não é a intenção da nação que o exército representa. A intenção da nação consiste em possuir aquela terra sem a menor contestação.

A intenção dos povos indígenas é continuar a existir ali, numa terra que, na verdade, já mudou de mãos várias vezes antes, frequentemente de forma violenta, ou seja, um território tomado à força de outras pessoas. Os membros desses povos também atacaram lares pacíficos, sequestraram mulheres, assassinaram crianças.

Aparentemente, a paz não constitui a intenção geral da humanidade, embora nas horas vagas (no lar querido, no coração individual) às vezes possa parecer que sim.

Seja como for, a coisa foi longe demais e agora precisa ser terminada.

Graças ao Ensaio, sabemos como terminará: Custer, tentando atacar a extremidade norte da aldeia, será repelido pelos atos heroicos de Boi Branco, Urso Ruano, Escudo Branco, Cavalo de Rabo Cortado, Faca Cega, Filhote de Búfalo e Lobo Louco, entre outros que, escondidos numa depressão do terreno em meio aos salgueiros, devido ao uso rápido e certeiro de rifles de repetição Winchester e Henry, parecem representar uma força mais numerosa. O ataque fracassa, os soldados são forçados a recuar para o local de onde partiram. Milhares de guerreiros, convergindo de todas as direções, vão cercá-los e cair sobre eles, que, esforçando-se para encontrar um sítio de onde possam lutar, morrerão em grupos separados, alguns formando linhas de escaramuça, outros paralisados pelo terror, perdendo todo o senso de realidade. Alguns, temendo ser torturados, se suicidam (individualmente ou em pares adrede combinados). Outros combaterão bravamente até o fim. Outros tantos, sem munição, largarão as armas e fugirão em desespero, sendo logo alcançados e mortos por guerreiros que os perseguem a cavalo.

Ah, John!, um soldado gritará para o guerreiro montado que está prestes a lhe estourar o crânio, usando o nome que as tropas empregam para denominar todos os indígenas.

Restará enfim somente um punhado de homens, inclusive Custer, na pequena elevação que para sempre será lembrada como colina da Última Resistência.

E lá morrerão.

Tudo isso vai acontecer nos próximos quarenta minutos.

Mas nada disso aconteceu ainda.

Custer, montado em Vic, entende a real extensão da aldeia pela primeira vez.

Oh, Cantamos.

Oh, Falamos.

Onde está Custer?, gritam os homens na colina Reno. Tememos que tenha nos abandonado para morrermos aqui.

Onde está Custer?, grita a aldeia. Tememos que tenha nos ludibriado, e agora nos destruirá vindo do norte.

E, nesse ponto, o sr. U. decidiu fazer o Intervalo.

Cessa toda a Fala, cessa todo o Canto. Tal como instruídos pelo sr. U., ficamos totalmente relaxados, cabeças caídas sobre o peito, imóveis junto à Parede da Fala.

No Pódio, o sr. U. também deixa a cabeça pender. Não precisa se voltar para trás a fim de saber o que pensa a Companhia. Ele sabe. Nós sabemos.

Sabemos perfeitamente como fomos poderosos.

A Companhia se põe de pé, seu vívido entusiasmo aparentemente insatisfeito com o fato de só poder se manifestar através daqueles corpos limitados e de meia-idade que aplaudem.

A sra. U. caminha pelo corredor (quase dançando), abraça o sr. U. e o beija ali na Sala dos Ouvintes, em frente à Companhia.

Sinto, cumpre confessar, uma pontada de ciúme.

E, todavia, é bom vê-los juntos e felizes. É mesmo. Eles constituem uma família. São nossa família. Somos uma família. É bom para todos nós que estejam felizes.

No entanto, se estão felizes, como eu o serei algum dia? Quando minha futura felicidade depende de outros beijos mordidos? Imagino as noites solitárias que virão caso eles se reconciliem, enquanto estou tristemente pendurado na Parede da Fala, ouvindo-os rir, talvez ouvindo os ruídos que fazem ao ter relações sexuais (!), emanando, quem sabe, do sofá na Área de Estar Principal, de onde, faz muito tempo, logo depois de meu nascimento e antes que eles brigassem, certa vez ouvi tais sons, os gritinhos excitados que ela deu e que, mesmo então, quando eu era recém-nascido, me excitaram.

No entanto, o fato é que se trata da esposa dele, a mais velha amiga, a companheira. Pode ter sido meramente um beijo de amizade, como se ela dissesse: Querido, estou realmente feliz de ver que você não fracassou mais uma vez.

O sr. U. manda Jean nos trazer água. Enquanto bebemos, redobram os aplausos da Companhia, como se dissessem: Claro, sim, foram eles que fizeram o trabalho, Deus meu, deixe que bebam.

A Companhia sai durante o Intervalo, lançando olhares de admiração em nossa direção.

Mas não há Intervalo para nós: temos muito a fazer se quisermos que a Segunda Parte supere a Primeira.

Jed e Jean trazem rapidamente a escada, os andaimes, as plataformas cobertas de borracha.

"Onde está o Mike?", Jed pergunta. "Era para ele ajudar."

"Esqueça aquele merdinha", diz Jean. "Andou perdidão o dia inteiro."

As plataformas são postas sob nossos pés. DesPregados, descemos pela escada, um após o outro. Tentamos ser velozes sem correria. Não será bom estarmos sem fôlego ao começar. Os Cantores também são desPregados e descem. Jed percorre a fileira assim formada inserindo delicadamente em nosso receptor Fahey o pequeno dispositivo sem fios chamado RoamStar.

Equipados com o RoamStar, não precisamos mais estar Pregados à Parede da Fala: com as mãos e os pés livres, podemos agora Falar ou Cantar de qualquer lugar.

Fazemos um teste. Jed obriga cada um de nós Faladores a circular pela Sala pronunciando as letras do alfabeto extremamente rápido e depois com extrema lentidão.

A seguir, enquanto perambulam, os Cantores percorrem escalas de tom maior e menor, subindo ao mais agudo, descendo ao mais grave.

Tomamos posição ao longo da parede, a cabeça inclinada para trás de modo que, quando a Companhia retornar, pareça que as cabeças estejam, como antes, aninhadas nas Taças Fahey. No momento crucial (quando Custer alcançar a pequena elevação onde morrerá, entendendo por fim que fracassou o ataque de Reno à aldeia, que os inimigos são talvez dez vezes mais numerosos que seus homens, que sua famosa sorte acabou), nós nos afastaremos da parede (grande surpresa!) e, dando voz aos lakota, arapaho e cheyenne, cercaremos a Companhia, nos aproximando agressivamente dos Ouvintes, penetrando entre eles. Isso aumentará o imediatismo da experiência, fazendo com que todos sintam, como Custer e seus homens devem ter sentido, a impossibilidade de escapar. A morte chega, chega em breve, está quase diante deles. O sr. U. nos encorajou, a nós que Falamos e Cantamos, a tocar nos membros da Companhia, a trepar por cima deles, a fazer com que sintam nossa presença. Tencionamos causar desconforto, ele disse, fazê-los entender que aquilo de fato aconteceu, que envolveu gente de verdade simplesmente igual a eles.

O sr. U. põe a cabeça para dentro da Sala, vê que tudo está prosseguindo bem, nos faz um sinal positivo com o polegar — e vários de nós lhe respondemos com idêntico sinal amistoso.

Isso vai ser tão bom!

Observamos o rosto dos membros da Companhia quando, ao voltar do Intervalo, reparam que estamos de pé no chão, e não mais no alto da Parede.

O sr. U. encaminha-se para o Pódio, visivelmente entusiasmado com os elogios sinceros que recebeu durante o Intervalo.

Dá uma batidinha seca no Pódio, com a batuta.

Começamos.

Custer tenta atacar a extremidade norte da aldeia, porém é repelido por Boi Branco e os demais. Na tentativa, um oficial, talvez o próprio Custer, é baleado. Os homens estão confusos, paralisados por esse acontecimento inesperado, a primeira morte do dia naquela ala do Sétimo Regimento. Milhares de guerreiros agora avançam na direção deles. É o começo do fim. São perseguidos ao subir pela ravina profunda. De início combatendo bem, apesar de prejudicados pela necessidade de trazer o oficial ferido. Então as coisas acontecem rápido, rápido demais, mais rápido que qualquer um deles poderia ter imaginado. Não há tempo para pensar, reconsiderar, rezar. Um homem — na verdade um rapaz — do Kansas vê horrorizado quatro guerreiros a cavalo se aproximarem. Ele perdeu a arma e a bota esquerda. Tem vontade de dizer: Parem, por favor, parem, me deixem refletir sobre tudo isso. Como vim parar aqui? Não tem uma maneira de voltar no tempo e estar em casa?

Mas eles já o alcançaram.

Oh, John!, seu amigo grita ali de perto e, morrendo, o rapaz do Kansas ouve essa frase vagamente, o derradeiro som que ouviu. (Lá no Kansas, naquele exato momento a mãe do rapaz para diante do poço de água, balde na mão, sentindo por alguns segundos a presença dele — como dirá mais tarde, e dirá repetidas vezes até seu último dia de vida — com tamanha carga de horror e pânico que, deixando tombar o balde, ela cai de joelhos.)

O grito se repete entre os indígenas: Podemos matar eles todos! As flechas liquidam cavalos e seus tratadores. Os soldados são perfurados no crânio, no pescoço, nos olhos. Os guerreiros sacodem mantas para fazer os cavalos baterem em debandada. A mandíbula de um guerreiro é atingida e ele anda pelo campo desorientado, sem a parte inferior do rosto. Trata-se de Chifre Três, o homem que, à noite, aquece sua esposa Corça Vermelha. Ela, tal como a mãe do Kansas, tem um pressentimento de desastre enquanto continua a guiar o filho deles até um local seguro. Vendo Chifre Três assim desfigurado, Perna de Pau corre para uma ravina próxima a fim de vomitar. Os cavalos em fuga do Sétimo Regimento se misturam aos pôneis dos guerreiros, que apearam a fim de melhor se esconder nas valas e fendas incontáveis que conduzem ao topo da colina para onde escapou o grupo final de brancos e onde tentarão resistir. A poeira densa faz com que pareça já ser noite, embora ainda sejam quatro horas da tarde.

Eu fecho e abro a mão nervosamente, aprontando-me.

Está quase na hora do meu Solo.

Ansioso, preparo o terreno.

Sou o tenente Henry Harrington, conhecido entre os guerreiros como o "homem mais corajoso" pelo modo com que combati naqueles últimos e frenéticos momentos quando a Companhia C, sob seu comando, buscou em vão reunir-se ao grosso da tropa de Custer. Ao ficar claro que todos os subordinados estavam mortos ou prestes a morrer, ele apontou seu cavalo (um magnífico ruão de peito largo) diretamente para as fileiras dos indígenas e cavalgou em meio aos guerreiros surpresos, afastando-se do campo de batalha, galopando com estrondo rumo a uma campina aberta a oeste.

Dois guerreiros abandonam o combate para persegui-lo (eu vou Falar, eu vou Gritar), mas sua montaria era superior e, em breve, ele se distanciou dos perseguidores. Então, mesmo quando eles desistiram da caçada e fizeram as montarias seguirem a passo, Harrington inexplicavelmente encostou o revólver na cabeça e...

"Oi, oi!", diz o filho adulto Mike da porta da Sala dos Ouvintes. "Por favor, peço a atenção de todos."

O sr. U. aciona a Pausa.

É um choque deixar assim abruptamente para trás a sensação de calor/medo/pradaria que nós Faladores e Cantores havíamos acabado de reconquistar prazerosamente.

"Meu filho", diz o sr. U., seu sorriso incerto parecendo indicar que obviamente ficaria feliz em incluir o filho adulto Mike naquele seu momento de triunfo, seja lá como o filho adulto Mike desejasse ser incluído, embora também talvez se pergunte por que o filho adulto Mike não dissera um pouco antes (por exemplo, durante o Intervalo) o que aparentava querer dizer.

O filho adulto Mike dá um passo para o lado e faz um gesto largo com o braço como se dissesse: Vejam, vejam quem estou recebendo aqui.

Eles entram depressa: jovens usando gorro branco por baixo do capuz do moletom verde-esmeralda, carregando armas, são homens e mulheres que lembram um pouco aquelas bandas de adolescentes que o filho adulto Mike, quando entediado, nos obriga a ver no celular dele.

O líder ordena que a Companhia fique calma. A Companhia não fica: dois homens exigem saber do que se trata, será que não sabem que aquela é uma casa particular? O líder convida os dois a se encaminharem ao corredor para falar o que quiserem, pois está ali (estão ali) para ouvir.

"Espero que sim", diz o mais rotundo dos dois — apesar de ambos serem rotundos —, reunindo-se depois ao líder no corredor e estendendo a mão para o companheiro menos rotundo, que está tendo alguma dificuldade em sair.

Os dois homens rotundos estão agora no corredor, prontos para manifestar seus sentimentos.

O líder levanta a arma e mata os dois, primeiro um, depois o outro.

Que barulhão! Nós Faladores, nós Cantores, a Companhia, o sr. U., a sra. U. e o filho adulto Mike nos encolhemos ao mesmo tempo, um ninho de camundongos sob a sombra negra da asa enorme de alguma águia em sobrevoo.

Os homens rotundos são duas massas sangrentas no chão, com as mulheres gritando, ainda sentadas.

"Nós vamos trazer alguma decência para este mundo!", proclama o líder. "Uma vez por todas. Começa hoje de noite."

Como podem falar de decência, pergunta uma senhora idosa com cabelo jovem, quando acabaram de matar Keith Durtz e Larry Reynolds, que contribuíram generosamente em tantas causas de caridade? Não é verdade, Leah?

"E ele nem queria vir hoje aqui ver isso", soluça Leah, esposa do baleado Keith.

O líder agarra a senhora idosa pelo cabelo jovem e a puxa até o corredor.

Ela gostaria de elaborar? Algo mais a dizer sobre aquilo? Ao alegar a hipocrisia daquele grupo que agora tem nas mãos sua vida?

Não gostaria.

Ele a atira para o lado. Ela cai no chão com uma elegância inadvertida e melodramática, lá ficando, de olhos abertos.

Piscando.

Um dos invasores, uma moça que usa tênis amarelos, começa a recolher os celulares da Companhia numa bolsa de pano tie-dye.

A Companhia, o líder anuncia, seguirá para o porão. Dentro de poucas horas chegará a ajuda e serão todos liberados. Eles, o Consórcio do Gorro Branco, compreendem o conceito da culpa diferenciada. Serão os membros da Companhia tão culpados quanto o sr. e a sra. Untermeyer, simplesmente por comparecer a um evento? Não. Alguns, é verdade, podem ter Cantores e/ou Faladores em casa. Mas o Consórcio decidiu errar em favor da comiseração. A Companhia pode ficar tranquila, ninguém será maltratado. Pelo menos, não hoje à noite. Mas ele espera que, enquanto estiverem no porão, aqueles na Companhia que de fato têm Cantores e/ou Faladores em casa refletirão sobre o papel da chance obtida naquele momento: a ação está ocorrendo aqui, nessa casa (e não na casa deles), só porque a liderança do Consórcio foi recentemente agraciada com uma oportunidade, graças a certa pessoa iluminada e ex-colega (nesse momento faz uma saudação brincalhona para o filho adulto Mike), porém a Companhia pode ter certeza de que chegará a hora, e rezemos para que seja em breve, a hora em que nenhuma família que participe dessa prática bárbara e degradante continuará a se sentir de todo segura em casa.

Esses indivíduos (ele diz, indicando a nós Faladores, a nós Cantores) não são animais, nem brinquedos nem objetos de diversão. O que achariam os membros da Companhia se um deles, sua esposa, um dos filhos ou pais, tivesse sua memória erradicada através do Procedimento Morley (ou Morley II, para os Cantores), perdendo assim toda a consciência de quem foram, como tinham vivido até então, o que valorizavam, a quem amavam — e acordando para se ver Pregados na Parede da Fala de algum estranho, obrigados a atuar como um animal treinado para a diversão barata de uma plateia de idiotas?

"Eu gostaria de responder", diz o sr. U. "Mas não quero levar um tiro. Isso é possível?"

"Seja breve", diz a moça dos tênis amarelos.

"Eu contesto sua caracterização", diz o sr. U. "Ninguém foi coagido. Pelo contrário, esses Faladores, esses Cantores, se candidataram. E consideraram um grande privilégio terem sido aceitos. E são bem compensados. O dinheiro é enviado — creia em mim, eu preencho os cheques todos os meses — para as pessoas que designaram. Essa gente, francamente? São como parte de nossa família. Vocês podem não gostar, mas todos aqui consentiram com esse arranjo e, se posso assim dizer, por mais terrível que me considerem, eu pelo menos nunca matei ninguém."

Tenho vontade de aplaudir. Por que esses tipos grosseiros estão aqui, em nossa casa, com sua violência? Nada sei sobre "compensação" ou "pessoas designadas", não sei nada disso, mas sinto orgulho da coragem do sr. U. e confiante em que sua eloquência vai triunfar.

Os invasores não dão sinais de estar sensibilizados.

"Basta", diz o líder. "Basta dessa previsível conversa fiada reacionária."

"Não se trata exatamente de 'voluntariar', caso você seja levado a fazer isso por necessidade", diz a moça dos tênis amarelos.

Pegando um caderninho de notas, ela se aproxima de Craig.

"Hector", ela diz. "Esposa: Danielle. Sem filhos. Desempregado durante sete anos. Três poodles: Rudy, Phipps, Esmeralda II."

Vai depois para junto de Lauren.

"Cindy", ela diz. "Enfermeira com um triste problema de dependência química. Também um filho. Um bebê, Stuart."

Lauren de início não reage. Depois bufa pelo nariz, surpresa, como se um sino tivesse tocado dentro de si.

A Companhia deve ir para os fundos da sala, diz o líder. Nenhum heroísmo, por favor, nenhum drama.

Para obedecer, aqueles que estavam sentados na primeira fileira devem pular por cima dos dois cadáveres corpulentos. Um velho para a fim de ajudar uma senhora idosa (não tão velha quanto ele) a se levantar. Seus cabelos jovens, uma peruca, ficam para trás, onde caíram.

Antes de seguir para o porão, a moça dos tênis amarelos diz que há algo que deverão testemunhar. Para benefício próprio. Para encorajá-los a mudar. Para ajudá-los a ver a luz.

O filho adulto Mike não está com uma aparência boa. Como alguém que talvez não tenha sido totalmente informado ao facilitar aquilo, isto é, por exemplo, sem saber que dois homens corpulentos seriam assassinados e uma senhora idosa atirada ao chão com tamanha força que seus jovens cabelos voariam para longe.

"Mike", diz o líder. "Onde está sua mãe?"

"Ela odeia essas coisas", diz o sr. U. "Está viajando."

"Isso é mentira", diz o líder. "Ele nos disse que os dois estariam aqui. Mais ou menos meia hora atrás. Quando telefonou para nos dar o sinal verde. Onde está sua mãe, Mike?"

Os olhos do filho adulto Mike estavam bem fechados e seu corpo balançava ligeiramente.

"Ele está com medo", diz o sr. U. "Não parece entender o que está se passando."

"Foi ele quem arranjou tudo, o babaca", diz o líder.

"Sei disso", o sr. U. diz em tom manso. "Claro que sei disso."

"Sou a favor da liberdade", diz o filho adulto Mike. "Mas não do assassinato."

"Bom, você não pode ser a favor da liberdade e contra o assassinato", diz a moça dos tênis amarelos.

"Qual de vocês é a Angela Untermeyer?", pergunta o líder.

Faz-se um longo silêncio na Sala dos Ouvintes.

"Eu sou Spartacus", diz como piadinha um membro da Companhia; depois, parecendo arrepender-se de imediato, cobre a boca com as duas mãos.

"É aquela", diz Lauren. "Lá nos fundos."

A sra. U. faz uma careta de escárnio, se afasta da parede, chega ao lado do sr. U. na frente, toma sua mão e a traz até os lábios para beijá-la.

O líder levanta a arma na altura da cabeça do sr. U. enquanto a moça dos tênis amarelos começa a filmar com seu celular.

"Pelo crime de degradação de homens e mulheres que, não menos que você, merecem vidas repletas de dignidade, respeito e autonomia", diz o líder, "nós o condenamos à morte."

"O quê?", grita o filho adulto Mike.

"Vocês dois condenados à morte", diz a moça dos tênis amarelos.

"Nós condenamos vocês dois à morte", diz o líder, "na esperança de que, em todo o país, outros de sua laia, vendo isso, compreenderão que o abuso sistemático de seres humanos inocentes produz consequências."

"Consequências severas", diz a moça dos tênis amarelos.

"Nunca abusamos de ninguém em nossa vida", diz a sra. U. numa voz rouquenha que mal pode ser ouvida.

"Me desculpe, não é verdade", diz Lauren.

Todos olham para Lauren.

"Ela abusa sexualmente de Jeremy", ela diz. "Com frequência."

Todos olham para mim.

"Ela vem aqui à noite. Faz com que ele Fale para ela, enquanto… vocês sabem", diz Lauren.

"Se dá prazer", diz Craig.

Todos olham para a sra. U.

Que está corando.

"Eu nunca", ela gagueja. "Era…"

"Era o quê?", a moça dos tênis amarelos indaga asperamente.

"Consensual", diz a sra. U.

"Como pode ser consensual quando sua vítima sofreu uma lavagem cerebral e está Pregada a uma Parede, sem nenhuma memória de jamais ter estado fora dessa sala?", pergunta o líder. "Explique."

"É consensual", eu digo.

Todos voltam a olhar para mim.

"E é mesmo", eu digo. "Gosto disso. Gosto dela. Vivo esperando por aquilo. Eu a amo."

"Ora, ora", diz o líder. "Alguém trate de calar esse pobre coitado."

Que imbecil! Não estou nem Ligado. Estamos em Pausa. Sou eu mesmo, simplesmente eu próprio falando do coração.

A moça dos tênis amarelos vai até o Pódio e, ao mexer nos controles, nos tira em sua ignorância da Pausa, fixando nossa Intensidade em um nível não apenas alto, mas, aparentemente, num nível máximo onde nunca vamos.

Sinto o mais poderoso pré-Impulso que senti até então.

E sou Harrington.

Totalmente.

Samuels está se contorcendo no chão de terra, uma flecha na garganta. Riverton, arrancado do cavalo por um grupo de três guerreiros, é o alvo de três machadinhas que se movem sob o sol como pistões. Entendo que preciso escapar ou vou morrer. Eis uma abertura. Aponto meu magnífico ruão de peito largo em direção às fileiras dos indígenas e passo a galope pelos guerreiros surpresos, ganhando distância do campo de batalha, os cascos de minha montaria trovejando ao rumarmos para um campo aberto a oeste.

E estou livre.

Alguém me persegue?

Sim.

Os Cantores entram em cena. Não têm escolha. Eles também estão recebendo o Impulso na Intensidade máxima. Cada qual Canta uma melodia diferente e irregular. Tal como Ensaiado. A intenção do que Cantam: indicar o estado agitado de minha mente enquanto cavalgo. Se for apanhado, como muitas vezes discutimos entre nós, não me deixarei ser aprisionado vivo e então torturado, como Dennison, aquele pobre filho da mãe encontrado na trilha com as bolas pregadas na testa. Eu, Harrington, sou um sujeito justo e reconheço que se trataria apenas de um caso de "quem com ferro fere, com ferro será ferido". Lembro-me de ver, numa exposição em Denver, os órgãos genitais de uma mulher cheyenne colhidos por um soldado depois da luta em Washita e exibidos numa redoma. Entretanto, como nunca participei dessas ignomínias, a retaliação não parece justa quando é você que, em minutos, será vítima de qualquer injúria com uma faca afiada que esses sujeitos possam estar planejando.

Em meu magnífico ruão começo a me distanciar dos guerreiros.

Mas então, mesmo depois que eles desistem da caçada e fazem os cavalos andar a passo, eu inexplicavelmente encosto o revólver na cabeça. A qualquer momento agora (eu Falo) apertarei o gatilho, me matando instantaneamente, e meu corpo cairá para um lado do ruão, deixando atônitos os guerreiros que me observam.

Por que o farei?, pergunto.

Ninguém saberá dizer, respondo.

"Cara, para com isso!", alguém grita de longe.

"Esquece ele, Darren, meu Deus", diz uma segunda pessoa.

"Não consigo me ouvir pensar", o primeiro diz freneticamente.

Talvez (eu Falo, eu Grito) meu corpo não pudesse deixar de escapar (a poeira, os uivos de dor, o som percussivo de pedra batendo em carne vindo de todos os lados), mas agora, fugindo, me ocorre que isso é a mais pura covardia: o corpo de alguém ditando a ação sem um fim honroso. Como justificar tal coisa, mesmo que consiga escapar? Quando Custer e os outros ainda estão vivos enquanto fujo? Será que não devo retornar, engajar-me de novo na luta? Mas não posso, não farei isso, é terrível demais, minhas pernas e braços concordam com meu cavalo de que não há *volta*, porém minha mente, minha mente de herói, moldada pela honra, amante da virtude, sabe que não serei capaz de viver com isso, não serei capaz de cavalgar centenas de quilômetros para chegar a algum posto avançado da civilização e lá mentir sobre o que aconteceu (*recebi um golpe que me deixou inconsciente, e acordei horas depois para encontrar os camaradas mortos a meu redor*) ou honestamente confessar (*fugi quando ainda poderia ter feito mais a fim de ajudar Custer e seus homens, que continuavam vivos e lutavam na hora em que abandonei o campo de batalha*).

Era um dilema pavoroso.

Enquanto cavalgo, me parece que só há uma saída: morrer por minhas próprias mãos, salvando assim a honra.

Então um dos guerreiros que me perseguem fica a meu lado. Tendo se afastado de onde estava anteriormente. Junto ao trêmulo casal Untermeyer. Agora segue a meu lado, segurando o revólver de forma descuidada.

Estico a mão e tomo o revólver num gesto rápido.

É tão fácil.

"Ei, ei", ele diz, tentando recuperar a arma. Mas sou um oficial, o "homem mais corajoso", e ainda estou movido pela adrenalina.

E agora tenho o revólver na minha mão.

Por que não usá-lo?

Para salvar meus queridos amigos, o casal Untermeyer, cercados na colina da Última Resistência, prestes a morrer lá perto do Pódio.

Levanto a arma na altura da cabeça do guerreiro indígena. O sol acima de nós é uma bola obscurecida pela poeira. Lá em cima, juntamente com os dois aspersores de incêndio que conhecemos muito bem. Tremula o capim na pradaria. Em meio às cadeiras de armar. Da colina onde meus amigos estão prestes a morrer, sinto que me exortam a atirar e salvá-los.

Atiro.

O guerreiro cai. O segundo guerreiro apeia do cavalo, corre para o lado do primeiro. Ele também precisa morrer se quero salvar meus amigos. Atiro, ele cai. Com os pés cruzados, calçando os tênis amarelos. Os pés dela. Seus pés nos tênis amarelos estão cruzados. Enquanto ela morre.

Muda o Canto dos Cantores, substituído por gritos.

O primeiro guerreiro, que ainda se mexe, faz um gesto pedindo que me aproxime de sua boca.

Faço isso.

Porque, apesar de inimigo, é um guerreiro como eu, um homem de ação.

"Quem era você?", ele pergunta, num inglês perfeito, sem sotaque. "Antes disso? Você era *alguém*. Tinha mulher? Filhos? Verifique no caderninho de notas. Essa gente? Não são seus amigos. Usaram você e vão continuar a usar e degradar pessoas, a milhares de outros, até que alguém os obrigue a parar."

Mulher? Filhos?

Concentro a mente com toda a força e honestidade.

E não acho nada.

"Não", respondo. "Nenhuma mulher, nenhum filho. E acho que lembraria."

"Não lembraria", ele diz. "Com certeza não lembraria. E essa é a pior coisa que esses filhos da puta fizeram a você."

Então morre.

Uma mulher? Isso é engraçado. Se eu tivesse uma mulher, não seria ao menos capaz de me lembrar do nome dela? Do jeito como se movia? Movia em nossa... nossa bem arrumada casa amarela? Em meio aos salgueiros. No fim do caminho de terra poeirento? De uma das janelas laterais podíamos ver dois galinheiros verdes inclinados, cujos ocupantes pareciam estar sempre engajados numa conferência, isso lá no quintal em que o sol penetrava por entre as folhas dos salgueiros...

Deus meu, recordo com um choque de pasmo: Eu tenho uma mulher. Tenho sim! Lá em Michigan. Grace Berard. E filhos: Grace Aileen Harrington, filha; Harry Berard Harrington, filho. De Clinton. Clinton, no estado de Michigan. Meu Deus, o que é que eu fiz? Por que vim parar aqui? Nessa aldeia?

Vim aqui para derrubar as tendas cheias de crianças, amarrar com cordas as mãos de mulheres aos prantos.

Crianças como meus filhos. Mulheres como minha esposa.

E teria feito isso.

Exceto pela intervenção daqueles dois.

Os dois que matei.

O Potenciador agora me conclama de volta: a notícia da morte de Harrington (eu Falo, eu Grito, forçado pelo aparelho a fazê-lo) chegou à sra. Harrington na casa deles em Michigan. Ela de início recebeu a notícia com calma, mas à noite desapareceu, deixando as crianças sozinhas na casa vazia. Não se soube de seu paradeiro por dois anos, durante os quais ela vagou pelo Oeste, procurando o marido. Em dado momento, foi vista vagando pelo campo de batalha por membros do povo crow: uma branca louca num vestido sujo e rasgado, o mesmo vestido que usava na noite em que soube da morte do marido, uma mulher perdida, provavelmente abusada por homens ao longo dos caminhos, degradada pela fome e pela sede.

Minha querida mulher.

Fui eu quem fez isso com você, leguei a você esse destino de pesadelo.

Por que estou aqui?, eu Falo. Nessa marcha assassina? Pregado nessa Parede da Fala? Será que algum dia meus pensamentos e ações foram verdadeiramente só meus? Não é fato que fico pendurado aqui, inerte, até ser Impulsionado? Por que devemos eu, Lauren e Craig, assim como nossos Cantores, ficar Pregados aqui quando até Jean, a inferior Jean, e até mesmo o criticável filho adulto Mike podem se ausentar da Sala dos Ouvintes quando bem desejam? Será que alguém alguma vez, para minha diversão, Falou palavras que lhes dei para Falar? Alguém, nem que seja uma só vez, Cantou para me dar prazer?

De repente, a pradaria se desfaz junto com o medo, não estou mais excitado com a fuga nem sinto o cheiro de cavalos, de sangue ou do capim ressecado pelo sol, que bate na minha cintura.

Não sou mais Harrington. Bem, só um pouquinho. E depois nada.

O sr. U. está de pé junto ao Pódio, tendo nos Desligado.

Voltando a mim, sinto vergonha. Pelo que acabei de Falar. Acabei de Falar em voz alta, em público, contra meu ofício, minha vida, contra os queridos Untermeyer, minha família.

Se apenas por Falar sem permissão alguém era mandado para o Barracão da Punição, que punição eu deveria esperar agora?

Os dois que matei eram jovens. Um dos tênis amarelos dela está desamarrado. Naquela manhã, talvez nervoso pelo que ocorreria, ele talvez tenha pulado uma presilha do cinto. Quem sabe esses dois, em outra vida, poderiam ter sido meus amigos? Poderiam ter apreciado me ouvir Falar sobre assuntos do interesse deles? Agora isso nunca vai acontecer. Daqui em diante, nada pode lhes acontecer.

E fui eu quem fez isso.

A Companhia manifesta aos gritos sua aprovação: salvei os Untermeyer daqueles fanáticos que tinham vindo matá-los.

Os demais membros do Consórcio do Gorro Branco, com os olhos esbugalhados, estão dispersos entre as cadeiras em desordem. Aparentemente, só o líder tinha uma arma. Ou seja, os invasores em conjunto dispunham de apenas um revólver.

E agora eu o segurava.

Inspirada por minhas ações, a Companhia se volta contra os invasores, a Sala dos Ouvintes se enche dos sons de socos e gemidos, cabeças sendo batidas contra as paredes, homens esganando outros homens, mulheres ofegantes e chocadas ao se ver puxando os cabelos de outras mulheres.

A Companhia goza de vantagem numérica; está imbuída da confiança que vem com a riqueza; não deseja ser derrotada, havendo decidido muito tempo antes formar em torno de si um colchão de abundância, mantendo dessa forma distância de qualquer perda.

Mas então Lauren, a querida Lauren, previamente tão delicada, atravessa em passos largos a Sala dos Ouvintes e dá um soco na cara da sra. U., gritando que, no passado, ela teve um bebê chamado Stuart. Relembro tudo agora, sua cadela! O sr. U. sai em socorro da sra. U., e Craig, por trás, o derruba com um pontapé. Os Cantores avançam, lastimando-se melodicamente. O filho adulto Mike é deixado por eles caído no chão junto à porta. Jed, sangrando pela boca, luta para se levantar depois de ter sido jogado contra uma parede por dois membros do Consórcio. Jean, atingida no rosto pela cotovelada da Cantora que mais cedo pedira o tranquilizante, mas agora exibe uma abundante confiança, vaga entre duas cadeiras de armar, resmungando, dando a impressão de estar perdida.

Como é estranho ver esses amigos tão queridos e próximos (o sr. U., a sra. U., Jean, Jed) sofrendo tamanha humilhação.

Imposta por outros queridos e próximos amigos (Lauren e Craig).

A arma pesa em minha mão.

Não nasci de uma mulher gigantesca, e sim de uma mulher que tinha o tamanho de um ser humano. Sei disso agora. Tive, pelo jeito, uma esposa. Devo tê-la amado, mas não guardo a menor lembrança dela. Quem eu amo agora é a sra. U., do delicioso beijo mordido. Não a verei ferida por conta de tudo o que compartilhamos. E não desejo ver o sr. U. ferido, ele que em tantas ocasiões me propiciou momentos de expressividade tão prazerosa e exaltada. Mas também não quero ver feridos Lauren e Craig, companheiros de toda a vida e com quem crio em conjunto, embora saiba que, caso fracassem, eles deverão sofrer o peso total do poder de retaliação da Companhia.

A sra. U. se desvencilha de Lauren, rasteja em minha direção, de algum modo ainda elegante mesmo ao fazer tal coisa.

"Jeremy", ela diz, me causando pena. "Por favor, nos salve."

Como posso recusar seu pedido, a ela que é a fonte da maior alegria que já senti? Os invasores a matarão. Sem dúvida. Estavam prestes a matá-la e farão isso caso prevaleçam.

Nos olhos dela (de um verde-azulado) eu vejo: desejo, aceitação, uma terna garantia de que, se eu lhe der a arma, ela fará o que é certo.

Para nós dois.

Para todos nós.

Entrego-lhe a arma, que ela passa para o sr. U. Ele ordena que os membros do Consórcio do Gorro Branco, Lauren, Craig e os Cantores se deitem no chão. Em breve, excetuada a Companhia, todos lá estão com os dois homens corpulentos já caídos e os dois que matei — posados agora, na morte, em atitudes de dança agitada: a moça dos tênis amarelos dá a impressão de estar jogando o caderninho de notas para o líder, que parece estar pronto a apanhá-lo.

O sr. U., num rápido mergulho, pega o caderninho e o enfia no bolso do blazer que usa nas Performances.

E assim se evita uma grande tragédia.

Mas devo admitir que, depois, me sinto bem deprimido.

A polícia leva Craig, Lauren, os Cantores e os invasores. A Companhia, depois de ser questionada, sai aos poucos da Sala dos

Ouvintes, conversando animadamente sobre a satisfação em ver que a justiça prevaleceu, sobre a arrogância extrema dos invasores, sobre minha coragem, minha admirável presença de espírito.

"É, companheiro, você pegou bem", diz Jed quando, ainda trêmulo, me rePrega na altura do chão, tira meu RoamStar, repõe minha cabeça na Taça Fahey. "Aqueles safados eram uns animais."

"Quanto a esses dois", diz Jean, lançando um olhar na direção das duas Taças Fahey vazias, onde antes se aninhava a cabeça de Craig e Lauren, "eles estarão bem. Francamente, nem vão saber o que foi feito com eles."

Jed e Jean saem. Fico sozinho.

Ora, penso eu, caindo no pranto, nunca quis matar ninguém e, pelo contrário, jamais desejaria ter maltratado qualquer pessoa. E veja agora: matei duas pessoas. Também não esquecerei tão cedo as expressões desapontadas de traição que Craig e Lauren me dirigiram ao ser carregados à força, debatendo-se.

Cai a noite.

Um homem e uma mulher silenciosos chegam com um escovão e um carrinho a fim de limpar o sangue e retirar os dois que matei.

Graças a Deus.

Fiz aquilo por amor, sussurro para mim reiteradamente à medida que a lua, subindo, marca um quadrado luminoso nas bordas da janela tapada por tábuas, enquanto, no chão, um paralelogramo de luz se move lentamente na direção do Pódio e depois, fraturado, sobe por ele.

Por volta da meia-noite entra o sr. U.

"Também não consegue dormir, hein?", ele pergunta.

Levanto a mão.

"Siga", ele diz.

"O que vai acontecer com Craig e Lauren?", pergunto.

"Estão tendo alguma ajuda", ele diz. "Num hospital. Uma espécie de hospital. Recebendo um tratamento para ajudar a esquecer toda essa coisa estúpida. Bem, na verdade para esquecer de tudo. Voltar à estaca zero. Para começarem a Falar de novo. Aqui ou em outro lugar, não decidi ainda."

"Ah", eu digo.

Ouço a sra. U. se movendo na Área de Estar Principal.

O sr. U. nota que estou escutando.

"Quanto a isso?", ele diz. "Ela não virá mais aqui. Conversamos sobre o assunto, ela concordou. Está terminado. Nunca mais. Mas, e se ela vier? Me avise. Isso é uma ordem ou coisa que o valha. Uma diretriz. Vamos tentar recuperar nosso casamento. Você poderia me ajudar nisso, companheiro? Você sabe, me avisando? Se ela... fraquejar e vier aqui?"

Faço que sim com a cabeça

"Quer saber uma coisa?", ele diz. "Eu não culpo você. Nem um pouco. Ela é uma mulher bonita. Entendo isso. Como poderia alguém com suas... com suas limitações saber alguma coisa em matéria de controle, moralidade, lealdade e tudo isso? O engraçado é que também não a culpo. Nós tínhamos chegado a uma situação complicada. De certa forma eu tinha me refugiado no meu hobby. E você é um sujeito moço e bonitão. Aposto que a levou muito bem na lábia. Com suas Falas. Não estou certo?"

Eu coro.

"História da minha vida", ele diz. "O feitiço virando contra o feiticeiro."

Ele tira uma pera do bolso e põe na minha mão.

"Sem mágoas", ele diz. "Você me despertou. De verdade. Nos despertou. Nos salvou. Literalmente, sem dúvida, ao matar esses dois. Sem dúvida foi uma coisa notável. Onde estaríamos nós agora sem você?"

"Mortos", respondo.

"Sim, mortos, é verdade", ele diz. "Mas também, emocionalmente, onde estaríamos?"

Sem mim, eu penso, não estariam em lugar nenhum emocionalmente, já que estariam mortos.

"E, caso esteja se perguntando, porque sei que vocês eram próximos, Mikey está com alguns parentes piedosos. Também recebendo ajuda. Isso foi doloroso para ele. Obviamente."

Ele então sai, arrumando sem grande empenho algumas cadeiras no caminho, mas logo desiste por se tratar de um trabalhão braçal mais adequado para gente como Jean e Jed.

Apesar de cansado, eu espero.

Pela sra. U.

Ele deve estar lá do lado de fora, observando-a como uma águia.

Venha para mim, meu amor, é o que penso. Matei em seu nome. É preciso saber que valeu a pena.

Então ela vem.

Sim, aqui está ela, contrariando a vontade do marido.

Encostada silenciosamente no Pódio, ela ergue um dedo à altura dos lábios, indicando: Fique quieto.

Ignorando sua diretriz, não o aviso. Desejo que ela saiba que ali estou para ela, que farei tudo o que quiser, mesmo a pior coisa, seja lá o que for.

"Eu quero agradecer", ela sussurra, inclinando-se para a frente, exalando um cheiro gostoso, como uma rosa que estivesse um pouco zangada. "Você me ajudou a me sentir bem comigo mesma durante o que foi de fato um período muito triste para mim. Sua presença me deu apoio num ponto da jornada em que literalmente eu não tinha mais ninguém que me ajudasse. Num mundo diferente, quem sabe? Mas neste mundo? Bem, não, claro que não. Tenho certeza de que, sendo tão inteligente como é, você compreendeu isso todo o tempo. Minha esperança é que, aqui, você sempre pensará em mim, do lado de fora, como uma amiga. Apesar de que... sim, não estaremos interagindo muito daqui para a frente. Ou, você sabe, nunca mais. Infelizmente."

Beija-me então na testa e se retira.

Eu gostaria de lhe fazer algumas perguntas. Mas, movendo-se rapidamente de costas para mim, ela nem vê minha mão erguida.

Logo depois, vindos do Quarto de Dormir, ouço sons angustiantes, enérgicos, prazerosos e conciliadores, do tipo que podem surgir diante de um risco de morte assustador e esclarecedor.

E não cessam tão logo.

Que bom que o filho adulto Mike não está em casa, penso eu.

Mais tarde, os sons do Quarto de Dormir se tornam mais abafados e confidenciais, menos como impacto e recuo: promessas sussurradas, confissões de admiração em voz baixinha, murmúrios urgentes que sinalizam o refazer triunfal de um vínculo antigo e valioso.

Na manhã seguinte Jed entra.

Com Craig e Lauren.

"Ed, Sharon", diz Jed. "Esse é o Jeremy."

Ed e Sharon fazem um aceno de cabeça para mim, como se cumprimentassem um novo colega.

Parecem não se lembrar da Sala dos Ouvintes nem de mim.

Apenas dão um sorriso tímido enquanto Jed aninha a cabeça deles nas Taças Fahey.

Sr. U. entra sorrindo, transbordante de alegria.

"Que manhã!", ele diz. "Deus está no céu e toda essa merda feliz. Cara, estou me sentindo formidável. O que você acha de acabarmos essa coisa do Custer? Ser interrompido assim deixa um gosto ruim na boca, não é mesmo?"

Acho que está falando comigo porque Ed e Sharon, recém--Pregados, estão pendurados lá na Parede com expressões risonhas, como dois idiotas sem memória — e que me perdoem pelo que penso.

Mas, é verdade, o corte abrupto de nossa Performance deixou, por assim dizer, muitas pontas soltas. Tendo estado na colina da Última Resistência ligado na Intensidade máxima, cercado por inimigos, uma parte de mim permanece lá, com Custer, temendo morrer, mesmo enquanto outra parte continua com Cavalo Louco e os demais, cercando a colina, lançando flechas para lá.

O sr. U. dirige-se ao Pódio.

Começo.

De novo a sede, o medo, o cheiro de sangue, cavalos, capim no verão, couro aquecido pelo sol. Custer e seus homens alcançam a pequena elevação onde morrerão. Custer compreende que o ataque de Reno fracassou, que está em grande desvantagem numérica, que chegou ao fim sua famosa sorte. A visibilidade é zero devido à poeira. Naqueles momentos derradeiros, ele se torna intensamente consciente da existência de seu irmão mais moço, Boston, e do sobrinho Autie, ambos com apenas dezoito anos. Boston e Autie não são soldados, mas ele permitiu que estivessem lá só de farra, pelo prazer da aventura. Agora, graças a essa indulgência, vão morrer. É possível que os veja morrer, é possível que morra antes e eles o vejam morrer. É possível que, em meio à poeira e à confusão, nenhum deles veja o outro ou os outros morrer. Ninguém sabe ao certo. Ninguém jamais saberá. Porém agora eles todos estão morrendo envoltos na poeira, ouvindo o som de gritos, de imprecações, de lamentos e de risos delirantes.

Depois se faz silêncio.

A cortina de poeira se deposita com lentidão quando os guerreiros sobem para ver o que causaram. Alguns, com o estômago embrulhado, se afastam para ficar sentados a sós. Outros, esfuziantes com a vitória, agradecem. Uns poucos dos mais velhos intuem a verdade: essa vitória acachapante é um mero prelúdio, pois o colosso que é a nação branca, eletrizada por tamanha humilhação, em breve empreenderá uma vingança impiedosa.

Ed e Sharon agora se juntam a mim.

Nós três nos transformamos nas mulheres que circulam entre os brancos tombados, despindo-os e mutilando os corpos a fim de perturbar e irritar as almas no Além. Nós registramos flechas nos ânus; órgãos genitais cortados e costurados dentro da boca; a total desfiguração, com pedras, do rosto de Tom, o irmão de Custer; a perfuração de um dos ouvidos de Custer com uma furadeira, dada sua incapacidade de escutar em vida. Isso não nos dá nenhum prazer; sabemos que eles, mesmo aqueles ali, eram filhos, maridos, pais, irmãos. Mas nosso coração está carregado de maldade. Nós os odiamos, de verdade. Por serem uns idiotas agressivos e assassinos. Muitos de nossos próprios filhos, maridos, pais e irmãos morreram pouco antes pela mão deles. Por que vieram? Por que não ficaram em casa, amando o que lhes cabia amar, não querendo mais do que tinham, desfrutando das extraordinárias graças que já lhes haviam sido concedidas? Agora nos compete interromper a energia de sua estupidez terrível: não devemos permitir que ela flua livremente no outro mundo.

Nesse ponto, nossos Cantores deveriam fazer um som que

imitasse o vento das pradarias varrendo os cadáveres e as mulheres que ainda os mutilam, os que choram a perda de entes queridos na aldeia, os pôneis exaustos e feridos, chegando trôpegos ao rio para beber.

E isso deveria ter sido o fim.

No entanto, como não temos Cantores, faz-se silêncio na Sala dos Ouvintes. Exceto que o sr. U. começa a chorar. Chorar de gratidão. Ela, que havia se desgarrado, acabara de voltar. Onde antes não havia amor, ele era agora abundante. A vida mais uma vez seria para ele o que, antes dos recentes desafios, sempre fora: uma aventura portentosa, marcada por vitórias frequentes e quase previsíveis; dominação em todas as frentes; confirmação diária de seu lugar no centro do Universo.

Olho para Ed e Sharon. O rosto deles reflete o imenso êxtase de Falar pela primeira vez.

Como os invejo!

Porque, seja lá o que o sr. U. me der no futuro para Falar, nunca voltarei a sentir isso, a não ser como um fantoche que, apanhado no chão, desfruta das mãos que repentinamente o manipulam.

A mamãe da ação audaciosa

Mais uma vez ela se viu gastando seu precioso tempo para escrever de manhã circulando pelo adorável chiqueiro que era sua cozinha, sem fazer o *menor* progresso. Por que estava segurando o abridor de latas?
Hã.
Isso podia servir para alguma coisa.
"O Leal Abridorzinho." Gerard, o Abridor de Latas, era um sonhador. Queria abrir coisas GRANDES. Coisas MAIORES. As MAIS GIGANTES coisas que existiam! Mas tudo que conseguia abrir eram... latas de feijão. De milho. De atum.
Era necessário lhe dar alguma coisa essencial para abrir a fim de proporcionar uma alegria. Remédios? Remédios para o coração? Não se abrem remédios para o coração com um abridor de latas. Molho de tomate? Alguém querido na família realmente desejava muito comer espaguete? A velha italiana. Amiga de todos. Nas últimas. O espaguete a trouxe de volta para Florença ou coisa assim? Mas o abridor moderno chamado Cliff, de alta tecnologia, estava farreando fora de casa com um coador malvado e

uma alface cínica: Gerard viu que aquela era sua chance. Embora datasse da década de 1960 e não tivesse um elegante cabo de borracha como Cliff, ainda era capaz de abrir qualquer coisa. Mãos à obra! Sua oportunidade de ajudar a tão querida Mama Tinti a comer, antes de morrer, seu prato final de…

Argh.

Francamente!

Por que o sr. Potts estava enlouquecido atrás da porta que dava para o vestíbulo? Ela já lhe havia dado três daqueles trocinhos de pasta de amendoim.

"O Cachorro Insatisfeito." O Cachorro Insatisfeito nunca estava feliz. Não importa quantos biscoitinhos de pasta de amendoim lhe dessem. Quando estava dentro de casa, queria sair. Quando estava do lado de fora…

Ela tirou da caixa outro biscoito de pasta de amendoim.

"O Biscoito de Pasta de Amendoim que se Sacrificou para que Todos os Outros na Caixa Pudessem Viver." Jim, o Biscoitinho de Pasta de Amendoim, levantou seu corpo em formato de amendoim cada vez mais alto na direção da tateante mão humana. Jake e Polly observaram, atônitos. Será que Jim estava *tentando* ser comido? "Sigam em frente! Vivam seus sonhos, vocês dois!", Jim exclamou quando um polegar e um indicador o agarraram pela… pelo lugar mais fino de seu corpo. O lugar que, para os Biscoitos de Pasta de Amendoim, servia como cintura.

Ela abriu o portão, deu ao sr. Potts o biscoitinho de pasta de amendoim. Inclinou-se para fora e chamou Derek para que viesse pôr a coleira no cachorro.

Nenhuma resposta.

"O Filho que Deixou de Responder." Era uma vez um filho que, quando chamado, deixou de responder. A estaria ignorando de propósito? Por ser pré-adolescente? Será que já estaria se masturbando? E ela tinha de se meter nisso? A mãe verificava fielmente as cuecas e os lençóis à procura de sinais de masturbação a fim de, como era necessário, fazê-lo saber, com seu jeito tranquilo, que todo mundo, até mesmo gente famosa, mesmo nossas grandes figuras históricas...

"Uma Hora para Cuidar de Si Próprio." George Washington, aos doze anos, estava deitado na cama. De quatro colunas e, como todas as camas naquela época, feita à mão. Era esquisito? O que ele vinha imaginando? A vizinha, a sra. Betsy Alcott, naquele corpete apertado se inclinando para tirar o chapéu tricorne? Não: se uma pessoa sente alguma coisa, por definição se trata de algo "normal". Se ele se via tocando suas partes pudendas ao imaginar a esbelta sra. Alcott levando a pena de escrever distraidamente até os grossos lábios, sem dúvida outros meninos em outros tempos e lugares sentiram a mesma vontade ao imaginar coisas similares. Portanto, estava bem o que ele vinha fazendo! De repente se sentiu tão livre que começou a sonhar com uma nova terra, uma terra onde todos pudessem se sentir tão livres quanto...

Deus meu. Quase meio-dia.

Hora de sentar-se e realmente escrever alguma coisa.

Mas onde estaria Derek? Falando sério. Ficou preocupada. Quando bebê, ele tinha tido um pneumotórax.

Você está bem?, ela havia perguntado na noite anterior, de sua própria cama.

Você vai fazer dele uma pilha de nervos, Keith tinha dito.

Estou bem, Derek respondera do quarto dele. Também não era surdo.

Os pulmões ainda funcionando?, perguntou Keith.

Tanto quanto eu saiba, respondeu Derek.

Nós nos preocupamos, ela disse, porque te amamos muito.

Eu também, disse Derek.

Depois se fez aquele doce silêncio.

Ela adorava isso. Ter uma família. As famílias na televisão se encontravam sempre em pé de guerra, mas a dela era totalmente diferente. Eles se gostavam. Divertiam-se muito. Confiavam uns nos outros, se aceitavam como eram de verdade, fossem como fossem.

Não está na frente, não está nos fundos.

Que coisa mais chata, francamente! Ele tinha prometido ficar no quintal. E isso vindo do menino que nunca quebrava uma promessa.

"O Menino cujo Pulmão Ruim Apagou no Bosque."

"O Menino que Ficou Chamando Debilmente pela Mamãe."

"O Menino que Morreu Totalmente a Sós e se Transformou num dos Espíritos da Floresta."

E para todo o sempre a mãe vagou pelos bosques à procura do filho perdido.

Argh.

"A Mãe que Correu para o Bosque e, Chegando Lá, Esqueceu Como se Fazia a Reanimação Cardiorrespiratória, Mas que de Repente Lembrou."

Ah, meu Deus. Ah, meu Deus. Suas bochechas ficaram tão quentes!

Derek estava ferido em algum lugar. Ela simplesmente sabia. Uma mãe sabe essas coisas.

Pegou o celular, a bolsa de primeiros socorros e...

Espere, calma.

Era isso que o Keith sempre dizia. Ela estava perdendo o controle. Tinha a tendência de ficar excitada demais. Às vezes uma mãe simplesmente *não* sabe essas coisas. No mês anterior, estava certa de que o filho havia sido sequestrado no ponto de ônibus. Correu até lá vestindo o roupão de banho e com chinelos no pé. Ele viu quando ela chegava. Começou a sacudir a cabeça como se dissesse: Mãe, não, não, não. Mas era tarde demais. Os meninos mais velhos já estavam imitando aquela corrida desengonçada.

Certa vez, sonhou que ele tinha começado a fumar. No sonho, fumava um charuto. Na Reunião dos Escoteiros. Assim como quem se vangloria. Tinha a voz de um homem e, usando essa voz, perguntou ao sr. Belden se havia um Prêmio para Fumantes. Na manhã seguinte e na vida real, ele a flagrou cheirando suas roupas e caiu no pranto ruidoso a que sempre recorria quando dizia a verdade e não era ouvido.

"Por que eu ia *fumar*?", ele perguntou. "Mamãe, é *nojento*."

O que você tinha de fazer era superar seus medos irracionais. Tomando conhecimento dos fatos. Lera sobre isso na revista *Best Life*. Uma fulana com medo de voar tinha passado o mês anterior à viagem que faria à China memorizando as estatísticas de mortes em acidentes aéreos. Um sujeito com medo de cobras inventou um mantra sobre o fato de que a maioria das cobras não é venenosa. Em outro artigo, pais com as melhores intenções foram longe demais. A mãe superfocada em boa alimentação que fez a filha se tornar anoréxica. O pai havia sido tão severo com relação às aulas de violino que fez o filho odiar música. E ter ataques de pânico quando ficava perto de madeira marrom envernizada.

Em todo o mundo, naquele exato instante milhares de garotos estavam circulando à toa e quebrando a promessa de ficarem no quintal.

Em sua maioria, os bosques não são perigosos.

Em geral, os pulmões não entram em colapso assim sem mais nem menos.

O mundo não era um lugar assustador ou hostil, e Derek era um sujeitinho esperto, com uma boa cabeça bem apoiada nos ombros.

Ele estava bem. O que ela ia fazer era sentar-se e escrever alguma coisa.

O que não ia fazer era ficar zanzando na frente da janela. Muito.

"A Árvore que Queria Entrar em Casa." Era uma vez uma árvore que tinha um desejo ardente de entrar em casa e sentar-se junto ao forno a lenha. Ela sabia que isso era estranho. Sabia que suas colegas árvores estavam sendo cruelmente queimadas por lá. Mas, poxa, a cozinha parecia tão convidativa! Por causa de todo o trabalho duro que a mãe tivera. A pintura e tudo. Quando devia estar escrevendo. A fumaça que saía da chaminé tinha um cheiro tão bom! A carne de suas colegas árvores, ao queimar, tinha um cheiro incrível.

Caramba.

Recomeçar.

Era uma vez uma árvore que tinha um desejo ardente de entrar em casa. Tina, a Árvore, se sentia muito atraída pelas pessoas. Mesmo quando ainda era uma jovem planta, ela simplesmente amava ouvi-las falar. Puxa, o que era um "vazamento na transmissão"? O que o papai queria dizer com: "Você é muito obsessiva"? O que a mamãe queria dizer com "ser obsessiva" era seu "poder superior", que "usava todos os dias no trabalho"? Havia tantas palavras a aprender! O que era "desculpa", o que era "perturbado", o que era "querido"? Se o vento estivesse soprando do leste, inclinando-a ligeiramente para a esquerda, era possível ver a cozinha pela janelinha suja acima da pia, que fazia tempo não era lavada, embora a mamãe, que agora olhava para ela, estivesse com uma expressão preocupada...

Recomeçar.

Tina, a Árvore, adorava seu lugar perto do caminho que levava ao bosque, de onde era capaz de observar as idas e vindas dos vários cidadãos da floresta, grandes e pequenos, tal como ursos, raposas, caminhantes, caçadores e hoje...

Um quadro estranho.

Aquela frase simplesmente pipocou em sua cabeça. Derek entrou no quintal. Cambaleante. Sangue no rosto. Puta merda. Andando como um bêbado.

Ela saiu voando de casa, seguida pelo sr. Potts, que, latindo loucamente, passou por cima do jardim. Ela própria passou por cima do jardim, pegou Derek, voltou a passar por cima do jardim e se jogou nos degraus da varanda de trás com ele nos braços.

O que aconteceu, meu bem?, ela perguntou. Meu bem, o que aconteceu?

Um velho, ele disse.

Velho?, ela perguntou. Que velho?

Chegou por trás de mim. Me jogou no chão.

Onde?

Derek não queria dizer.

Querido, onde você estava?

Na Church Street.

Isso é... ah, meu Deus, isso fica quase no Centro. Muito proibido.

Não era hora disso.

Levou-o para dentro. O nariz não estava quebrado. Nenhum dente partido. Telefonou para Keith no trabalho. Chamou a polícia. Limpou o rosto de Derek. Parecia ter sido arranhado com garras.

Ele só... te jogou no chão?, ela perguntou.

Em cima de um arbusto, ele respondeu.

Deve ter sido de rosas ou amoras.

Jesus Cristo.

Dez minutos depois Keith chegou.

O que é que houve?, perguntou.

O celular dela tocou.

A polícia tinha apanhado um sujeito. Rapidinho. Velho. Meio desligado de tudo. Vagando entre as ruas Church e Bellefree. Será que ela poderia vir dar uma olhada? Trazendo o garoto, se ele estiver em condições?

Ah, ele está em condições, ela respondeu.

O sujeito era de fato velho.

Cabelos compridos, dente faltando, sandálias grosseiras, os olhos ansiosos varrendo a sala.

Claro que negou. Por que jogaria um garoto no chão? Estava numa situação difícil no momento. Mas isso não significava que jogaria um menino no chão. Essa falsa acusação era *parte* da coisa. Foi a Glenda que começou isso? A Glenda tinha uma rede de gente conhecida, da qual a polícia parecia fazer parte. Jimmy Carter era parte da rede.

Ela, Keith, Derek e o policial observaram num laptop enquanto o indivíduo era interrogado.

Não tenho certeza, disse Derek.

O policial lançou um olhar para ela e Keith, como se dissesse: Ele vai precisar ter certeza.

Ah, vamos lá, qual a probabilidade? Um velho empurra um garoto e meia hora depois um velho é encontrado a um quarteirão de distância, doidinho?

Bem, era chegada a hora de um aconselhamento dos pais.

Uma orientação sutil.

Se esse cara sair daqui, meu querido, ela disse, você não acha que ele pode jogar outro menino no chão? E que esse menino pode acabar sofrendo algo mais que uns arranhões?

Alguém que faz um troço desses precisa de ajuda, companheiro, disse Keith. E a única maneira de ele ter essa ajuda é se nós começarmos o processo aqui e agora.

Como ele pode ser ajudado estando na cadeia?, Derek perguntou.

A expressão no rosto do policial mostrou que era uma boa pergunta.

Talvez ele receba algum aconselhamento lá, ela disse.

Se um adulto empurra um menino sem nenhuma razão, tem qualquer coisa de errado, disse Keith.

Uma irresponsabilidade simplesmente deixar ele ir embora, ela disse.

Derek pediu alguns minutos para pensar.

Garotinho querido.

Tocou um telefone em outra dependência da delegacia e o policial foi atender.

"A Difícil Decisão." O menino sentou-se numa cadeira de escritório prateada, girando-a nervosamente para um lado e para o outro, passando o dedo mínimo em cima de um dos arranhões no rosto. Sua mãe, fingindo ler um quadro de avisos para não dar a impressão de pressioná-lo, se sentia mal por ele ter sido posto naquela posição pelo... por aquele filho da puta. O filho da puta do hippie desdentado. Ela ficara com vontade de entrar na sala de interrogatório e o jogar de bunda no chão. Pra ele ver se era bom. Embora fosse grande. E, pela cara, dava pra ver que era uma pessoa má.

O policial voltou mais depressa... bem, mais depressa do que a gente espera que um policial saia de outro cômodo da delegacia. Passou direto por eles, voltou atrás. Como um personagem de desenho animado. Dava para esperar que sua gravata viesse voando do outro cômodo alguns segundos depois.

Bem, essa é a maior, ele disse.

O que é a maior?, ela perguntou.

Tem outro, ele respondeu.
Outro o quê?, ela perguntou.
Outro velho, ele disse. Lá na Church. Vagando ao léu. Estão trazendo.

O segundo velho era quase idêntico ao primeiro. Podiam ser irmãos. Ex-hippie, cabelos longos, sandálias, um dente faltando.
Dente diferente.
Mas, mesmo assim...
Ela e Keith se entreolharam com expressões de espanto.
O segundo sujeito também se declarou inocente. Parecia um pouquinho mais lúcido que o primeiro. Trazia uma bola de fita adesiva. Por que o policial não tirava dele? Talvez fosse considerada um "pertence"? Talvez ele "tivesse o direito" de jogar a bola distraidamente de uma das mãos para a outra.
Jesus Cristo.
Que país!
Trouxeram de volta o primeiro sujeito e os dois velhos hippies se sentaram lado a lado, aparentemente mantendo uma posição de cautela em relação um ao outro. Ela achou que cada qual, em sua mente, se julgava um ex-hippie mais inteligente e autêntico que o outro, embora ambos estivessem bastante acabados.
Derek estava prestes a chorar. Ela sabia bem. Pressão demais. Eu honestamente não sei, ele sussurrou.
Por isso ela se calou. Tudo terminado. Os dois velhos estavam livres. Ela os observou pela janela. Chegaram ao gramado e dispararam em direções opostas, depressa, como peixinhos quando se enfia a mão na água.
Pelo menos não pusemos a pessoa errada na cadeia, disse Derek no carro a caminho de casa.

Longo silêncio.

Bem, sim e não, ela achava. Um deles tinha feito a coisa. Jogado Derek no chão. Realmente tinha feito aquilo. Dado um passo à frente, empurrado. Depois saiu andando, calçado nas sandálias, feliz da vida. Isso, sem dúvida, acontecera neste mundo. Se os dois fossem postos na cadeia, a chance de acerto era de cinquenta por cento. E agora? Cem por cento errado. E quem estava sofrendo? Seu filhinho. Quem não estava sofrendo? Aquele, dos dois, que tinha feito a coisa. Lá estava agora, zanzando pela cidade. Pensamentos insanos estimulados por aquela pequena vitória, prova (para ele) de que sua perspectiva do mundo era visionária ou alguma merda do gênero.

Incrível.

Foda-se.

"A Mamãe da Ação Ousada." Foi surpreendentemente fácil comprar a arma. Pôs o vestido amarelo, prendeu os cabelos num rabo de cavalo. Tinha boa aparência mas era uma mulher comum. O sujeito na loja elogiou sua intenção de tomar aulas, lhe entregando imediatamente o [inserir o tipo de arma]. Será que ele podia lhe fazer o favor de explicar como pôr a munição? Podia. E explicou. Agora ela dirigia lentamente pela Church Street. Lá estava o sujeito. O velho hippie. Qualquer um dos dois que tivesse feito a coisa. Vendo a arma, ele confessou. Não. Ela o seguiu ainda no carro. Lá estava ele, pronto a empurrar outra criança. Uma menininha. No vestido de Comunhão. Era seu forte, empurrar crianças. Quem saberia a razão? Talvez ele tivesse sido empurrado quando...

Não, nada disso.

Tratava-se simplesmente de um doido.

Ela pulou do carro, plantou um dos joelhos no chão, mirou. *Bum.* Tiro certeiro na perna. O que, sendo uma pessoa piedosa, era o que ela tencionava. Impressionante como atirava bem. Nunca tendo dado um tiro antes. Bem, sempre fora atlética. Ele caiu. Ferido, confessou. Pediu clemência. Mas não deu a impressão de estar assim tão arrependido. Estaria de sacanagem com ela? Haveria um toque de zombaria nos olhos dele ao fingir que pedia perdão? Ela apertou o revólver contra a testa suada dele.

Meu Deus, o que ela estava...

Rodavam pela margem do rio. Um remador de caiaque lutava contra a corrente, gritando — louco ou falando ao celular. Derek estava no banco de trás, encolhido contra a porta, melancólico e abatido, se sentindo mal, ela sabia perfeitamente, por não ter certeza de qual dos dois tinha sido, causando aquela estranha tensão silenciosa no carro.

Que, de repente, ela se deu conta de que continuava.

Acho que você foi perfeito, ela disse. Não era fácil, e você lidou muito bem com a coisa.

Amém, disse Keith.

Queria tanto lembrar!, ele disse. Fico vendo na cabeça.

E?, perguntou Keith.

Bom, tenho certeza de que ele usava calça jeans, Derek respondeu.

O carro parou diante da casa deles de sempre. Que agora parecia triste. A Casa das Vítimas. No ano anterior, eles tinham substituído o telhado, construído uma nova varanda. Para quê? Eles se esforçavam para fazer parte de que grande coisa mesmo? Alguma coisa boa? Fazia algum sentido? Tinham feito tudo aquilo pra quê? Para o filho deles ser jogado no chão por um maluco? Essa era, de longe, a maior coisa que tinha acontecido com eles como família.

As outras casas na vizinhança piscaram os olhos, que eram suas janelas.
Antes vocês do que nós, elas pensaram.
"A Casa que se Viu de Repente no Ostracismo."
"A Casa que se Tornou Solitária Sem Ter Culpa de Sua..."
Babaquice. Argh. Bobagem.
Os três ficaram sentados por algum tempo no carro, o motor fazendo teque-teque.
Eu sei que não devia ter ido no Centro, disse Derek. Só que me deu vontade de tentar.
Muito justo, disse Keith.
Um pai tão bom! Homem razoável. Compreensivo. Sempre reagindo bem a... a tudo. Pelo jeito, mesmo a isso. Aceitando que Derek tenha quebrado a promessa. Que um maluco qualquer atacasse seu filho e escapasse sem nenhuma punição.
Ela achava que — se fosse totalmente honesta? —, na delegacia, Keith tinha... bem, não tinha sido exatamente uma traição. Não iria tão longe. Mas não houve uma época, nos bons tempos, em que Keith, o poderoso homem da casa, puxaria para um lado o outro homem poderoso, o policial, e entre os dois chegariam a um acordo, de maneira que os dois malucos fossem calmamente levados para fora a fim de terem uma "conversinha" e, opa, levado umas boas porradas?
Os dois?
Só pra ter certeza?
Bom, essa não era a melhor solução.
Isso não seria, sabe, justo.
Ou sei lá o quê.
Mas, poxa! Nenhum daqueles dois perdedores estava no auge da forma. Só pra argumentar, digamos que Keith e o policial, desejando errar ligeiramente no lado da proatividade, tivessem (ligeiramente, profissionalmente) dado uma coça nos dois idio-

tas. O culpado? Não faria outra vez. O que não tinha feito — ora bolas, se no futuro ele viesse a considerar a possibilidade de sair dos trilhos, o que pelo jeito ia acontecer de qualquer forma, dada a vida que vinha levando, ia tratar de pensar duas vezes. Resultado? Uma Church Street mais segura. Em que um garoto bom como Derek pudesse andar. Na imaginação dela, passeando pela Church Street de antigamente, Derek cumprimentou com um aceno de mão um casal de velhinhos que bebia chá gelado na varanda. Vá até o quintal, meu rapaz, e use o pneu que serve como balanço na macieira, disse o marido. A esposa, que tricotava, disse: Você nos faz lembrar nosso filho, que é agora um médico muito famoso! Ela então deixou cair o novelo, que rolou para fora da varanda: o velho fez uma piadinha sobre suas costas ao descer com dificuldade os degraus para trazer de volta a lã.

Gente boa.

Sal da terra.

Mas a Church Street não pertencia a eles. Nem a Derek. Pertencia àqueles dois malucos que, por serem doidivanas, se tornavam de algum modo os personagens mais poderosos em todo aquele negócio idiota. Por que os marginais comandavam o espetáculo? Fala sério! Estava tudo de cabeça pra baixo porque ninguém queria ferir os sentimentos de ninguém, ninguém estava pronto a dizer o que de fato pensava, ninguém se importava o bastante para tomar uma atitude em favor do que era correto.

E assim ia tudo para o buraco.

Caminharam até a varanda pisando numa pilha de folhas. O que não tinha a menor graça. Não naquele dia. Naquele dia era mais uma coisa que precisavam fazer a fim de encarar a próxima coisa sem graça. Que era jantar.

Isso era real. Isso tinha acontecido. Um cara havia atacado o filho dela e não sofrera nenhuma consequência, e vai ver agora se gabava com outros marginais em volta de uma fogueira ou coisa que o valha. E o que ela estava fazendo sobre aquilo?

Entrando para ferver, toda submissa, uma porção de espaguete.

Depois do jantar, ela começou a pôr esses pensamentos no papel. Foi fácil. Simplesmente fluiu. Direto do coração. Um ensaio: "Justiça", foi o título que lhe deu. Adeus, abridores de latas com grandes sonhos; adeus, árvores falantes; adeus, Henry, o Leal Pneu no Caminhão de Sorvetes, aquela bosta de história em que havia trabalhado a maior parte do ano anterior; adeus, otimismo forçado; adeus, politicamente correto. Agora era a merda da verdade. Uau. Ela sabia o que dizer, era isso. Como atravessar um riacho e ver as pedras aparecendo sob os pés. Como falar em voz alta. Mas no papel. Era a coisa mais honesta e original que tinha escrito até então. Não soava como coisa dela e, no entanto, *era* ela, pra valer.

Pimba, sim, perfeito.

Escreveu até tarde da noite.

De manhã, ao descer encontrou Keith lendo suas páginas. Seu ensaio. Realmente lendo. Ficou observando da porta. Bem, isso era novo. Isso era diferente. Em geral ele lia seus escritos com uma expressão dolorida no rosto, dizendo depois que ela tinha "uma imaginação incrível" e "claramente expressou bem suas ideias", embora aquilo estivesse "provavelmente acima de sua capacidade de compreensão" porque ele não passava de um "idiota em matéria de literatura".

Bom?, ela perguntou.

Uau, ele disse.

O rosto dele estava vermelho e a perna saltitava sob a mesa.

Ha, ha! Isso era legal. Era... lisonjeiro. Ela estava um farrapo humano naquela manhã, mas... e daí? Como se estivesse num sonho, ela foi até a cozinha, onde arrumou a pequena escrivaninha que eles haviam comprado na Target. Para estar a postos. Para a próxima explosão de criatividade. Keith avisou aos gritos que ia dar uma corrida. Uau, fazia anos que Keith não saía para correr. Era como se a leitura do ensaio o fizesse querer ser tão bom em alguma coisa como ela era em matéria de escrever. Não estava se vangloriando, mas, ela se deu conta, era isto que a boa escrita fazia: você dizia o que realmente pensava e assim criava uma espécie de energia. Essa energia sincera fluía para a mente do leitor. Coisa assombrosa: ela era uma *ensaísta*.

Todos aqueles anos vinha trabalhando no gênero errado.

Foi necessário acontecer aquela coisa terrível com Derek para deixar isso claro. Ela não teria escolhido isso. Mas havia acontecido. E agora tinha de honrar aquele dom.

Sentou-se para escrever.

O celular tocou.

História de sua vida.

Tinham apanhado o segundo sujeito, disse o policial, aquele com a bola de fita adesiva: estava violando um carro e havia confessado que jogou Derek no chão. O policial leu o depoimento: "É, empurrei ele. Dava a impressão de ser um merdinha metido a besta. Na verdade, sei lá por quê. Mas ele sobreviveu. E agora talvez não seja tão convencido. Aposto que não. Merecia".

É mesmo engraçado, disse o policial. Eles são primos.

Quem?, ela perguntou.

Ora, os dois suspeitos, ele respondeu. Conhece a loja Dimini? De móveis? O Gus Dimini é tio deles.

Uau, a Dimini. Eles tinham comprado a televisão lá. Loja simpática. Decadente. A maior atração era que, no dia do padroeiro da Irlanda, são Patrício, eles distribuíam meias verdes. Durante aquela semana diziam se chamar "O'Dimini's". Tinha sido um bairro irlandês quando ela era criança. Agora era... quem sabe o que era? Tudo por lá estava tapado com tábuas. Dava para ver uma porção de carrinhos de supermercado num gramado. Um monte de virabrequins. Aqui e ali uma bandeira dos Confederados. Mas Gus Dimini era ótimo. Grandalhão e gordo, barba branca enorme. Circulando pela loja como se fosse um restaurante. Como se fosse levar a gente para uma mesa num dos pátios externos.

Ela devia entrar com passos fortes, identificar-se como uma boa freguesa que, ao longo dos anos, gastara literalmente milhares de dólares lá. Exigir que ele fizesse alguma coisa. Com relação aos sobrinhos marginais. Bem, literalmente não tinham sido milhares. Só aquele aparelho de TV. Em liquidação. Uns trezentos dólares. O importante é que se tratava de uma *freguesa*. Talvez ela devesse organizar um boicote. Mas com quem? Sempre que passava por lá, só via no estacionamento a caminhonete de entrega. E, às vezes, Gus estava lá fora, sentado numa mureta, a cabeça entre as mãos.

Seja como for, não lhe competia controlar sobrinhos idiotas. Pensou em Ricky. Primo dela. Que, no dia que supostamente ia se casar, estava tão drogado que quebrou com uma chave de roda a vitrine de uma loja de produtos esportivos para dormir lá dentro. Foi achado na manhã seguinte com uma luva de beisebol em cada mão. Ricky engravidara três moças no mesmo mês e, ao lutar com os pais de duas delas ao mesmo tempo, tinha quebrado o nariz de um deles e tivera várias vértebras quebradas pelo outro. Havia roubado um carro — num período diferente de sua vida, anos depois, quando já era pai de dois filhos (crescidos) — e seguiu para a Califórnia, mas em Ohio havia ofendido alguns motoqueiros numa parada de estrada, sendo mandado de volta para casa com o corpo todinho engessado. Então assediou uma enfermeira no hospital e, já na prisão, sofreu um enfarte e morreu.

Será que eles, incluindo ela, tinham tentado conversar com Ricky? Deus meu, milhões de vezes, sempre que ela o via. Ele caía no pranto, prometia que ia mudar e depois pedia dinheiro emprestado para abrir uma oficina de conserto de carros. Sua grande ideia era fazer uma verificação de todo o carro. Por que razão essa era uma grande ideia, ela não sabia. Quando a pessoa se recusava a lhe emprestar o dinheiro, ele dizia: Você é como todo mundo. Uma semana depois, a gente ficava sabendo que ele tinha roubado um kart e entrado com ele num lago, ou havia dito alguma coisa racista em voz alta na igreja, ou tido uma overdose, morrido e voltado do Além, para outra overdose, depois fugido do hospital e tentado roubar o dinheiro de um parquímetro.

Com o passar do tempo, todos haviam desistido de ajudar. Exceto a tia Janet, que tinha as próprias batalhas (conhaque, pânicos noturnos). Mas nunca desistira de Ricky, mesmo depois de morto. Criara um cantinho na biblioteca em homenagem a Ricky Rodgers onde ficavam livros sobre abuso de drogas, cristianismo e consertos de carros.

Pelo menos Ricky nunca empurrara um garoto. Bem, não que ela soubesse. Embora tivesse dado um soco num assistente depois de fazer um comentário racista numa igreja. E, já lá para o fim da vida, tinha engravidado uma garota de dezessete anos. E incendiado a loja de produtos alimentícios do pai dela depois que um caixeiro o impediu de ir até um quarto dos fundos a fim de apanhar as coisas que iam ser jogadas fora. Seu plano consistia em levar tais coisas para casa de graça e cobrar vinte dólares da loja por esse trabalho.

Ricky era assim.

Ah, Ricky, ela pensou. Tinha sido doida por ele quando eram pequenos. Um pouco mais velho, ele era tão engraçado!

Ainda não era mau, não de verdade, apenas bastante ativo, jogava rojões na direção do galinheiro, punha aranhas nos chinelos da tia Janet.

E agora estava morto.

Um idiota morto, arrogante, falastrão, desmiolado, quase pedófilo e racista.

Que, durante algum tempo, ela achou que era o máximo.

Durante todos aqueles anos ela vinha defendendo Ricky mentalmente. Sentindo simpatia por ele ou tentando sentir, mas... sabe de uma coisa? Que se foda Ricky. Pensou naquele pai da garota grávida de dezessete anos, naquele assistente da igreja que tinha levado um soco no estômago, naquele dono da loja de artigos esportivos. Que se foda Ricky. Alguém devia ter jogado uma pedra na cabeça daquele idiota muito tempo antes.

Quer dizer, eu sei — algumas pedras tinham sido jogadas em Ricky. Cadeia, despejo daquele lugarzinho vagabundo na Webster que ele de algum modo conseguira juntar grana para comprar, nova prisão, os motoqueiros, o pai que lhe quebrou algumas vértebras, o grupo de paroquianos na igreja que lhe arrancou com murros os dentes da frente no átrio da igreja porque, como se ficou sabendo, o assistente em quem ele deu um soco sofria de câncer e era um sujeito amado por todos, tendo doado um rim ao pastor alguns anos antes.

Mas não tinha sido suficiente, nem com tudo isso ele tinha posto a cabeça no lugar.

Veio-lhe uma imagem à mente: Ricky em chamas no inferno, vestindo aquele macacão sujo que costumava usar (roubado da única oficina onde conseguira trabalhar por mais de um mês), as lágrimas rolando pelo rosto.

E ele era pequeno. Cabia na palma de sua mão.

Você se arrepende?, ela perguntou. Por tudo o que fez? Arrepende-se de verdade?

Ginnie, é tão quente aqui!, ele disse.

Mas se arrepende?

De quê?

Ainda imbecil, ainda teimoso. Claro, por isso estava no inferno.

Nascera imbecil e teimoso, e permanecera teimoso e imbecil por ser tão imbecil e teimoso.

O que era injusto.

Ela o tirou do inferno e pôs no céu. Tudo lá era puro e branco. Ele começou imediatamente a andar de um lado para o outro com raiva, deixando pegadas de graxa por toda a parte. Os anjos a olharam como se dissessem: Quer tirar esse sujeito daqui?

Ela agarrou Ricky com as duas mãos como se fosse um pequeno camundongo e se concentrou, queimando toda a graxa; ao ler a mente dele, foi capaz de dizer que se tratava agora de uma pessoa diferente graças à sua injeção de amor. Nenhum vestígio do velho Ricky subsistia. Nenhuma característica do Ricky genuíno e original.

Ela o pôs de volta no céu e ele lá ficou, atônito, fosse quem fosse agora. Ela ouviu Keith subir ruidosamente os degraus da varanda.

E lá se foi seu tempo dedicado a escrever.

Entrou às pressas, corado e suado, a bandana caída sobre o ombro.

Boa corrida?, ela perguntou.

Não fui correr, ele respondeu.

Verdade, estranho, ele estava usando calças cáqui.

Tinha encontrado o sujeito, o primeiro sujeito, ele disse, o que não gostava do Jimmy Carter, e lhe dado uma porretada no joelho. Com o bastão de beisebol autografado do Derek. Não tinha... não tinha sido um golpe perfeito. O sujeito quase havia tomado o bastão dele. Conseguiu acertá-lo, mas só uma vez.

Mais ou menos, uma espécie de, você sabe... meio de raspão. Sua bandana tinha escorregado e o sujeito o reconheceu. Ei, você é o pai daquele carinha, ele havia dito, num tom de espanto, segurando o joelho. Isso aí. Foi assim. O plano era, foi, você sabe... pegar os dois. Como no ensaio dela, sabe? Ensinar-lhes uma lição. Sobre as regras. Sobre a ordem. Sobre "reverenciar a justiça". Mas, depois daquele primeiro golpe? Do som que fez? Tinha perdido o gás. O bastão estava no rio. Jogou da ponte. Tinham que comprar outro para o Derek. E conseguir que fosse assinado. Mas por quem? Ela se lembrava quem tinha autografado o outro?

Ele então se deixou cair no sofá, começou a chorar. O rosto se enrugou todo como uma maçã murcha, e silenciosamente, em câmera lenta, ele passou a socar os braços do sofá.

Como no ensaio dela?

Que se dane!

Espere, ela disse. Que sujeito você acertou?

O primeiro, ele respondeu. O que trouxeram antes.

Ela lhe contou sobre a confissão. Que o segundo tinha confessado. Que ele havia em essência... hã... arrebentado o joelho do cara errado.

Ah, que ótimo, ele disse, como se a injustiça houvesse sido feita com ele.

Derek desceu.

Por que papai está chorando?, perguntou.

A tia dele morreu, ela respondeu.

Que tia?

Uma que você não conhece.

Como é que eu não ia conhecer uma tia do papai?

Keith levantou-se e foi para o porão. Fazer o que lá? Não havia nada lá a não ser a máquina de lavar roupa, a secadora e uma esteira de exercício quebrada. Estaria planejando lavar as roupas? Provavelmente. Às vezes fazia isso. Quando aborrecido.

Pouco depois ela ouviu a máquina de lavar roupa e a secadora funcionando.

Bom.

Homem incomum.

Posso mandar uma nota para o tio do papai?, Derek perguntou.

Ela tinha certeza de que ele sabia que aquilo era mentira.

Ele já morreu também. Morreu num trágico acidente de balão.

Ah, aquele tio.

Olhe, ela disse. Que tal ir para o seu quarto?

Papai acertou alguém com um bastão?, Derek perguntou.

Bem...

O sujeito que me jogou no chão?

Ela pensou durante um segundo.

Foi sim, ela respondeu.

Ele parecia ter gostado daquilo e, deslizando pelo assoalho, imitou uma tacada com o bastão.

Em cima da escrivaninha da Target estava seu ensaio.

Lá pousado, todo prosa.

Ela sentou-se e começou a ler. Era... meu Deus! Era tão ruim... Tão radical. Não fazia o menor sentido. Hoje. Ela era boa — era uma boa escritora e tudo, por isso a coisa de certa forma fluía. Mas, quando se olhava de perto, o que estava realmente sendo dito...

Uau, Jesus Cristo.

Rasgou as páginas ao meio, jogou na cesta de papéis, tirou o saco de dentro da cesta e foi colocar na lata de lixo que ficava do lado de fora da casa.

Chega de ensaios.

Chega de escrever.

Ela podia fazer coisa melhor no mundo. Por exemplo, cozinhar.

Sentou-se no balanço da varanda. Imaginou o sujeito que Keith havia golpeado, o sujeito inocente, subindo sua rua e se deixando cair nos degraus da varanda.

Olha, ela disse, não foi nada tão sério, certo? Você parece muito bem. Foi... hã, um golpe de raspão. E você não teria feito o mesmo? Se fosse seu filho?

Não, ele respondeu. Não teria atacado um cara que nada tinha a ver com a coisa usando um bastão de beisebol só porque ele se parecia com o sujeito que fez o troço.

Bom, sim, ela disse. Muito admirável. Mas é fácil dizer isso quando você não estava realmente naquela...

Isso se chama caráter, ele disse.

Não fui eu quem fez isso, ela disse. Foi o Keith.

O sujeito levantou as sobrancelhas. De algum modo ele tinha conhecimento de seu ensaio bobo.

As palavras importam, ele disse.

Ah, cala a boca!, ela disse.

Agora a merda ia ser jogada no ventilador. O sistema estava prestes a desabar sobre eles. Que, até então, sempre tinham feito tudo direitinho. Ou ao menos tentado.

O telefone tocou lá dentro.

Perfeito.

O mesmo policial.

Probleminha, ele disse. Leo Dimini veio aqui faz pouco. Disse que foi atacado. Com um bastão. Por alguém que ele declarou ser seu marido. Você sabe alguma coisa sobre isso?

Atacado?, ela perguntou. Com um bastão?

A falsidade em sua voz ficou pairando no ar, sendo mutuamente examinada por ambos.

Vou tomar isso como um não, disse o policial.

Keith é um bom sujeito, ela disse.

Foi o que me pareceu, disse o policial. Mas diga a ele... você sabe... chega de beisebol.

Chega de beisebol, ela repetiu.

E posso sugerir uma coisa?, ele perguntou.

Pode, ela respondeu.

Quem sabe devemos desistir disso tudo, ele disse. A... hã... alegação de que o menino foi empurrado. Podemos simplificar as coisas. Os membros da família vêm conversando. A ideia é vocês desistirem do empurrão e eles desistem do ataque com o bastão. E os craques do beisebol, você sabe, vão poder dormir. Fácil. Mais fácil. E você também.

Naquele instante ela viu a coisa: Meu Deus, gostava muito de sua vida. A família de patos que às vezes atravessava gingando o quintal como se fossem donos do pedaço. O modo como Derek tinha recentemente começado a comer o jantar usando o gorro de inverno, cotovelos sobre a mesa, como um pequeno motorista de caminhão. Na semana anterior, Keith havia arrumado as miniaturas de animais de plástico no peitoril da janela (girafa, vaca, cegonha, pinguim, alce) num círculo em torno de um grão de milho; e, nos chifres do alce, tinha colado uma nota adesiva: "Adoração de um objeto misterioso".

Como fazemos isso?, ela perguntou. Desistir?

Basta você me dizer para desistir, ele respondeu.

Agora?, ela perguntou.

Pode ser agora, ele respondeu.

Depois de desligar, ela foi ao porão. Keith estava sentado numa velha cadeira do gramado. Tinha uma grande pilha de roupa lavada em cima da esteira.

Então o sacana saiu andando, ele disse.

A menos que você compre um novo bastão, encontre ele e dê outra porrada, ela disse.

Era para ser engraçado, mas ela pôde ver que ele não estava preparado para isso.

Fez menção de pegar a mão dele. Ele pegou a dela e apertou de leve.

Me dê um minuto, ele disse.

Claro, ela disse.

De certo modo, tinham tido sorte. Os arranhões no rosto de Derek iam cicatrizar. Sem problema. Eram superficiais. Aquele sujeito poderia ter tirado o bastão das mãos de Keith e o acertado pra valer. Keith poderia ter golpeado a cabeça do sujeito e o matado. Agora, com aquela concessão, tudo voltaria ao normal.

E voltou.

Passou-se uma semana, outra semana, um mês.

Então, pouco antes do Natal, ela parou num sinal de trânsito no Centro.

Na calçada, perto do monumento para os soldados mortos na guerra, lá estava o sujeito.

Um deles. Não saberia dizer qual.

Os dois filhos da puta eram praticamente idênticos.

Então o outro saiu de trás de uma tenda de manutenção, falando sem parar e puxando por uma coleira de lâmpadas de Natal uma rena de plástico, provavelmente roubada do gramado de alguém.

Mas estava... Uau, mancando um bocado. Uma manqueira de respeito.

Tinha ficado manco.

Os dois entraram no bosque, divertindo-se, um com o braço

em volta do ombro do outro, com a dupla agora parecendo mancar, a rena seguindo aos saltos.

Alguém atrás dela buzinou. Ela acelerou, cruzou a ponte.

O rosto de repente em brasa. De vergonha. Ah, meu Deus. Ah, que merda.

Ela tinha causado aquilo. Eles tinham. Aleijado um velho. Um velho inocente. Ela tinha... bom, tinha feito a vida de bosta de um infeliz ainda pior.

Tinha mesmo.

De verdade.

Deus meu, as horas de sua vida que gastou tentando ser boa. De pé diante da pia, decidindo se algum pote plástico de tofu era reciclável. Aquela vez em que atropelara um esquilo e voltou para ver se podia correr com ele até um veterinário. Não viu nenhum esquilo. Mas isso não provava nada. Ele podia ter se arrastado para morrer sob um arbusto. Estacionou o carro e olhou debaixo dos arbustos, um após o outro, até que uma senhora saiu de um cabeleireiro para perguntar se ela estava se sentindo bem.

Caminhando pelo shopping center, tentando transmitir uma vibração positiva para todo mundo por quem passava. Repondo a água do cachorro porque viu alguma coisa boiando nela. Como se ele se importasse. Mas talvez, em algum nível, realmente se importasse. Será que a água limpa fazia a vida dele melhor? Um pouquinho? Em certas ocasiões, ela dobrava as pequenas camisas de Derek duas ou três vezes, perguntando-se como ele acharia mais fácil desdobrá-las. Importava. Não é mesmo? Quando uma camisa se desdobra de um jeito agradável e é vestida com facilidade, isso não dá a um menininho um toque adicional de confiança?

Quantas camisas você precisa dobrar outra vez conscienciosamente, e quantos grampos você precisa pegar no chão para que ninguém machuque o pé, e quantas horas você precisa passar no supermercado tentando decidir qual é o suco de frutas com a menor quantidade de xarope de milho rico em frutose, e quantas jovens mamães esgotadas com bebês no colo você precisa deixar passar à sua frente na fila do correio, e quantas cartas de rejeição rudes você precisa declinar de responder com igual grosseria, e quantas agradáveis refeições de família você precisa preparar enquanto uma grande história morre em sua mente... tudo isso para compensar o aleijão de um velho infeliz...

O mundo era cruel. Cruel demais. Cometa um erro e pague pelo resto da vida. Pensou em Mary Tillis, que batera na traseira daquela minivan e duas crianças haviam morrido. No sr. Somers, que fizera alguma coisa estranha com o aquecedor e matou seus pais idosos. Naquele sujeito com a venda nos olhos no grupo de escoteiros, que havia amarrado mal uma carga de lenha e então uma madeira solta arrebentou o para-brisa daquela senhora, cujo carro por fim caiu da ponte e ela não conseguiu escapar, morrendo afogada no rio.

Qual o pecado daquele indivíduo, o pecado que arruinou sua vida, porque agora, no grupo de escoteiros, ele estava quase sempre bêbado e, durante a corrida anual de carrinhos de madeira, saiu correndo pela porta dos fundos quando um deles capotou, deixando seu filho Maury lá sem jeito, como se dissesse: Desculpe, meu pai é assim mesmo, uma vez ele matou uma senhora.

Um nó mal dado.
Nove páginas idiotas.
Que merda.
Ela odiava aquele sentimento. Sentimento de culpa. Não conseguia suportar.

A estrada do parque fazia uma curva para oeste, afastando-se do rio na direção de uma área de grandes shopping centers decadentes e três enormes igrejas em sucessão. Naquela ocasião do esquilo, ela voltara para casa e confessara a Keith. Eles tinham o hábito de fazer confissões mútuas. Keith sempre a perdoava, contextualizando depois seu pecado. Os esquilos morriam o tempo todo, ele disse. Estamos constantemente matando milhares de coisas vivas (insetos) toda vez que andamos de carro. Mas o que podemos fazer? Deixar de andar de carro? Uma vez perdoada por Keith, era apenas uma questão de tempo antes que a culpa começasse a esvanecer. Mesmo quando teve uma paixonite por Ed Temley, da igreja, ela confessou a Keith. Bem, Ed é bonitão, disse Keith, até eu posso ver isso e, no dia em que deixarmos de reparar nas pessoas bonitas, estamos mortos, certo?

Imaginou-se sentada diante de Keith na mesa da cozinha.

Ah, querido, sabe de uma coisa?, ela diria. Sabe que deixamos aquele cara inocente aleijado? Vai chegar mancando na cova. Isso aí.

Keith continuaria lá sentado, atônito.

Talvez possamos oferecer pagar a conta dele no hospital, diria enfim. Ou pôr em contato, você sabe, com um cirurgião ortopédico? Alguma coisa assim?

Bem, isso abria portas que não queríamos que fossem abertas. Não se tratava de um hippie com seguro de saúde. Pagariam do bolso deles pela cirurgia. E lá se iria o dinheiro para pagar a universidade de Derek. Que trabalharam tão duro para juntar. E que, de todo modo, não seria suficiente. Se continuassem a poupar no ritmo atual, talvez pudessem pagar pelo primeiro ano. Isso caso não fosse uma universidade de ponta. Havia limites ao que era possível fazer. Ela tinha feito uma cagada, eles tinham feito uma cagada, mas não eram deuses, eram gente limitada, emotiva, que às vezes cometia ações imprudentes...

Aquele sujeito era... sabe o quê?

Não ia pegar o dinheiro deles.

Isso era ir longe demais. Era absurdo. Meio esquisito.

Neurótico.
Um envolvimento exagerado.
Parou diante de casa. Boa de ver. Limpa. Todo o trabalho que tinham tido realmente a deixara mais bonita.

Um bando de gansos surgiu de uma nuvem baixa, emitindo um som estranho, que não era de gansos. Um segundo grupo se uniu a eles vindo da esquerda e um terceiro vindo da direita, gerando um bando bem mais numeroso que voou desorganizadamente na direção da escola.

Ela imaginou um raio de luz branca projetado de sua testa, um raio de desculpa, carregado com a ideia de *Eu sinto muito*, o qual cruzou a cidade, atravessou o rio e vagou pelos bosques até encontrar os dois sujeitos. E, tendo feito uma breve pausa sobre ambos porque eram tão infernalmente similares, penetrou no inocente. Naquele mesmo instante ele a reconheceu. Conheceu sua dor. Ficou sabendo do problema dos pulmões de Derek e como ele estava atrasado com relação aos colegas, como às vezes ia para a escola com um ursinho de pelúcia no bolso da camisa achando que aquilo lhe dava uma boa aparência, coitadinho. E, conhecendo-a tão completamente, tudo fez sentido para o sujeito. E lá estava o perdão. Isso é que *era* o perdão. Ele era ela. Sendo ela, entendeu tudo, viu como a coisa toda havia acontecido.

Como poderia ficar zangado com ela quando ele *era* ela?

Um raio verde de perdão foi projetado da testa dele e atravessou a cidade carregado com a ideia de *Para dizer a verdade, de qualquer maneira nunca esperei muito da vida; e, diante da merda toda que aconteceu comigo, a maior parte por minha causa, mancar um pouco, creia em mim, é a menor das minhas preocupações. Além disso, a dor está me fazendo realmente prestar atenção em cada momento.*

O raio entrou no carro, ficou ali pairando perto do porta-
-luvas.
Mas eu tenho um pedido, disse o raio.
Pode falar, ela pensou bondosamente.
Perdoe meu primo, disse o raio. *Como eu perdoei você.*
Ah, companheiro. Nem que a vaca tussa.
Como se isso estivesse acontecendo.
Algum dia, talvez. Mas é provável que não. Não tinha aquilo para dar. Simplesmente não tinha. Odiava o idiota. E odiaria para sempre.
Você perdoou o Ricky, disse o raio.
Seu amigo não é nenhum Ricky, ela disse.
Ricky era pior, disse o raio.
Bem, ela disse. Se você conhecesse o Ricky.
Se você conhecesse meu primo, disse o raio.
Seja como for, era tudo babaquice. Não existia raio nenhum. Ela estava apenas inventando tudo aquilo.
Você está aprisionada dentro de si própria, disse o raio.
Muito bem, e quem não está?, ela pensou.
Por alguma razão, o bando de gansos estava agora passando acima dela, rumando na direção oposta.
Mas esse é o problema, não é?, ela pensou.
Sim, disse o raio.
Ela podia ver Keith se movimentando na cozinha.
O bom Keith de sempre. Desde o incidente, ele não estava nada bem. À noite, às vezes o ouvia chorar na despensa. E, naquela semana, no trabalho, alguém tinha sido promovido antes dele outra vez. As pessoas simplesmente... não o respeitavam. Na festa de Natal do escritório, todo mundo o interrompia. Circulava a piada de que todos empurravam os projetos menos desejáveis para Keith, que ingenuamente aceitava. Ele ficou sentado lá, passando o dedo numa folha de bico-de-papagaio que

tinha caído do buquê no centro da mesa. Ninguém nem parecia reparar que estava ferindo seus sentimentos.

Um homem doce. Um homem fraco.

O homem doce e fraco dela.

Aquela informação sobre o manco?

Morria com ela, ali e agora.

Dessa vez, ela precisava ser uma espécie de engolidora de pecados.

O que tinha de fazer era entrar e não dizer nada. Sobre o manco. Se mostrar alegre, feliz. Preparar os biscoitos de Natal. Como planejado. A cada instante, ao longo de toda a noite, lutar contra a ânsia de contar. Amanhã, quando sentisse a ânsia de novo, lembrar-se de que decidira, ali no carro, não lhe contar, para o bem da família. No dia seguinte, a mesma coisa. Com o passar dos dias, a vontade de contar diminuiria. E, muito em breve, ela passaria um dia inteiro sem nem pensar em lhe contar.

E a coisa estaria terminada.

Só precisava começar o processo.

No assento do passageiro havia uma sacola de plástico. Dentro dela, um rolo de papel-manteiga, um pacotinho de granulados, três novos cortadores de biscoitos. O que tinha de fazer agora era pegar a sacola, abrir a porta do carro, plantar um pé na neve derretida e já cinzenta.

Isso ela era capaz de fazer.

Era alguma coisa boa que realmente era capaz de fazer.

Carta de amor

22 de fevereiro de 202_

Querido Robbie,
Recebi sua carta, meu rapaz. Desculpe responder à mão. Não sei se usar o e-mail é a melhor pedida, considerando o assunto, mas, obviamente (com um metro e oitenta agora, segundo sua mãe), cabe a você decidir, meu querido, apesar de vivermos tempos estranhos.
Faz um belo dia aqui. Uma família de veados acabou de passar correndo, e sua avó e eu, no terraço, segurando as belas canecas azuis que você bondosamente nos mandou no Natal, giramos simultaneamente os quadris enquanto eles disparavam rumo ao Seascape e, espero, rumo a uma refeição fácil no campo de golfe.
Perdoe meu uso de iniciais no que segue. Não gostaria de causar dificuldades adicionais a G., M. ou J. (todas elas tão simpáticas, nós dois gostamos muito de conhecê-las quando você

passou por aqui na Páscoa), caso isso seja desviado e lido por outra pessoa que não você.

Acho que você está certo quanto a G. Aquela nau zarpou. Melhor deixar que se vá. De acordo com sua explicação, M. não carece da documentação adequada, mas sabia, o tempo todo, que G. carecia, não é mesmo? E não fez nada a respeito? Claro que não estou sugerindo que ela deveria ter feito. Mas, nos pondo no lugar "delas" (no lugar dos lealistas) — como acho prudente, nos dias de hoje, tentar fazê-lo —, podemos perguntar: Por que M. (mais uma vez segundo eles, segundo a maneira de eles pensarem) não fez o que "devia" ter feito, deixando que alguma autoridade soubesse sobre G.? Uma vez que estar aqui é "um privilégio e não um direito". Somos ou não somos (como já estou enjoado de ouvir) "uma nação governada pelas leis"?

Mesmo que eles mudem as leis constantemente para servir às próprias crenças!

Creia em mim, estou tão desgostoso quanto você com tudo isso.

Mas o mundo, em minha (longuíssima) experiência, às vezes se move em determinada direção e, tendo se movido, sendo tão grande e inescrutável, não pode ser chamado de volta a seu estado anterior e melhor, de maneira que, na presente situação, eu diria que nos compete pensar como eles pensam tanto quanto nos for possível a fim de evitar o máximo de coisas desagradáveis e malefícios futuros.

É óbvio que você de fato escreveu para perguntar sobre J. Sim, ainda estou em contato com o advogado que mencionou. Para ser franco, não acho que ele ajudaria muito. Atualmente. Quando estava no topo da forma, ele sem dúvida era um príncipe ao entrar em um tribunal, mas hoje não é mais o homem que foi. Como ele se opôs, talvez com energia demasiada, à revisão e ao afastamento pelo Departamento de Justiça dos juízes em atividade, sofreu muitas calúnias na imprensa e teve sua casa pichada, sendo preso por alguns dias. Pelo que me disseram, passa agora quase todo o tempo zanzando pelo quintal e guarda as opiniões para si próprio.

Onde está J. agora? Você sabe? Penitenciária de algum estado ou federal? Isso pode ser relevante. Espero que "eles" (os lealistas, que contam hoje em dia com o poder dos tribunais para apoiá-los) digam que, embora J. seja uma cidadã, ela abriu mão de certos direitos e privilégios ao recusar-se a oferecer as informações exigidas sobre G. e M. Lembra-se daqueles amigos nossos, R. e K., que lhe deram, em seu quinto (ou sexto) aniversário, aquele cofrinho de bronze com a efígie de Lincoln? Eles são lealistas, ainda mantêm contato conosco, e esse é o tipo de lógica que seguem. Um morador da Aptos Village fez amizade na academia de ginástica com um sujeito e corriam juntos, essas coisas. O primeiro sujeito, depois de não querer comentar o que sabia sobre os votos passados do novo companheiro, de repente descobriu que não podia mais registrar seu carro (ele era florista, por isso a proibição criou um tremendo problema). Opinião de R. e K. sobre ele: a pessoa "não é um patriota" caso se recuse a responder a uma "pergunta simples" feita por seu "próprio governo".

É o ponto em que estamos.

Você perguntou se deve ficar parado observando a vida de sua amiga ser arruinada.

Duas respostas: uma como cidadão, outra como avô. (Você me buscou no que deve ser uma hora difícil e estou tentando ser franco.)

Como cidadão: posso, sem dúvida, entender por que uma pessoa jovem, inteligente e bonita (um prazer eterno saber isso, posso acrescentar) sente que é seu dever "fazer alguma coisa" em favor da amiga J.

Mas o quê, exatamente?

Esse é o problema.

Quando chegamos a certa idade, vemos que tempo é tudo o que possuímos. Com isso me refiro a momentos como o dos veados saltitantes esta manhã, e ver sua mãe nascer, e sentar-me na mesa de jantar esperando o telefone tocar anunciando que um bebê (você) tinha nascido, ou aquele dia em que todos nós fizemos uma caminhada até Point Lobos. Aquela foca extremamente barulhenta, o cachecol de sua irmã deslizando pouco a pouco pelo rochedo negro lambido pelas ondas. O substituto que você generosamente comprou para ela em Monterey, como a fez feliz com sua bondade! Essas coisas foram reais. Isso é tudo o que a gente tem. Todas as outras coisas são reais só na medida em que interferem em tais momentos.

Ora, você pode dizer (posso ouvi-lo dizendo e vejo a expressão em seu rosto quando o faz) que esse incidente com J. é uma interferência. Respeito sua opinião. Mas, como seu avô, suplico que não subestime o poder/perigo do presente momento. Talvez ainda não tenha lhe mencionado isto: no começo desse troço, escrevi duas cartas para o editor do jornaleco local, uma muito empolgada, a outra cômica. Nenhuma teve o menor efeito. Os que concordavam comigo concordaram; os que não concordavam não foram persuadidos. Após ser rejeitada uma terceira tentativa, fui parado enquanto dirigia perto de casa, sem nenhum motivo aparente. O policial (um sujeito de boa aparência, não passava realmente de um garotão) perguntou o que eu fazia o dia todo. Eu tinha algum passatempo? Respondi que não. Ele disse: "Alguns de nós ouvimos dizer que você gosta de datilografar". Fiquei sentado no carro, olhando aquele braço grande e pálido. Tinha o rosto de um menino. Porém o braço era de um homem.

Como você poderia saber disso?, perguntei.

Tenha uma boa noite, meu senhor, ele disse. Fique longe do computador.

Deus meu, sua estupidez e o porte na escuridão, os estalidos metálicos que vinham da área do seu cinto, a palpável convicção que ele parecia ter com respeito à sua causa, uma causa que, mesmo tempos depois, eu não consigo entender.

Não quero você, jamais, nem um pouco perto desse tipo de pessoa ou submetido a ela.

Sinto aqui a necessidade de reagir à última parte de sua mensagem, que (faço questão de lhe assegurar) não me aborreceu nem "feriu meus sentimentos". Não. Quando você chega à minha idade, e tem a sorte de ter um neto (excepcional) como você, sabe que nada que esse neto possa dizer vai um dia ferir seus sentimentos. Na verdade, estou muito emocionado por você ter me escrito na hora da necessidade, e por ter sido tão direto e mesmo (reconheço) um tanto duro comigo.

Em retrospecto, sim, tenho do que me lastimar. Houve um determinado período crítico. Vejo isso agora. Durante esse período, sua avó e eu trabalhávamos, todas as noites, cada qual num quebra-cabeça em cima da mesa da sala de jantar que você conhece muito bem. Planejávamos reformar a cozinha, estávamos recuperando os muros do quintal com pesadas despesas, eu sentia os primeiros indícios dos problemas dentários de que você tanto ouviu falar (talvez até demais). Todas as noites, sentados de frente um para o outro, enquanto completávamos aqueles quebra-cabeças, o aparelho de televisão na sala de visita anunciava aos berros aquela ladainha de coisas que nunca tinham acontecido, que nós jamais poderíamos imaginar que aconteceriam, que estavam acontecendo naquele momento. E a reação dos renomados comentaristas da televisão consistia numa atitude de arrogância irônica, satírica, que presumia, como nós presumíamos, que todas essas coisas poderiam e seriam em breve desfeitas, que tudo voltaria ao normal — que algum adulto ou alguns adultos chegariam, como sempre aconteceu no passado, e consertariam as coisas. Não parecia (e por favor destrua esta carta depois de ler) que alguém tão ridículo seria capaz de destruir algo tão nobre, testado pelo tempo e, ao que tudo indicava, robusto. Alguma coisa que tinha estado conosco literalmente todos os dias de nossa vida. Em outras palavras, tínhamos tomado uma dádiva magnífica como algo garantido para sempre. Não sabíamos que a dádiva era um golpe de sorte, uma quimera, um maravilhoso acidente de consenso e compreensão mútua.

Como essa destruição resultava de uma fonte tão inepta, que parecia (naquela época) ser apenas um safado cômico e dava a impressão de conhecer tão pouco sobre o que vinha destruindo, e porque a vida seguia e todos os dias ele/eles violavam mais uma norma de decoro, muito em breve descobrimos que não dispúnhamos mais de nenhuma forma de indignação. Se você me permitir uma metáfora grosseira (como tenho certeza de que permitirá, sendo o Rei de Las Bromas de Fartos): um sujeito entra num jantar festivo e caga no tapete da sala de estar. Os convidados se agitam, gritam em protesto. Ele caga de novo. Os convidados pensam: Bem, gritar não adiantou. (Enquanto alguns aplaudem a audácia do intruso.) Ele caga pela terceira vez, agora na mesa, e mesmo assim ninguém o expulsa da casa. Nesse ponto, o céu é o limite em matéria de futuras cagadas.

Desse modo, mesmo que sua avó e eu, durante aquele período crítico, com frequência disséssemos, você sabe: "Alguém deveria organizar uma marcha" ou "Aqueles senadores republicanos f. da p.", cansamos de nos ouvir dizendo essas coisas e, para evitar nos transformarmos em velhos que se repetem à toa, trabalhamos em nosso quebra-cabeça e tocamos a vida, esperando pela eleição.

Estou falando aqui da terceira, não da quarta (a do filho),

que, sendo uma impostura absoluta, não nos feriu tanto (surpresa!).

Depois da eleição, enfrentando novos quebra-cabeças (o meu, uma cena difícil do verão nas montanhas Catskills), observando aqueles primeiros perdões (que, ao serem dados, estávamos bem preparados para esperar que ocorressem) e depois aquele dilúvio de perdões (cada qual abrindo caminho para o seguinte), e as idiotices verbais que acompanhavam os perdões (com relação às quais, a essa altura, já estávamos de alguma forma acostumados), e a perseguição aos juízes, e os incidentes em Reno e Lowell, e as investigações dos principais comentaristas políticos, e o abandono até mesmo dos limites já alongados dos mandatos, mesmo depois de tudo isso ainda não acreditávamos realmente que a coisa estava acontecendo. Os passarinhos ainda decolavam das árvores e tudo mais.

Sinto que estou desapontando você.

Só quero dizer que a história, ao acontecer, pode não ser aquilo que você espera com base na leitura dos livros. Lá as coisas sempre são claras. Sabe-se exatamente o que cada um teria feito.

Sua avó e eu (assim como muitos outros) teríamos de ser pessoas mais radicais do que fomos, durante aquele período crítico, para haver feito o que quer que devêssemos fazer. Nossa vida não nos havia preparado para o radicalismo, para nos mobilizarmos ou sermos tão focados e ativos como posso ver, em retrospecto, que precisaríamos ter sido. Não estávamos preparados para largar mão de tudo na defesa de um sistema que, para nós, era como o oxigênio: usado constantemente, nunca objeto de nota. Éramos mimados, acho que é o que estou tentando dizer. Como eram aqueles do outro lado: prontos a destruir tudo porque haviam sido tão absolutamente nutridos pela abundância vazia em que nós todos tínhamos vivido, uma condição de fartura que permitiu às pessoas prosperar, opinar e se pavonear como reis e rainhas enquanto continuavam a ignorar sua própria história.

Queria que eu fizesse o quê? O que você teria feito? Sei que dirá que teria lutado. Mas como? Como você teria lutado? Teria contatado seu senador? (Naqueles tempos ainda era possível, pelo menos, registrar sua débil mensagem na secretária eletrônica do senador sem sofrer alguma represália, mas você podia em vez disso cantar, assobiar ou peidar ao telefone que o resultado seria o mesmo.) Bem, fizemos isso. Telefonamos, escrevemos cartas. Você daria dinheiro para certos candidatos? Também fizemos isso. Teria marchado numa manifestação? Por alguma razão, de repente não havia mais marchas. Teria organizado marchas? Então, como agora, não fiz isso e nem sei como fazer. Ainda trabalhava em tempo integral. O problema dentário tinha apenas começado. Coisa que ocupa muito a mente. Você sabe onde vivemos. Queria que eu dirigisse até Watsonville e fizesse sermões para os funcionários locais? Todos concordavam conosco. Naquela época. Você teria se armado? Não me armei e não me armarei, acredito que você também não faria isso. Espero que não. Por aí, tudo está perdido.

Deixe-me, no final, voltar ao começo e ser totalmente franco. Eu o aconselho a não se meter nessa questão da J., imploro que não se meta. Seu envolvimento não ajudará (especialmente se nem sabe para onde a levaram, se foi uma penitenciária estadual ou federal), e na verdade pode prejudicar. Espero não ofender se aqui uso a expressão "gesto vazio". Isso não só tornará mais difícil a situação de J., mas também a de sua mãe, seu pai, sua irmã, sua avó, seu avô etc. Parte da complicação é que você não está sozinho nisso.

Quero o seu bem. Quero que algum dia você seja também um velho peidorrento escrevendo uma carta longa (demais) a um neto (amado). Neste mundo, falamos muito sobre coragem e, acho eu, não suficientemente sobre a discrição, sobre a cautela. Sei como isso soa a seus ouvidos. Que seja. Vivi tantos anos e tenho esse direito.

Só agora me ocorre que você e J. podem ter sido mais que simplesmente amigos.

Se esse for o caso, bem sei que ia (deveria) complicar a questão.

Na noite passada tive um sonho vívido sobre aqueles dias, sobre o crítico período antes da eleição. Eu estava sentado na frente de sua avó. Ela trabalhando num quebra-cabeça (filhotes de cachorro e de gato), eu no meu (gnomos nas árvores) e, de repente, vimos, num clarão, as coisas como eram. Isto é, nos demos conta de que aquele era um momento crucial. Nos entreolhamos por cima da mesa com tamanho frescor, se posso assim dizer, com grande amor um pelo outro e por nosso país. O país em que tínhamos vivido toda a nossa vida, as muitas estradas, colinas, lagos, os shopping centers, trilhas e cidadezinhas que tínhamos conhecido e desfrutado com toda a liberdade.

Como tudo parecia precioso e bonito!

Sua avó se pôs de pé com aquele jeito decisivo que sei que você conhece.

"Vamos refletir sobre o que devemos fazer", ela disse.

Então acordei. Lá na cama, senti, por um breve instante, que era *aquele* tempo outra vez, e não *este* tempo. Ainda deitado, me vi perguntando, pela primeira vez em muitos anos, não "O que eu deveria ter feito?" e sim "O que eu posso ainda fazer?".

Voltei a mim gradualmente. Foi triste. Um momento melancólico. Estar, de novo, num tempo e num lugar em que a ação não era possível.

Desejo de todo o coração que tivéssemos passado tudo intacto para você. Desejo de fato. Mas isso agora não vai acontecer. Levarei esse pesar para o meu túmulo. Sabedoria, agora, significa fazer aquelas acomodações inteligentes que cada um é capaz de fazer. Não estou dizendo que você deve enfiar a cabeça na areia. J. fez uma escolha. Poderia ter contado tudo acerca de G. e M. Não contou. Respeito isso. No entanto... Ninguém está exigindo que você faça alguma coisa. A meu ver, você já faz muito bem simplesmente por se levantar pela manhã, estar presente tanto quanto possível e manter a sanidade viva no mundo, de tal forma que, algum dia, quando (se) essa coisa passar, o país possa reencontrar o caminho para a normalidade com sua ajuda e a dos que pensam como você.

Mas, por favor, saiba que compreendo como é duro permanecer em silêncio e inativo se, na verdade, J. foi mais que simplesmente uma amiga. Trata-se de uma pessoa adorável, e lembro de vê-la atravessando nosso quintal com a elegância e o brio que lhe eram característicos, balançando a chave do seu carro naquela longa corrente que você tem, com o cachorro dela (Whiskey?) trotando ao lado. É verdade o que você diz: Não temos ideia do que está se passando com ela neste nosso novo mundo. E isso, sem dúvida, pesa muito na mente de qualquer um, em especial se o relacionamento foi íntimo, podendo perfeitamente (como não o faria?) gerar o sentimento de que a pessoa precisa agir.

Acho que, acima, deixei clara minha preferência. Digo o que segue não para encorajar. Temos algum dinheiro (não muito, mas algum) na poupança. Caso o pior aconteça. Estou com dificuldade em aconselhá-lo. Não quero ser um desapontamento nem desencaminhá-lo. Com a idade, a gente se torna cauteloso. É uma maldição. Nós o amamos muito. Por favor, nos deixe saber o que está inclinado a fazer, pois só conseguimos pensar nisso (em você).

Com amor, muito amor, mais do que você pode saber,

Vovô.

Uma coisa no trabalho

Genevieve Turner voltou para a sala de descanso.

Muito bem, lá estavam suas chaves em cima do aparelho de micro-ondas.

E agora também (argh): Brenda.

Gen aprestou-se para a investida.

Que não demorou.

Poxa, disse Brenda, acho uma loucura que eles observem com tanta atenção os cartões de ponto e, apesar disso, deixem todas essas coisas do café no balcão onde qualquer um pode simplesmente pegar sem ninguém saber. Será que essas coisas eram baratas? Ela tinha suas dúvidas! Por que não obrigar as pessoas a registrar sempre que usassem algo novo? Já ouviu falar de controle de custos? Não que alguém aqui fosse rebaixar-se tanto. Roubando café. São bem pagos. Muito bem pagos. Alguns mais que os outros. Ha! Mas é o mesmo com as toalhas de papel em cima da geladeira: por que não pendurar um aviso ali dizendo: FAÇA O FAVOR DE LEVAR?

Brenda, baixa, gorducha e doce, usava uma daquelas blusas

curtas demais que vivia puxando para baixo a fim de tapar a barriga de criancinha: de *duende*, caso você estivesse se sentindo generoso.

Disse que Greggie e Bethie infelizmente moravam com ela agora outra vez, na mesma merda de apartamento velho, de dois quartos. Mas que tal ter seus dois filhos já crescidos tão grudados em você? Que tal cozinhar alguma coisa vez por outra, meus queridinhos? Nem que fosse um queijo quente, isso já seria uma beleza. Nos últimos tempos ela vinha para o trabalho de ônibus porque o carro estava de novo na porra daquela oficina de ladrões; por isso, tão logo chegasse em casa, teria de fritar alguma coisa para seus idiotazinhos enquanto eles ficavam sentados no sofá observando-a (e aqui fazia uma cara de debiloide, deixando cair o queixo e se fazendo de vesga).

Gen olhou de relance, com ar saudoso, para o corredor.

Brenda tinha mais coisas para compartilhar.

Bem. As pessoas que você amava no mundo eram tudo o que importava. Pelo menos era o que ela pensava. Algumas pessoas não compreendiam isso. Mas ela apreciaria menos estupidez! Na semana passada, teve de ficar até meia-noite desmembrando oitocentos relatórios de merda. Porque um *certo pamonha* não tinha gostado da Ilustração 6b. E acha que lhe ocorreu pedir uma pizza para a senhora (ela) que ficava até tarde, a abelha-operária, a grande ninguém? Ha, ha! Ficou lá sentada de pernas cruzadas naquele tapete fino da sala de fotocópias, em cima do chão duro de cimento, desmembrando os relatórios e morrendo de fome, enquanto *certo pamonha* assistia ao recital de violoncelo do filho e depois provavelmente ia com a família se empanturrar em algum lugar fino, ao contrário dela, que jantou três saquinhos de batatas fritas compradas na máquina da porra do saguão. E estamos conversados. *Bon appétit*, certo?

Tim Rupp entrou. O *certo pamonha*. Epa! Será que Tim ouvira tudo aquilo?

Brenda corou, fez uma breve reverência estranha, se escafedeu.

"Uau", disse Gen a Tim baixinho, dando a entender: Essa Brenda, hem? Uma figura.

Esperando um olhar de comiseração camarada, em vez disso ela se viu recebendo uma careta tristonha de cunho crítico.

"É", disse Tim. "Ela comeu o pão que o diabo amassou."

O quê? Ah, essa era boa! Agora Tim a via, a Gen, como a esnobe que apreciava bons vinhos e mostardas especiais chutando a senhora da ralé quando ela estava caída no chão? A elitista superficial esculhambando uma pobre coitada?

O que ela podia dizer para consertar as coisas?

Tim, só pra você saber. Eu disse "Uau" porque, antes de você chegar, Brenda vinha falando de forma muito desrespeitosa sobre você, e a razão por não a ter repreendido foi por estar tentando ser piedosa, exatamente porque ela comeu o pão que o diabo amassou ou como quer que queira definir a situação.

Demais.

Além do que Brenda poderia ouvir de seu escritório.

Seja como for, Tim havia ido embora. Só ela estava lá. Além da xícara de café de Tim, que girava naquela plataforma de vidro lançando centelhas porque o gênio não sabia que não se pode pôr uma xícara com borda de metal num micro-ondas.

De volta em seu escritório, Brenda limpava freneticamente o teclado com um lenço de papel. Ai, meu Deus, ela pensou, será que joguei as crianças na frente do ônibus? Ao chamá-las de idiotas? Não, eu não faria isso. Não sou assim. Além disso, de qualquer maneira eles *são* mesmo uns idiotas. Ha, ha. Seja lá como vão querer encarar a coisa, eles não são feitos de açúcar, não vão se derreter. E talvez eu não devesse ter falado o troço sobre o roubo de café. Porque a Gen pode pensar que eu realmente fiz isso.

O que, de fato, vinha fazendo desde o dia em que voltou a trabalhar lá, dois meses atrás, após um probleminha com cheques sem fundo e a... hã... uma temporada na cadeia fedorenta ou coisa que o valha. Mas sabe de uma coisa? O café estava custando dez dólares a *lata*. As toalhas de papel, sete paus o *pacote*. Ajudava! Talvez, pra algumas pessoas, dez dólares não fossem nada, mas pra ela eram. Se deixassem uns bifes, legumes, dinheiro para a gasolina e para o aluguel onde ela pudesse pegar... Ha, ha. Não: ela não era ladra. Quer dizer, era mas não era. Está bem, era. Ha, ha. O fato é que havia uma tonelada de merda de roubalheira ali *o tempo todo*. Mike G. ligava para a noiva na Inglaterra pelo telefone do escritório *todos os dias*. Gen fazia uns almoços compridos com Ed Maxx da Kodak, e Brenda sabia onde (o restaurante Olive Garden) e para onde iam depois (o hotel Riverside Marriott) porque ela tinha feito a porra das reservas. Gen voltava alegrinha por volta das quatro, ainda excitada, ainda quentinha da transa, e entregava a Brenda o resto do almoço embrulhado num cisne de papel de alumínio. E não é que Gen então faturava essas horas na conta da Kodak? Com a maior cara de pau? *Sim, senhor,* era o que ela fazia! Isso era roubar? Ora, ora, roubar como *gente grande*.

Nove saquinhos de café por mês eram, sei lá, uns vinte dólares. Vinte pratas não eram nada. Todo poder ao povo, isso aí. Além disso, ela tinha a síndrome do túnel do carpo. Cada palavra datilografada era uma palavra mais perto de nunca mais poder datilografar, sendo obrigada a limpar de novo apartamentos para o Manny. E Manny era horroroso. As coisas que a gente tinha que limpar nos chiqueiros da Seção 8! Literalmente duzentos miúdos de frango crus no chão de uma cozinha. Um armário cheio de cupcakes virados de cabeça para baixo. Quem teria virado os doces de cabeça para baixo daquela maneira? E a troco de quê? Manny era o tipo de chefão que te dá luvas? Não, era o tipo de chefão que faz você andar até o Walmart pra comprar a porra das luvas com seu próprio dinheiro.

Como roubar um saquinho de café: pegue um, volte para seu escritório levando na altura dos quadris. Chegando lá, jogue na bolsa. Se, no corredor, alguém a vir? Olhe surpresa para o saquinho e diga: "Ai, meu Deus, estou ficando senil!", voltando então à sala de descanso e atirando o saquinho em cima do balcão enquanto diz: "Parece mentira, acho que já teria perdido a cabeça se ela não estivesse presa ao pescoço". Ou, se não tiver ninguém por perto, leve sua bolsa diretamente até a sala de descanso. *Voilà*. Jogo feito. Três dólares.

Seis dólares, nove dólares, o que for.

Com toalhas de papel é a mesma coisa, só é mais difícil porque são maiores. Enfie um rolo debaixo de cada braço e enfrente o longo corredor com o coração martelando, porque, se alguém perceber, não dá para simplesmente dizer: "Ai, meu Deus, estou ficando senil!", já que a pessoa precisaria estar no cúmulo da senilidade para não notar um rolo de toalhas de papel debaixo de cada braço, além do que às vezes você podia estar carregando dois sob cada braço, num total de quatro se projetando de suas axilas.

Na noite anterior, aquele sujeito no ônibus tinha olhado para ela como quem pergunta: Ei, minha senhora, que negócio é esse com as toalhas de papel? E, mentalmente, ela tinha dito: Seu boboca, parei na cvs a caminho do ponto de ônibus, vai tomar no cu, idiota, elas não estão numa sacola porque agradeci ao rapaz da loja, não, obrigada, é para proteger o meio ambiente, ao contrário de você, seu porcalhão, que acaba de jogar no chão a porra do invólucro do chiclete.

Não, ela amava as pessoas. As pessoas eram legais. Mesmo o babaca no ônibus. Deve ter lançado aquele olhar enviesado para ela porque teve um dia ruim, além de a cara ser mesmo feia. Nenhuma surpresa. Quem se casaria com aquele traste? Que nada! Mesmo gente feia se casa. Casa com outros feiosos. Tudo se arranjava. Além disso, ela própria não era casada. No momento. Já havia estado casada. Com o Norbert. Norbe, o Orbe. Aquele sujeito feio no ônibus provavelmente nunca tinha se casado. Feio demais. Pobre coitado. Depois que aquela expressão rabugenta e crítica se apagou na cara daquele imbecil, ele passou a olhar de novo pela janela, agora triste, como se estivesse pensando no tempo do curso primário, com toda a vida à sua frente, quando ainda não se tinha dado conta de como era feio. Ou, quem sabe, só ficou feio mais tarde, gradualmente, no curso ginasial. Ficava diante do espelho antes da aula de ginástica e dizia: E então? Será que algum dia meu rosto volta ao normal?

Mas não voltou.

Depois de escurecer, as janelas do ônibus se transformavam em espelhos. Ela ficou lá olhando aquela expressão triste na cara feia do sujeito refletida no espelho em que a janela tinha acabado de se transformar. Reparando naquele reflexo, ela viu o próprio reflexo. E... adivinha? A mesma expressão triste.

Ah, meu Deus, por que triste? Qual a causa da minha tristeza?, ela pensou. Nada, nenhuma. Eu sou feliz, sortuda, vou para casa encontrar dois filhos ótimos. Fora da cadeia e de volta ao trabalho. Com quatro rolos de toalhas de papel pelos quais nem paguei. E um saquinho de café na bolsa velha.

Seu rosto visto na janela então se mostrou mal-humorado.

Gen girou a cadeira para esticar as pernas, que eram, tinha de dizer, gloriosamente longas, como uma espécie de belo puro-

-sangue. Ela mesmo dizia isso porque, se a gente tem alguma coisa boa, deve tratar de ostentar.

Embora não se sentisse em paz. Por que não? Precisava refletir seriamente.

Bem, Ed acabara de mandar outra mensagem. A terceira hoje. Será que podiam se encontrar no Seneca Park? Só para conversar? Uma hora sem ela parecia um ano, ele tinha dito. Havia passado a manhã toda sonhando com o cheiro dela, o gosto dela, a sensação de estar dentro dela.

Era errado, mas fazia com que ela se sentisse tão bem!

Será que tinham mesmo feito o troço no montinho do lançador de beisebol no Frontier Field e no auge do inverno? Positivo. Ela tinha mesmo tocado uma punheta nele no estacionamento da Wendy's? Positivo. Tudo na maior brincadeira. E ele era divertido. Pica cavalar, sabia beijar muito bem. Dizia todas as coisas certas. Depois disso, falando sério? Eternamente fiel. A Rob. A menos que aparecesse alguém espetacular. Mas ela estava morta? Rob era formidável, Rob era atencioso, Rob era carinhoso. Mas ela *tinha* Rob. O que descobriu sobre si mesma, com seis meses de casada, é que aquilo que amava (na verdade, sua razão de ser) era conquistar alguém novo que a desejasse. Não havia nada igual. Que a processassem, ela queria viver! Ela e Rob tinham um relacionamento aberto. Rob levava numa boa. Ela, sim, aproveitava a abertura com um pouco mais de frequência que Rob. O qual, até então, nunca tinha feito proveito dela.

Mas não era isso.

Era a coisa com a Brenda. Tim podia estar agora no escritório pensando menos nela. Acreditando que ela tinha concordado com a tagarelice negativa de Brenda sobre ele. Por que se importar com isso? Bem, ela se importava. Era seu jeito de ser. Responsável. Boa jogadora num time. Afinal, Tim era o chefe delas.

O "chefe" delas.

Difícil acreditar que aquele babaca fosse "chefe" de alguém.

Argh, aquilo ia arruinar todo o dia dela se não tomasse alguma providência.

Iria lá e sondaria o assunto Brenda, dando a Tim a chance de dizer: É, você sabe, ouvi alguma coisa esquisita agora há pouco na sala de descanso. Ela então confessaria. Confessaria que Brenda vinha esculhambando com ele. Enquanto ela, Gen, apesar de desaprovar aquele tipo de conversa, tinha permanecido sem reagir, paralisada pela própria cortesia.

Caminhou com passos firmes até o escritório de Tim e se deixou cair na cadeira meio instável dos visitantes com uma familiaridade de membro da tropa.

"Aquela Brenda, uau", ela disse. "Simplesmente adoro ela. Que figuraça! Difícil se livrar dela, sabe? Depois que começa... Fala sem parar e diz as coisas mais grosseiras, as mais inexplicáveis. Evito a sala de descanso se ela está lá. O que é triste. Porque sei que ela enfrentou algumas dificuldades. Mas, mesmo assim, uau."

Tim apanhou a pá carregadeira da frota de caminhões de brinquedo e a empurrou na direção de alguns lápis que aparentemente tinha juntado com um elástico para, ela imaginou, representar uma espécie de carga. Quantos anos ele tinha, seis? A pá carregadeira, levantando o feixe de lápis, derrubou a carga para fora do despenhadeiro que era a mesa do escritório.

Inclinando-se para pegar os lápis, ele a olhou de uma posição mais baixa como quem pergunta: E daí?

Ela entendeu que tinha, talvez, cometido um erro. Pelo jeito, Tim nem tinha ouvido Brenda o esculhambar. E agora estava piorando tudo ao fortalecer a impressão que Tim tinha dela, Gen, como uma esnobe que percorrera o longo caminho até seu escritório apenas para enfatizar como ela achava ridícula a já inferiorizada Brenda.

Ah, que se dane, ela simplesmente ia dizer aquilo pra tirar de sua cabeça, pra poder voltar a trabalhar.

"Escuta", ela disse. "Odeio fazer isso, sabe. Mas a Brenda, agora há pouco, na sala de descanso? Chamou você de 'pamonha'. Francamente, meu queixo caiu. Fiquei tão chocada que nem reagi. E não quero que você pense que eu concordei. Se, você, sabe, se você ouviu alguma coisa."

"Um pamonha", disse Tim, aparentemente achando mais graça na escolha da palavra do que se sentindo ofendido pelo insulto.

Que carinha estranho, fora de foco.

"Bem, estamos num país livre", ele disse. "Minha opinião é que ela deve falar coisas assim porque se sente insegura. Por ter sido presa e tudo mais. De qualquer forma, não vejo nenhuma necessidade de andarmos por aí denunciando uns aos outros, sabe?"

O quê? Então agora ela era uma caguete? Uma tremenda fofoqueira jogando merda na figura perfeita e santificada da Brenda? E era de esperar que saísse dali timidamente, com o rabo entre as pernas, sabendo tudo o que sabia sobre a Santa Brenda, isto é, que aquela tendência dela de esculhambar os outros era só a ponta do iceberg?

Não, sinto muito, ela literalmente não era capaz de fazer isso.

Ocorreu-lhe então por que de fato tinha ido até lá. Ou, melhor, lhe ocorreu uma maneira de rebater aquele desmerecimento a que Tim a submetia, isto é, de eliminar a impressão de que ela era alguém que ia até lá só para denunciar quem o tinha chamado de pamonha, quando, na verdade, o que a havia levado tinha sido…

Ah, sim.

Isso mesmo.

"Tim", ela disse. "Alguma coisa está acontecendo aqui. Por muito tempo já. Não sei se você está consciente. Pelo jeito, não."

Isso atraiu sua atenção.

Ela pegou o celular, pôs sobre a mesa e apertou o botão de *play*.

O vídeo mostrou Brenda entrando na sala de descanso, lançando em volta um olhar sub-reptício, enfiando um, dois, três saquinhos de café na bolsa. Depois de uma pausa, ela descendo pelo corredor principal e assobiando, um rolo de toalhas de papel embaixo de cada braço. Outra pausa, e ela escapando da salinha de suprimentos com as mãos cheias de canetas marcadoras, como um bêbado num filme mudo que penetrou numa loja de charutos.

"Por que mesmo você estava gravando essas cenas?", Tim perguntou.

Que pergunta ofensiva! Ele teria perguntado tal coisa a um homem? Porra, era hilário! Aquela mulherzinha gorducha e de meia-idade roubando no trabalho em plena luz do dia? Na noite anterior, ela e Rob tinham assistido à nova edição do vídeo umas seis vezes na presença de Byron, o piedoso enteadinho que compunha a Comissão de Moralidade da casa que só tinha um membro.

"Acho que isso não é certo, mamãe", disse Byron. "Me parece um pouco rigoroso demais."

"Ora, companheiro, ela está *roubando*", Rob dissera todo animado.

Rob era doido por ela. Sempre tomava seu partido. Em tudo.

"Isso não significa que precisamos nos divertir com ela", disse Byron.

"Não precisamos", ela disse.

"Só gostamos de fazer isso", disse Rob.

E Byron se refugiara em seu origami.

Carinha esquisito.

Tim olhava pensativo pela janela. Como que decidindo o que fazer. Embora, se ela conhecia Tim, estivesse apenas fingindo que decidia. Para que ela fosse embora e ele pudesse voltar a brincar com seus caminhõezinhos.

"Tim, ela está *roubando*", Gen disse. "É uma *ladra*. Só achei que você devia saber. Sendo o chefe e tudo. Não quis ofender."

Os dois continuaram ali sentados, constrangidos, enquanto ela lhe enviava o vídeo por e-mail.

Gen, Gen, Tim pensou quando ela saiu, por que não cuidar da própria vida pela primeira vez?

Gen era alta, esbelta e um tanto sexy, caso você seja chegado àquele tipo de hippie que caminha para a meia-idade, exibicionista, sempre circulando ativamente pelo escritório com um café na mão, perguntando se todo mundo está se sentindo bem, dizendo que ela está numa boa, que tem a impressão de que todos estão fazendo coisas realmente positivas para o mundo, às vezes cantando *"Big things happening!"* na voz de Ethel Merman, isso quando não era vista aparando o lírio da paz perto da recepção.

"Jardineira bem cara", ele havia dito certa vez.

"Não se preocupe, Capitão Nervoso", ela tinha respondido. "Estou cobrando da Xerox."

Ele se sentia intimidado por Gen, tinha de admitir. Pra começo de conversa, era mais alta que ele. Às vezes, Gen lançava seu braço comprido por cima dos ombros dele enquanto olhava para baixo carinhosamente, como se ela fosse o homem e ele, a mulher. Era esquisito. Interessante. Meio perturbador. Além disso, ele só tinha se formado em gerência e planejamento de facilidades recreacionais, enquanto Gen tinha mestrado em biologia e seus pais eram astrofísicos. Os dele trabalhavam numa estação de pedágio, e seu pai abandonara a família quando Tim estava com seis anos e partira para Nevada a fim de trabalhar em outra estação de pedágio, enquanto sua mãe continuou a labutar no velho pedágio logo depois de Schenectady.

Seja como for, uau: Brenda estava roubando.

Brenda, que já andava por um triz, estava roubando.

Brenda era lenta. Brenda era desleixada. Na última vez que lhe dera uma tarefa de datilografia, ela pulara três páginas inteiras de alterações e ele teve de mostrar a falha, tentando não dizer, porque Brenda era muito sensível, algo como: "Como é que alguém pode pular três páginas com um monte de alterações?", dizendo, em vez disso: "Ha ha, não quero parecer muito exigente, mas tenho a impressão de que essas páginas poderiam se beneficiar de outra repassada, está bem?". E Brenda dissera: "Ah, meu Deus, que absurdo. Desculpe, querido, desculpe". Ao que, para ser cortês, ele teve de dizer: "Bem, todos nós cometemos erros", oferecendo então o exemplo de um erro que cometera recentemente: trepado numa escada na casa de campo, fora picado no rosto por quatro abelhas e, ao cair da escada, levou para o chão a calha e aterrissou num ninho de coelhos que por sorte ainda não estava ocupado.

Brenda dissera, com um péssimo sotaque irlandês, que ele era um "cara porreta", e comentou que, ao subir no alto de uma escada, qualquer pessoa devia estar sempre acompanhada. Foi logo depois embora, porém ele só recebera as correções (muito simples) quase três horas mais tarde porque ela teve de correr até em casa por ter mais uma vez esquecido as chaves em algum lugar devido ao fato de sofrer de TPTE (tendência pós-traumática ao esquecimento), seja lá o que isso signifique, e mesmo então metade das correções não tinha sido feita. Ao indicar isso, como Tim deixasse transparecer um pequeno toque de irritação no tom de voz, os olhos de Brenda ficaram marejados e ela disse que francamente não sabia o que estava lhe acontecendo nos últimos tempos, mas apreciava de verdade como ele sempre a tratara com paciência já que uma porção de gente lá *não* era paciente com ela, nem um pouquinho, *au contraire*, coisa que a feria muito à luz de suas dificuldades recentes, referindo-se à circunstância de ter permanecido por três meses na cadeia do condado, na Glass Street, em virtude de ter passado uma tonelada de cheques sem fundo. Secou depois as lágrimas com a bainha da blusa, curvando o rosto até embaixo para não exibir a barriguinha, porém então seus óculos caíram do alto da cabeça e, ao apanhá-los no chão, ela os chutou para baixo da mesa de Tim, começando a chorar e fugindo do escritório mais rápido do que seria de esperar de uma senhora com suas características. Isso o obrigou a ficar de quatro para pegar os óculos de Brenda e posteriormente, ao entregá-los, Tim a encontrou sentada no escritório às escuras, tendo ela se limitado a estender a mão para recebê-los como se estivesse tão perturbada que até dizer obrigada causaria nova crise de choro.

Assim era Brenda.

Gente boa, um bocado de problemas, tudo certo, mas... convenhamos!

Ali era um local de trabalho.

Lá vinha ela. Na hora do almoço, passando diante da janela do escritório de Tim. Vestindo aquele casaco. Casaco estranho. Desses que antigamente se chamavam, ele acreditava, *"car coats"*. Grande e peludo. Como um pastor de ovelhas poderia usar. Mamãe tinha um. Ou era papai? E ela tinha começado a usar depois que papai foi embora? Alguma coisa naquele casaco sempre o irritara. Por que alguém tão bonita concordaria em ficar com uma aparência de pateta? Lembrava-se de sua mãe saindo de casa vestida naquele casaco. Em meio a uma nevasca. Para comprar mantimentos. Deixando-o sozinho no apartamento. Pela primeira vez. Porque papai havia levado o carro. Para Nevada. O único carro deles. Aquele filho da puta. Mamãe tinha sido jogada naquela situação. Ela, tão adorada por ele, Tim, naquela situação. Ela, que devia estar sentada num trono, frequentando bailes luxuosos, sendo paparicada o dia todo. Mas não. Lá ia ela caminhando com esforço pela rua, em meio a uma tempestade de neve, parecendo uma pequena garimpeira desalentada.

Naquela época, ela era a única mãe que comparecia sozinha aos eventos na escola. Chegava tarde, se sentava nos fundos da sala, com um sorriso ansioso. Quando alguém se aproximava, ficava imóvel, lutava para expressar seus pensamentos, corava, tentava escapar com uma série de banalidades hesitantes enquanto lançava sobre ele olhares alarmados para ver se estava sendo uma vergonha para ele, sua estrela, seu filhinho esperto, a única coisa boa que lhe restava na vida.

E teve aquela noite em que a pessoa com quem ela vinha falando, um homem que por alguma razão usava chapéu dentro de casa, estava… bem, Tim entendia agora que ele estava flertando com ela. Sua mãe era bonita, embora pobre, e o fato de ir lá sozinha a tornava vulnerável àquele tipo de coisa. Ela não queria dizer "reacionário", o homem disse, numa voz alegre e arrogante, e sim "reativo". A menos que a intenção fosse dizer que o professor de ginástica dos meninos era uma espécie de antirreformista. Essa tinha sido a intenção? Então ele e uns dois outros idiotas caíram na gargalhada.

Será que aquele filho da puta achava que estava sendo engraçado? Útil? Para aquela senhora simpática? Que estava às voltas com uma grande luta solitária? Com os pais já mortos, ela literalmente estava num mato sem cachorro. E tinha um filho pequeno. Ele. Tim. O sr. Chapéu-dentro-de-casa poderia ter sido cortês. Poderia ter sido bondoso. Mas encurralara sua mãe naquele ringue e estava prestes a desferir uns socos. O que motivava uma pessoa dessas?

Aquele filho da puta, fosse quem fosse, beirava agora os oitenta anos. Caso ainda estivesse vivo. Como seria gratificante descobrir seu paradeiro num asilo para velhos, onde devia estar torturando com seu pedantismo os outros residentes humilhados, como seria bom chegar perto dele na hora do jantar, arrancar o prato de comida e com o maior sarcasmo pedir desculpas por ser "reacionário".

E todos os velhotes ficariam de pé e aplaudiriam, com os ossos estalando.

Ah, boa e velha mãe! Nove anos já, morta. Onde quer que estivesse, ele esperava que soubesse o quanto a amava. Pessoa tão doce! Só lhe faltou uma boa chance. Uma boa pessoa que lhe desse a mão. Para que as coisas, nem que apenas por uma vez, a favorecessem. Mas não. Continuou a ser chutada. Várias vezes. Por quem tivesse vontade de chutá-la. E, se você já chutou alguém assim, seria só mais um na lista dos muitos que a chutaram. Ninguém jamais o culparia. Enquanto, se você defendesse alguém como ela, corria o risco de... bem, corria o risco de se tornar mais um dos chutados.

Mas as coisas agora eram diferentes.

Agora ele tinha o poder.

Achou que ia fazer o seguinte.

E já estava ficando feliz.

Não ia pôr Brenda na rua. Não. Ele a chamaria, mostraria o vídeo, explicaria delicadamente que ela não estava encrencada. Mas o roubo tinha que parar. Certo? Não parecia justo? Compreendia por que ela se sentia inclinada a fazer aquilo. Não

a julgava. Talvez pudessem resolver aquilo juntos, não é mesmo? Se ela estivesse apertada financeiramente, ele arranjaria algumas horas extras. Poderia ser o segredinho deles.
Foda-se.
Às vezes a gente tinha que ser decente.

Dez minutos depois, Brenda saiu aos trambolhões do escritório de Tim, com tanta raiva que descambou para um lado e bateu na parede antes de se aprumar.
Sua puta alta e idiota, ela pensou. É isso que você faz? Me caguetar? Eu, que faço todo o seu trabalho sujo, sua varapau arrogante e sem peito? Me filmar em segredo? Vai chupar um cacete, mulher. Muito grosseira, vai se foder.
As merdas que uma pessoa é obrigada a enfrentar! Ela trabalhava mais horas que todos os outros, ganhava umas dez vezes menos, não ficava à toa conversando sobre assuntos de merda, como os novos clientes e as Lições Aprendidas, não contribuíra para construir aquela nave espacial de Legos no programa de Construção de Times, mas simplesmente tinha ficado o dia todo em seu calabouço, como um bom robô, datilografando sem parar enquanto todos riam e batiam um papo descontraído sobre a Avaliação de Queixas Proativas; e depois foram embora mais cedo para se reunirem num bar ou numa bosta dessas, chegando no dia seguinte tarde e de ressaca para trabalhar uns dez minutos antes de saírem para almoçar e dar uma trepada.
Por falar nisso…
Ha!
Ela abriu uma gaveta do fichário.
Eles simplesmente depositavam os trabalhos a serem datilografados em cima da mesa daquela massa informe, ela, e a aporrinhavam o dia todo até que completasse a tarefa, reclamando

do mínimo erro. Depois saíam para almoçar enquanto ela pulava o almoço ou, se comesse alguma coisa, era nada mais que uma maçã e uma fatia de queijo trazidas de casa num saquinho plástico que ela levava para a mesa de piquenique no topo daquele morrinho artificial que dava para o barracão onde eram guardadas as ferramentas. Mesmo então, ela nunca desfrutava de toda a hora porque algum idiota empoderado de repente aparecia no sopé do morrinho e gritava que ela estava obstruindo tudo, que era para descer imediatamente, Brenda, meu Deus! E ela descia a íngreme elevação às carreiras, tentando não cair como daquela vez em que estava usando saltos um pouco altos para ter pelo menos uma aparência melhor e, ao chegar naquela parte do morrinho que era ao mesmo tempo íngreme e lamacenta, aquela criatura, Chaz, Donald, Kirk ou quem quer que fosse, bem que podia ter estendido a mão para ajudá-la a descer como um cavalheiro. Mas não! Ele já estava atravessando de volta o estacionamento, como se Brenda fosse uma vaca preguiçosa que tivesse se desgarrado do rebanho, não virou para conversar, ser simpático e nem para segurar a porta para ela entrar, deixou a porta deslizar até se fechar na cara dela.

Mas ela tinha uma boa pilhazinha. De registros de reservas. Do Marriott. Outra pilha das folhas de ponto de Gen, que ficara no Marriott das onze da manhã até quatro da tarde em 9 de maio. E faturado a despesa na conta da Kodak pelo dia inteiro. Tinha uns dez outros exemplos desses.

Xeque-mate, gostosona. Chega de engolir toda essa sua merda.

Tim voltou do almoço para encontrar sobre a cadeira uma pasta fechada com elástico.

Dentro havia uma pilha de recibos do Marriott, com uma

nota garatujada à mão presa por um grampo na parte de cima: "Eles vão AQUI para F****!".

Jesus Cristo.

Sentou-se e leu tudo.

Espere, o quê? Gen estava saindo às escondidas? Com Ed Maxx? Paga pela Kodak? Uau. Por quê? Ed era velho. Ed era baixo, mais baixo até que ele, Tim. E o coitado do Rob. Marido da Gen. Bom sujeito. Louco pela Gen. Mandava rosas para ela todas as segundas-feiras, e eram casados fazia doze anos. Na segunda anterior, contratara um aluno de canto da universidade para trazer as rosas. O rapaz foi levado cantando até o escritório de Gen por Kiley, a recepcionista. Que fazia reverências aos funcionários do escritório que passavam como se ela é que estivesse cantando.

Espalhou os recibos e as folhas de ponto. Passou alguns minutos calculando a quantia aproximada que havia sido injustamente faturada para a Kodak (uns nove mil dólares!). Depois digitou um resumo, imprimiu, marcou o valor principal em amarelo e chamou Gen.

De início, ela negou. Mais adiante, caiu no pranto. Ele se sentiu mal. Por causa do choro. Não importava, Tim lhe disse, o que ela fazia na vida privada, mas não podia fazer nas horas de trabalho dedicadas à empresa. Ela entendia isso? Concordava?

"Quem te deu essas coisas?", ela perguntou.

"Francamente não sei", ele respondeu. "Estavam em cima da minha cadeira. E não acho que esse é na verdade..."

"Foi a Brenda?", ela perguntou. "Foi aquela porra da Brenda?"

Bem, fazia sentido. Brenda era a única pessoa com acesso a...

"Filha da puta!", Gen disse.

"Epa", ele disse.

"Vamos cuidar disso", ela falou, levantando-se e fazendo a cadeira dos convidados voar para trás.

"Não vou pôr você na rua", ele disse.
"Só faltava essa, porra!", ela gritou por cima do ombro.

Em uma hora ele recebeu um telefonema de Ed Maxx.
Tinha um grande projeto em vista, disse Ed. Coisa de respeito, uma daquelas encomendas lendárias da Kodak. Comissões gordas para todo mundo, duração plurianual. Ele e a Gen vinham conversando sobre isso fazia algum tempo. Durante vários encontros estratégicos privados, fora do escritório. O que explicava, caso houvesse alguma dúvida, certas horas que Gen pusera na conta da Kodak. Como representante da Kodak, ele estava naquele momento endossando aquelas cobranças. Todas elas. Aliás, não estava acontecendo nada especial, apesar de certos rumores... relacionados a sexo. Às vezes, é fato, eles reservavam quartos no Marriott, mas a fim de estudar planilhas na internet, você sabe, porque o Wi-Fi no Olive Garden era uma bosta.
Tim ficou tão pasmo com o descaramento da mentira que foi incapaz de encontrar as palavras corretas para indicar que fingiria aceitar aquilo por conta de sua cortesia.
"De que se trata?", finalmente gaguejou. "Que grande projeto é esse?"
"Não estou autorizado a revelar", disse Ed. "No momento. Ele será anunciado em breve. Por mim. Ou por outra pessoa. Por enquanto é segredo. Mais uma coisinha, se me permite, já que estou tomando o seu tempo. Tenho ouvido alguns rumores inquietantes. Sobre furtos. Algumas coisas têm sido roubadas aí? Obviamente, isso me preocupa como cliente. Seu maior cliente, se não estou enganado. Porque significa, como suponho ser o caso, que faz crescer nossos custos, os custos da Kodak. Posso confiar que você resolverá esse problema, Tim? Livrando-se da

pessoa que está roubando, isto é, da ladra, seja quem for? Ou ele? Ou ela? O mais rápido possível?"

Ha, ha, uau.

Bela jogada, Gen. Agora ele tinha que pôr Brenda na rua. E pôs. Ed Maxx era fodão. Ele tinha que se livrar de Brenda. Tinha que dispensar Brenda para que ela pudesse abordar outros empregadores em potencial a fim de identificar possíveis oportunidades de progresso mais consistentes com seu conjunto único de habilidades e interesses.

Ele tinha filhos. Tinha a casa hipotecada.

Esse era o mundo real.

Para aquele eu anterior, o que ficara sentado naquela mesma cadeira, congratulando-se por ter protegido Brenda, ele...

Bem, aquilo tinha sido admirável. Admirava isso. Sem dúvida. Mas as coisas haviam mudado e, quando as coisas mudam, um bom líder precisa...

Merda pura.

Telefonou para Liz. Para ouvir sua opinião. Liz era sua rocha. Realista total. Sempre sabia a coisa certa a fazer, para sua carreira, para sua família.

Tim sabia o que precisava que ela dissesse e estava seguro de que ia dizer.

Contou-lhe tudo.

"Ah", ela disse. "Essa senhora tem que ir embora."

"Acho que sim", ele disse.

"Não, tem que ir de qualquer jeito", ela disse. "Quem é mesmo ela?"

"A baixinha", ele disse. "Tímida, prestativa? Talvez um pouco... gorduchinha? Aquela que na festa do Natal disse que você era tão bonita que mal conseguia te olhar?"

"Muito bem, mas, mesmo assim...", disse Liz.

* * *

Ele tentou dourar a pílula dizendo que fora um prazer conhecê-la, o quanto sentiria não a ver todos os dias, como o penalizava que aquilo tivesse ocorrido. Brenda não engoliu nada disso. Ficou lá sentada como as senhoras da classe operária de sua infância, guerreiras amargas de rosto ruborizado, irradiando uma falta de expressão furiosa e assustadora que ele sabia significar: Vá se foder, não perdoo.

Mas não perdoava pelo quê?, ele pensou. Descobrir que você era uma ladra? Quando você era? Por despedir você? Por roubar? Depois que fomos bondosos o bastante para contratar você de volta um minuto após sair da cadeia?

Sem essa!

"Ela também rouba", Brenda disse baixinho. "Quando vai transar com o Ed e pendura a conta na Kodak."

Houve então aquele longo silêncio.

Ele nada tinha a dizer que não aumentasse sua encrenca com Ed Maxx caso Brenda de algum modo decidisse engrossar o caldo ali, coisa que, sabendo como ela era, iria mesmo fazer.

Quem não o faria, na posição dela?

Ele faria.

Era uma tremenda cagada.

Mas agora ele precisava ganhar dela no cansaço.

Seria bem fácil. Por trás de todo o jogo de cena, ela era uma alma tímida. A qualquer minuto começaria a falar sem parar.

No fundo do corredor, alguém bateu a porta do micro-ondas, praguejou, abriu de novo o micro-ondas e voltou a fechar com violência.

Bom, Brenda disse por fim, agora pelo menos ela ia poder passar mais tempo com os filhinhos. Embora o apartamento fosse muito pequeno. Só tinha um banheiro. Certa vez, quando

Greggie entrou para uma de suas maratonas, Beth pôs o rádio junto à porta, numa cadeira dessas de armar, de jardim, e o bombardeou com música disco no volume máximo. O engraçado é que Greggie na verdade adorava aquele tipo de música, e o tiro saiu pela culatra. Então Bethie teve que ir até o posto de gasolina da Sunoco, trançando as pernas. Por sorte, eles conheciam o gerente do posto.

Ele se viu pondo os veículos numa linha e os fazendo desfilar em frente à luminária de mesa ao pressionar o tempo todo o último da fila, o caminhão que vendia sorvetes, cessando quando a linha começou a se romper. Deu-se conta então de que estava sendo desrespeitoso. E parou.

Por fim Brenda se pôs de pé, agradeceu por tudo, apertou a mão dele e se foi.

Ah, Deus, posta no olho da rua, embaraçoso, pensou, passando às pressas pelo corredor principal.

Por que ela tinha contado aquela merda sobre o banheiro?

Que nota de despedida!

Esperava não esbarrar em ninguém ao sair. Imaginava que todos soubessem. O tempo todo. Sobre o roubo. O empréstimo. O que seja. Nunca tentara esconder. Muito. Imaginava que todos soubessem e não se importassem. Que todos, por assim dizer, dessem sua bênção. Porque ela era tão simpática. E, além disso, pobre ou coisa que o valha.

Mas não. Não faziam isso. Não davam a bênção.

De forma alguma. *Au contraire.*

Agora tinha sido despedida.

Podia ouvir os filhos.

Bren, posta pra fora. Deus meu, o que você fez?, Bethie ia perguntar.

O que você fez agora, Bren?, Greggie ia falar.

Arranjem vocês algum emprego, seus bobocas, ela pensou com severidade. Aí podem falar. E parem de me chamar de Bren. Sou a mãe de vocês.

Então se sentiu mal. Eles eram carinhosos. Umas coisinhas carinhosas. Ela sempre os deixava dizer a merda que quisessem. Não falavam por maldade. Como quando Greggie disse que seus braços pequenos e gordinhos eram como os "braços do *Tiranossauro rex*". Não falou pra valer. Era um jeito de mostrar que a amava. Ele então rugia, e ela o golpeava com uma almofada do sofá ou o espetava com uma faca de plástico. E ele fingia ser um *Tiranossauro rex* moribundo.

É, eles se divertiam.

Ela precisava bolar o próximo movimento. Manny, se ele a quisesse. Argh, aqueles aventais verdes que ele fazia a gente comprar e usar. Ainda tinha o dela? Não, fizera um grande show queimando-o na assadeira quando o escritório a recontratou.

O aluguel estava chegando. Sergei, o proprietário, era um cara durão. Com três filhos durões. Tinham quebrado a perna de Gordon jogando-o escada abaixo, e descido para se revezar pisando na fratura enquanto proclamavam aos berros a quantia que, segundo os cálculos deles, Gordon devia.

Além do que precisava pagar para a oficina pelo conserto do carro.

Sacana, ela pensou.

Ela realmente feriu meus sentimentos, pensou em resposta.

Coitadinha, ela pensou.

Achei que ela era minha amiga, pensou em resposta.

Sua amiga acaba de te dar um pontapé na bunda, ela pensou. Gen 1 e você, 0. Certo? Certo?

Eu sei, cala a boca, fiz todo o possível, ela pensou em resposta.

Fez mesmo?, ela pensou. Mas fez mesmo?

Ah, que se foda a Gen. E o cavalo que ela montava. Um dia se vingaria. Algum dia. Ia se vingar. Algum dia, Gen e todos aqueles putinhos iam comer merda. Ela ficaria por cima deles, esbravejando enquanto batiam à máquina. Faria eles comerem o almoço num chiqueiro, em meio aos porcos. Por favor, Brenda, deixe a gente sair, diriam com aquela vozinha de universitários. Sinto muito, mas não vou deixar, ela ia dizer, hoje vou ao spa, é meu dia de spa. Eles reagiriam: Muito justo, a gente adorava o spa antigamente, antes da revolução.

Mas você roubou, não roubou?, disse a moça ruim em sua cabeça. Por isso vai parando por aí. Para de inventar desculpas. Para agora mesmo e admita que roubou.

Não foi uma moça maldosa quem falou, foi papai.

Papai, eu roubei e agora fui posta pra fora do trabalho, ela disse.

Eu sei, disse o papai.

Ele desejava reconfortá-la, mas estava envergonhado por ser o pai de uma mulher demitida por justa causa.

Foi o que fez, então. Reconfortá-la. Dando umas palmadinhas sem jeito na cabeça de um modo que pareceu a ela uma espécie de consolo e de repreensão por ser tão idiota a ponto de roubar no local de trabalho.

Que se fodam, Bren, disse papai. Você vale mais que todos eles juntos.

Naquele período do dia, os ônibus passavam de três em três horas. Ela ia ter que ficar sentada sob o sol um tempão no banco rachado. Teria uns trocados para beber uma Coca? Não, e todos os cartões estavam zerados.

Argh, lá estava Kiley, na recepção, de olhos baixos. Kiley sabia. Devia saber. Todos sabiam. Ou saberiam muito em breve.

Coitada da Brenda, diriam na sala de descanso.

Ela era tão *esquisita*, Kiley ia dizer.

Me poupe, sua boboca, você não passa de um espantalho e acha que é gostosa, Brenda pensou. Tenho espinhas no rosto mais velhas que você.

Ah, deixa disso! Kiley era simpática. Bastante simpática. Ainda uma criançona.

"Adeus, menina", disse Brenda.

"Boa sorte em tudo", disse Kiley.

"Vou precisar", disse Brenda.

Ah, e vai mesmo, Kiley pensou quando Brenda saiu. Uau, a velha com jeito de avó é posta para fora e ainda tem que pegar ônibus. Duro. Seja como for, e você? Pega ônibus? Nem sabia pegar. E não planejava descobrir! Tendo o Prius desde que recebeu a carteira de motorista. (Obrigada, papai, obrigada, Bridget!)

Por que alguns velhos eram tão burros? A ponto de serem postos na rua? Apesar de serem simpáticos? Quem podia ficar tão velho e ainda não saber as coisas mais importantes para não cair no buraco? A vida era assim. Desde os tempos do homem das cavernas devia ter gente esperta e uns bobocas velhos e bonzinhos olhando com ar triste enquanto os espertos devoravam um pernil gostoso e observavam os bobocas como quem diz: fodam-se.

Brenda lutou para vencer a pequena mureta nos fundos do estacionamento e seguiu na direção do restaurante, fazendo depois uma pausa para secar os olhos com a manga daquele casacão estranho. O quê? Chorando? Lá de pé, chorando? Na frente do restaurante?

Ah, querida.

Por um segundo ela sentiu vontade de proteger Brenda, que, afinal de contas, era uma delas.

Ou tinha sido.
Até há pouco.

Bem cedo, na manhã seguinte, Gen enfiou a cara para dentro do escritório de Tim.

"Sinto muito que tudo isso tivesse que acontecer", ela disse. "Posso me sentar?"

"Sem dúvida", ele respondeu com cautela.

Disse que tinha rompido com Ed. Nunca houve nenhum grande projeto sendo planejado, isso foi simplesmente uma coisa que ambos inventaram. Quando ela rompeu, ele pirou e propôs que se casassem; ao ser rechaçado, ele telefonou para Rob, contou tudo e, embora os dois tivessem um relacionamento aberto, Rob ficou furioso e, em dado momento na noite anterior, literalmente subiu no telhado aos berros. Então o louco do Ed telefonou às duas da madrugada, disse que tinha raspado a cabeça e estava pensando em largar a Kodak e se mudar para o Alasca. Ela queria ir com ele? Já tinha comprado para ela um par finíssimo daquelas luvas que deixam os dedinhos de fora.

De todo modo, agora estavam bem, todos estavam bem, vinham resolvendo a coisa.

Depois agradeceu a Tim por "fazê-la parar com aquela cagada" e trazê-la para um "estado de maior honestidade", que vinha tendo efeitos positivos mesmo em casa, especialmente em casa, mesmo em termos daquilo que você sabia com o Rob, que, estranhamente, nunca havia sido tão impetuoso, demorado tanto ou mostrado maior interesse, se é que ela podia explicar assim, com base, é verdade, nas altas horas da noite de ontem, depois que ele desceu do telhado. Uau!

Minha senhora, quem é você?, ele pensou. Como se sente

tão à vontade me contando tudo isso? Por que não está mortificada? De onde vem sua confiança insana?

Ela sabia que tinha sido um pé no saco para ele no passado, afirmou, mas depois de um profundo exame de consciência podia ver que isso se devia em grande parte à insegurança de ser mulher num mundo profissional dominado por homens, e também a algumas coisas da infância, porque sua mãe sempre lhe negava o uso do melhor telescópio. Mas queria que Tim soubesse que estava decidida a tentar ser, de verdade, mais útil para ele no futuro. Tinha lhe trazido esse caminhão, esse caminhãozinho de lixo, para simbolizar... bem... a mudança de comportamento ou seja lá o que fosse.

Pôs o caminhãozinho de lixo em cima da mesa para que ele pudesse verificar como era porreta. Viu? O falso saco de lixo na traseira pulou sozinho pra fora.

Ela então empurrou o caminhão na direção dele, que o pegou.

Pardal

Ela era baixa e magra e seus olhos eram duas contas negras, uma de cada lado de um nariz aquilino. Movia-se com rapidez, cabeça baixa, como se — às vezes brincávamos — estivesse à procura de sementes. Dava a impressão de deslocar-se como uma flecha entre um lugar e outro. Também tinha o costume de dizer as coisas mais previsíveis. Quando um caminhão saiu da estrada em frente à pequena loja onde trabalhava, ela disse: "Isso é muito ruim. Espero que ninguém tenha se machucado". Quando começava a chover, fosse uma garoa ou um aguaceiro, ela dizia: "O céu está desabando". Quando alguém comentava que o sanduíche que ela estava comendo parecia gostoso, dizia: "É um bom sanduíche". Se alguém dissesse que o sanduíche não parecia bom, ela dizia: "É, existem melhores".

Caso você se visse num carro com ela e alguém sugerisse baixar o vidro de uma janela, ela dizia: "Um pouco de ar fresco". Ou se passasse por alguém cavalgando, ela diria: "Um cavalo". Caso alguém perguntasse de gozação: "Você gosta de cavalos?", ela poderia dizer: "Bem, eles são bonitos"; e, se a pessoa seguisse com a brincadeira e perguntasse se algum dia gostaria de ter um cavalo, ela disfarçaria, porque essa possibilidade era tão absurda (não ganhava muito na loja e alugava metade de um duplex), apenas se calaria e piscaria várias vezes, como se algo que estivesse acontecendo fora de sua gaiola a tivesse assustado tanto a ponto de imobilizá-la.

Obviamente, certo dia ela se apaixonou. Ele também trabalhava na loja. Vejo-a agora usando o avental marrom que lhe tinha sido fornecido. Não imagino que ele houvesse lhe transmitido nenhum sinal romântico, mas passavam juntos todos os dias e pelo jeito ele fez as pequenas bondades que as pessoas se concedem quando trabalham no mesmo local. E, com o passar do tempo, ela decidiu que se tratava da pessoa certa para dividir o resto da vida. Começou a usar seu nome: "É isso que o Randy pensa também", ela dizia; ou: "Eu disse a mesma coisa para o Randy outro dia". Imaginamos que Randy a via como nós a víamos, isto é, quando começaram a trabalhar juntos, ele esperou descobrir o que podia ser especial ou interessante sobre ela, terminando por entender que, como se diz, não tinha muito que a recomendasse.

Ela parecia estar sempre lendo diretamente de um livro sobre como ser a pessoa mais comum. "Essas maçãs são frescas?", alguém perguntava, e ela respondia: "Acredito que são bem frescas". "Será que isso foi um terremoto?", alguém perguntaria, e ela responderia: "Se foi, vão falar no rádio".

Então houve uma mudança. Por estar apaixonada por Randy, ou sonhar que estava apaixonada, e porque, assim espero, ela era capaz de sentir que ele não sentia o mesmo, nada sentia por ela (e por que sentiria, uma vez que, como foi mencionado, a maioria das pessoas a considerava um vazio ligeiramente intrigante?), ela talvez tenha começado a entrar um pouco em pânico, a compreender, quem sabe pela primeira vez na vida, que seu jeito natural de ser não era suficientemente interessante para atrair a atenção (muito menos agradar ou cativar) até mesmo de alguém como Randy, que, me permitam dizer, não era ele também uma fonte de originalidade, mas pelo menos tinha um grande caminhão que adorava e lavava com prazer todas as sextas-feiras depois do trabalho, e às vezes pelo menos contava uma piada suja ou pegava uma laranja estragada, de aparência estranha, e falava com uma voz engraçada que, imaginava, podia ser daquela laranja, além de ser, por exemplo, um defensor apaixonado de sua mãe, uma velha de má índole que morava pertinho da loja, criatura extremamente opiniática que circulava com ferozes óculos escuros masculinos num rosto bronzeado e agitado.

Mas Randy, como se costuma dizer, colocava a mãe nos píncaros da Lua, sendo retribuído na mesma moeda. Os dois formavam uma sociedade de admiração mútua. Ele se dava muito bem com ela. E ela muito bem com ele. Parte da razão, talvez, pela qual, todos pensávamos, ele nunca tinha se casado.

Era uma cidade pequena e falávamos um bocado sobre tais coisas.

A mulher, que entre nós chamávamos de Pardal, mas cujo nome verdadeiro era (coisa bem engraçada) Gloria, reparou nisso em Randy, sua relação com a mãe, e adicionou à lista crescente das coisas que gostava nele. Isto é, ela diria que se tratava de um homem bom; que se pode saber muito sobre um homem pela forma como trata a mãe; que as mães são a dádiva especial de Deus para todos nós. E por aí seguia a coisa. Exatamente tudo aquilo que você esperava que ela falasse, todas as coisas que qualquer um diria caso não fizesse o menor esforço para tentar pensar em algo novo sobre o assunto em questão.

Notando que não estava tendo nenhum efeito sobre Randy, ela começou a tentar coisas novas, tais como ter opiniões próprias. Mas era como se as estivesse produzindo apenas com essa finalidade. "Ah, já sei o quê!", ela dizia: "Devíamos pôr o *fudge* lá em cima, junto com as azeitonas". Ou: "Fulano é um ator tão bom! Acho que desenvolvi uma paixonite por ele". E era sempre qualquer ator que aparecia na capa de alguma revista naquele mês; mas, uma vez contra a parede, se verificava que ela nunca tinha visto nenhum dos filmes daquele artista.

Você jamais a descreveria como feminina. Mas agora ela decidira que o caminho para chegar ao coração de Randy consistia em adotar certos hábitos de outras mulheres. Comprou sabe-se lá onde um ferro de frisar cabelo e um perfume. Imagine sua viagem para o shopping center em Werthley. Ou aquele em Clover. Ela não sabia dirigir. Por isso deve ter tomado o ônibus. Em breve, a loja ficou com o cheiro de seu novo perfume. Com base num artigo que leu numa das revistas para mulheres que tinha começado a comprar, passou a rir mais. Ria de qualquer coisa que Randy dissesse, não apenas daquelas que ele pensava ser engraçadas. Nessas ocasiões ele a olhava surpreso.

Todos nós podíamos ver que um desastre se aproximava. A mãe de Randy era a dona da loja e, por trás daqueles enormes óculos, entrava criticando tudo. Quem teve essa ideia idiota de pôr o *fudge* lá em cima?, perguntava. Que cheiro horrível é esse? "Estou usando perfume", Gloria disse. "E, para quê?", a mãe perguntou com aspereza. "Tem algum encontro amoroso?" Essa era a frase final da piada: a ideia de que Gloria namorasse algum filho da puta infeliz. A mãe soltava aquela risada grave de alcoólatra, mais parecida com um rosnado, como se fosse a ideia mais fantástica de todos os tempos. Mas ela não era apenas má. Tinha também um lado terno e honesto. "Em matéria de homens, não tenha ilusões, minha filha", ela dizia a Gloria num canto do depósito que cheirava a alface, ali onde eram empilhadas as caixas de papelão. "Você não é nenhuma beleza, mas..." E acrescentaria alguma coisa do gênero: "mas tem um bom coração" ou "trabalha duro"; no entanto, porque tinha orgulho de ser dolorosamente honesta, embora lhe ocorressem tais pensamentos ela sentia que não precisava expressá-los porque Gloria nunca dera nenhuma prova de ter um coração especialmente bom e, no tocante a trabalhar duro, bem, isso não era verdade. Sem dúvida aparecia todos os dias, mas, até onde a mãe se recordava, nunca mostrou o menor interesse no funcionamento da loja nem teve uma única ideia original e útil sobre nada. Era estranho ter alguém trabalhando para você durante quase dois anos e não ser capaz de lembrar uma só ocasião em que ela houvesse sugerido algo para melhorar ou embelezar a loja, tal como aquela moça que mandaram embora, Irene, que pelo menos havia tido a ideia de pôr um vidro no balcão onde as pessoas podiam depositar umas moedinhas que depois seriam doadas ao hospital infantil da cidadezinha. Mas, como se viu, Irene embolsava espertamente metade da quantia. Razão pela qual fora posta na rua. Portanto, não era tão esperta. Embora bem espertinha. Porque levaram quase um ano para pegá-la. Ao menos Irene havia mostrado espírito de iniciativa, algum desejo de... bem, digamos assim, melhorar de situação. Não era uma coisa inerte deixando simplesmente que a vida passasse ao largo.

Sendo uma aguda observadora, aquela velha senhora opiniática e às vezes terna captou o fato de que seu filho estava na mira de Gloria. E o alertou. Ele apenas riu. Mas então começou a pensar. Não exatamente sobre Gloria, e sim sobre o fato de que ela se interessava por ele. Gostava da ideia de que ela tivesse começado a trabalhar lá fazia dois anos, num estado neutro, e depois reparado naquele homem que também trabalhava lá, isto é, nele, Randy, vindo gradualmente a decidir-se por ele entre todos os homens da cidadezinha e aparentemente do mundo, terminando por gostar dele mais que de qualquer outro de alguma forma especial, que ele ainda desconhecia mas que desejava conhecer melhor. O que havia nele de que ela gostava tanto? Era interessante. E ele também gostava da maneira como os dois concordavam em tudo. O que não ocorria com outras mulheres. Outras mulheres com frequência discordavam dele. Se falasse que estava prestes a chover, elas poderiam dizer: "Duvido", ou: "Acho que não", ou: "Não é o que foi previsto". Porém ela, Gloria, diria algo do gênero: "Aposto que você está certo". O que confirmava que eles tinham um vínculo de simpatia. E, quando efetivamente começava a chover, ela dizia: "O céu está desabando", o que soava a seus ouvidos como uma forma direta de reconhecer que ele sempre estivera certo. E depois (ele considerava isso generoso), ela sorria como se tivesse ficado satisfeita por ser capaz de admitir como ele estivera certo. Isso lhe causava prazer. Gostava do modo como ela reparava na frequência com que ele tendia a acertar a maioria das coisas, dando a impressão de ser sua confidente. Não ficava aborrecida, como acontecia com outras mulheres, quando se verificava que ele tinha razão. Gloria parecia não considerar que aquilo fosse algo negativo contra ela.

Assim, imagine ser uma mulher que, durante toda a vida, as pessoas evitaram, mantiveram à distância, cujas palavras ficavam meio suspensas no ar, provocando uma reação neutra ou ligeiramente adversa, e cada vez que isso acontecia você não deixava de sentir; assim, ao longo de toda a vida, se acumulara uma série de pequenos golpes, leves mas dolorosos, conspirando para convencê-la de que havia algo errado com você, e agora você se vê na presença diária de um homem que dá a impressão de estar começando a gostar de você, que até mesmo passou a lhe deixar presentinhos na mesa da sala de descanso (um chocolate com menta, um pão de ló). E imagine que a mãe desse homem é contra essa coisa que agora lhe serve de estímulo, Gloria, para levantar-se da cama todas as manhãs. E que ela, a mãe, considera tudo isso assombroso, ridículo e desapontador, chegando ao ponto de, certo dia, dizer ao filho que o interesse dele por você a estava fazendo rebaixar a opinião que tinha a respeito dele. E imagine que o homem compartilhe isso com você. Mas, segundo ele, longe de desencorajá-lo, isso de fato o fez sentir, pela primeira vez, ser o protetor de uma mulher que não era sua mãe. O que, disse ele corando, inspirou carinho por você ou seja lá o que for.

Imagine o tipo de mês que seria para você caso fosse essa mulher.

E imagine que você é o homem que, pela primeira vez, sente que está protegendo uma mulher que não é sua mãe, uma mulher muito mais cheia de vida que sua velha e bronzeada mãe, encurvada porém ágil, cuja eterna e arrogante certeza pela primeira vez lhe parece cansativa, como são aqueles óculos enormes que pertenceram a seu pai e nos quais, por alguma razão, ela pôs lentes novas no ano passado, isto é, onze anos após a morte dele. Aquela mulher jovem e ativa com quem você com frequência se vê agradavelmente de acordo pode até de repente revelar-se mais bonita a seus olhos, mesmo se ninguém mais notar. Mas você notou o pequeno aumento em sua beleza e diz isso num daqueles bilhetes que passou a deixar sobre a mesa da sala de descanso ao lado de certas guloseimas, bilhetes que ultimamente vão se tornando mais e mais longos e às vezes beiram o romântico, em que a gramática pode sofrer um pouco quando você luta para expressar esses novos sentimentos e que chegam até a incluir o desenho, por exemplo, de um personagem com estrelas saindo do topo da cabeça.

E certo dia acontece um beijo. No depósito. Depois dele, você diz: "Nada mal", ao que ela responde: "Nada mal mesmo", palavras que você toma como confirmação de que é, como sempre pensou ser, um exímio beijador, embora só então alguém tenha por fim reparado nisso, muitíssimo obrigado.

E então os dois passam a namorar, apesar do que possamos

pensar todos nós que moramos na cidadezinha e fazemos compras naquela loja, ou apesar de darmos risadinhas no estacionamento, falando agora, nós próprios, coisas pouco imaginativas como: "Ora, ora, é realmente bom para eles, por que não?", ou: "Uma coisa que eu não queria ser era uma mosca seja lá aonde eles vão para ficar sozinhos", ou: "Acho que, em matéria de gente, nunca se pode prever nada". E malgrado tudo o que aquela mãe com óculos masculinos pudesse dizer raivosamente ao filho de noite em casa, a casa que eles dividem mas que a ela pertence, ainda assim aconteceu, como que desejado por alguma força maior que todos nós, um casamento em julho, na igreja que ficava no mesmo quarteirão da loja e que antes tinha sido uma residência particular à qual o atual pastor anexara um campanário, conquanto sem nenhum sino.

E todos nós comparecemos ao casamento. Porque... como deixar de ir? E, uma vez que o novo casal parecia tão ingênuo, feliz e atônito, de pé diante do altar da igreja sem sino no campanário, nós pensamos: "Ah, isso não vai acabar bem".

E pode não acabar. Ainda pode acabar mal. Sendo a vida, como se costuma dizer, tão longa. Mas ainda não acabou mal. Quando vamos à loja, com frequência o ouvimos cantar loas a ela, esteja ou não por perto, o mesmo acontecendo com Gloria, sempre cantando loas para ele, esteja ele por perto ou não. Vendo-a agora, não pensamos mais: "Parece um passarinho", e sim: "Lá está uma senhora baixinha e radiante". Enquanto ele circula pela loja com uma postura de beatitude teatral, parecendo derivar um prazer meticuloso do fato de ajudar os fregueses nas menores coisas, às vezes até ajudando demais ou por tempo demasiado, não mais com vergonha, tudo indica, de ser visto trabalhando na loja da mãe, como antes dava muitas vezes a impressão de se sentir. E, com o passar do tempo, a mãe se tornou, assim podemos dizer, subserviente ao casal por eles formado, adorando-os; e, estejam por perto ou não, mas sobretudo quando não estão, canta loas aos dois, dizendo, com as próprias palavras, como são absolutamente devotados um ao outro.

O carniçal

Ao meio-dia, Layla chega empurrando o Carrinho do Almoço. Por algum tempo eu posso deixar de ser assustador, me encostando na nossa parede de plástico que se assemelha a entranhas humanas.

"Por que os mais velhos não são servidos antes?", se queixa Leonard, o Carniçal Agachado número 2, o mais velho de todos os mortos-vivos canibais.

Na semana anterior, o joelho de Leonard tinha pifado. Nós, os outros Carniçais Agachados, permitimos que desde então ele se sentasse no Demônio Arrependido de plástico, que naquele momento soltou um Gemido de Remorso.

"Sofra, animal nojento", eu digo seguindo o Roteiro.

"Nojento mesmo!", diz Artie, o Carniçal Briguento número 4: grande sujeito, sempre soltando piadinhas do gênero: "Brian, você está mesmo excelente, do jeito que fica lançando vez por outra olhares pra cá e pra lá enquanto está agachado!". Ao que eu posso responder: "Obrigado, Artie, vocês Carniçais Briguentos também estão ótimos, admiro tremendamente como todos os dias arranjam um assunto novo para continuar a Briga!".

Na minha tigela de papel é posto o Almoço. Um caldo que traz bem no meio um único e reluzente chocolate KitKat.

Algum dia, eu também posso ficar velho, os joelhos cedendo, e certo grupo de Carniçais Agachados ainda não nascidos (ou atualmente apenas Pequenos Demônios, circulando animados em fraldas de um vermelho muito vivo) permitirá que eu, já idoso, com os joelhos estropiados como Leonard, me sente talvez nesse mesmo Demônio Arrependido de plástico em tal futuro sombrio.

Hoje, porém, tudo está bem: a Semana de Descanso se aproxima.

Na manhã seguinte, aqueles entre nós elegíveis para o Descanso somos levados alegremente no Bonde para o Salão: um espaço cavernoso com formato idêntico ao de nosso local de trabalho, MANDÍBULAS DO INFERNO, bem como os outros onze suntuosos locais de trabalho subterrâneos na nossa Região. Porém sem a Decoração suplementar que faz de cada local de trabalho uma experiência ímpar de imersão. Também sem as Aleias e os carrinhos sobre trilhos que trazem nossos Visitantes deliciados. O Salão, verdade seja dita, é simplesmente um enorme espaço para um relaxamento tranquilo! Tem Boliche, caso essa seja sua escolha; vale simulado, com flores que parecem reais; riacho em cujas margens podemos nos sentar e do qual peixes falsos saltam naquelas espécies de rodas, quatro peixes por roda, sorrindo como se dissessem: "Adoramos saltar!".

Além disso cada um de nós recebe um nicho onde pode pôr suas coisas.

No Salão podemos nos misturar com indivíduos dos outros

locais de trabalho próximos, como NAS PROFUNDEZAS DE NOSSA MÃE, O MAR ou UM DIA LOUCO NO FAROESTE. Podemos ter relações sexuais lá? Sem dúvida. Podemos. Muitos têm. Você deseja ser cortês ao ver alguém copulando? Afaste-se de repente, como se tivesse esquecido alguma coisa em seu nicho. Às vezes (acomodações apertadas no Salão!) pode ser necessário pular por cima de um casal copulando. Algo cortês a fazer: pule por cima sem dizer nadinha. Caso conheça pessoalmente um ou ambos, e considere que nada dizer poderia violar a cortesia, bem, diga algo encorajador como "Manda brasa!", ou "Parece que vai tudo bem, James e Melissa, boa sorte!".

Hoje, saltando sobre duas dessas pessoas, pensei: Opa, esse não era o sr. Tom Frame, normalmente a manifestação "Antes" do Monge Decapitado por Maus Pensamentos na parte da MANDÍBULAS DO INFERNO chamada de "Quem com ferro fere"? O sr. Frame, sem o traje de monge do século XVII, está copulando com Gwen Thorsen, uma das integrantes da equipe que usa túnica com capuz para representar a Morte — e eu nem sabia que ele a conhecia!

"Oi, Tom, oi, Gwen!", eu exclamo, não desejando violar a cortesia.

Ao que ambos me lançam um rápido olhar de apaixonados.

Essa é outra coisa boa sobre o Descanso: a gente está sempre vendo as pessoas em contextos novos!

Por exemplo, no Descanso anterior, vi o Rolph Spengler, Lanceiro Voador número 3, tranquilamente tomando chá e escrevendo no diário. Sem asas, sem o rosto pintado de vermelho, sem arames para o suspenderem no ar, sem botas que parecem cascos fendidos como os do diabo. Na verdade, havia tanta ternura naquele rosto que senti necessidade de perguntar o que ele estava escrevendo.

"Uma carta para meu filho", ele disse.

"Nem sabia que você tinha um filho, Rolph!"

"Bem..."

"Claro que tem, se está escrevendo pra ele! Só via você como um sujeito de cara vermelha, grandes asas e cascos fendidos, atirando suas lanças."

"E acho que só via você como um pequeno Carniçal Agachado, lá embaixo", disse Rolph. "Que eu tentava não acertar por pouco com minhas lanças. Meu filho chama-se Edgar, está no escoderijo do gângster de chicago."

Só por conta disso, nos tornamos amigos!

Agora, sempre que paira acima de nosso quadrante preso aos arames, Rolph acena para mim com a mão que não carrega a lança, quando então desdobro as pernas e, de pé, abro bem os braços, expondo o peito como se dissesse: "Me fure com a lança, Lanceiro Voador! Já sou um Carniçal Agachado, como pode ser pior minha vida no Além?". Ao que Rolph finge que atirou a lança contra mim, como se dissesse: "Ha, ha, nos falamos no próximo Descanso, companheiro!".

O que significa que a amizade pode precisar de tempo e de fé para crescer!

(Favor notar: sempre que Rolph e eu realizamos nosso divertido ritual, nenhum Visitante está presente. Imagina! Como se Rolph e eu fôssemos nos arriscar a fornecer aos Visitantes uma experiência inferior como essa. Não, só nos permitimos tal troca de terna amizade quando não há Visitantes por perto. O que é raro. Plateia é o que não costuma faltar!)

Pouco depois de pular por cima de Gwen e do sr. Frame, dei com ele sentado à minha frente durante o Almoço na Sala de Jantar, explicando por que, sendo um homem casado, estava agora copulando com Gwen.

A esposa do sr. Frame, Ann Frame, costumava ser a número 5 da Equipe da Carroça que leva os condenados para a guilhotina, um veículo pesado que precisava atravessar o terreno falsamente acidentado que, embora feito de polímeros, era esburacado demais para parecer real. Como Ann sofreu uma lesão na coluna, ela teve de ser transferida para o FIM DE SEMANA VITORIANO, uma mudança radical, já que, em vez de ser assustadora, precisou adotar uma expressão tímida e humilde. Agora é a Cozinheira Servil, beleza! Tudo o que precisa fazer é, a cada meia hora, entrar de forma atabalhoada num salão de banquete formal, interrompendo alguns Membros da Realeza (Visitantes) que lá comem ao derrubar um carrinho de chá enquanto se desculpa por suas origens modestas com o sotaque dos bairros pobres de Londres. Mas, infelizmente, pelo jeito seu novo papel provocou tensões matrimoniais, porque a sra. Frame agora treina sem cessar o sotaque *cockney* no Salão, mesmo durante o Descanso.

Tento ser amigável indicando que o próprio Tom sempre toma muito cuidado, no momento anterior à decapitação, para parecer genuinamente aterrorizado. Ademais, com referência àqueles segundos de raio-trovão-escuridão total que lhe permitem acionar o Animatron sem cabeça, substituindo-o no cepo antes de descer pelo Alçapão do Desaparecimento, ele sempre consegue executar tudo aquilo bem rápido, para que a manobra não seja vista por nossos Visitantes. Talvez, eu sugiro, isso mostre que ele é mais parecido com Ann do que deseja reconhecer! Será que aquele desaparecimento veloz não é análogo ao fato de Ann treinar o tempo todo o sotaque, ou seja, uma forma admirável de profissionalismo?

"O que estou falando é que não treino meu salto no Alçapão do Desaparecimento quando estamos no Descanso", ele diz.

"Entendo isso", digo, porque ouvir e concordar constituem um caminho certo para a amizade. "Soa frustrante."

"Mas ela não para", ele diz. "Por quê? Para quê?"

"Será que não deseja fazer bem seu trabalho?", pergunto. "Para os Visitantes dela?"

"Que não aparecem nunca?", ele diz, zangado.

Então se faz um longo silêncio.

"Não estou dizendo que nunca aparece ninguém", ele diz.

"Sei que não está dizendo isso, Tom."

"Eu devia simplesmente me calar, talvez", ele diz.

"Talvez", digo eu.

Deus meu, acho que você, Tom, sr. Frame, realmente me pôs numa sinuca de bico!

Regras são regras, amigos são amigos. Mas agora as regras e os amigos me sugerem linhas de ação diferentes — qual devo escolher?

Dou uma longa caminhada para meditar ao longo de nosso falso ribeirão, e lá vejo vários patos falsos, de barriga pra cima, sendo objeto dos trabalhos de manutenção feitos por Todd Sharpe. Quando ele acerta algum mecanismo, dá para ouvir um grasnido ou pelo menos parte de um grasnido.

Deus meu! Em geral, sou cem por cento favorável à Equipe. Quando tive um problema na coluna no ano passado, deixei de ficar agachado e me levantei, o que me faria sentir melhor? Não, continuei agachado, usando uma vassoura quebrada como suporte. Certa vez, fazendo temporariamente o papel de Clérigo Gritando ao Ser Mandado para o Inferno, apesar de resfriado gritei durante oito horas seguidas, além de executar até mesmo todos os seis Berros Opcionais de Pavor.

No entanto, continuo a caminhar ao longo do caudaloso ribeirão, indo de uma parede à outra, onde o ribeirão termina numa pintura em que ele flui rumo à eternidade, até que por fim Todd põe todos os patos em perfeita forma, exceto um avariado demais para voltar um dia a grasnar, que ele leva debaixo do braço.

Nesse exato momento, ouço um alto clamor que vem de perto do Boliche.

E me apresso para encontrar um grupo informalmente reunido em volta do meu camarada Rolph Spengler, Lanceiro Voador número 3, engajado numa atividade que envolve dar pontapés, enquanto Rolph continua, a despeito dos golpes recebidos, a proclamar ideias desacreditadas, como: "Passamos nossos dias encenando rituais insanos de negação, eu, ao menos, estou farto! Será que não podemos simplesmente admitir isso e conversar?". E: "Verdade, verdade! Será que não podemos, uma única vez, falar a porra da...".

Deus meu! Não estranha que o grupo em volta de Rolph o esteja chutando!

Shirley, do Monitoramento, me lança um olhar, como quem diz: Brian, dê um pontapé no Rolph para eu poder registrar que você estava entre aqueles que chutaram Rolph, porque, como todos nós, ficou chocado e ofendido pela audácia e pela sem-vergonhice das mentiras dele, desejando fazer sua parte a fim de poupar à comunidade como um todo o ônus da perturbação de Rolph, mostrando com seu pé ou pés ter feito o possível para cessar a torrente de negatividade distorcida que brotava daquela criatura estranha e desacreditada.

Para ser justo, nesse momento Rolph não proclamava mais suas mentiras. Estava simplesmente inerte. Os olhos de Shirley se arregalaram e depois focalizaram meu pé, como se dissessem: "Brian, sei que você é um dos bons sujeitos e gostaria de ser capaz de escrever isso".

Não chego a chutar Rolph, dou-lhe apenas um toque com o pé.

Mas é esse toque com o pé que, quando me afasto aos tropeções, me faz pensar. Encostado a um falso olmo ainda em sua antiga embalagem, penso que aquele toque não deve ter machucado Rolph. Não muito. Então, com o pé direto dou um toque na batata da minha perna esquerda para sentir o mesmo que Rolph. Depois com mais força. Deveria me consolar: não dói muito quando toco a batata da minha própria perna com uma força dez vezes maior do que usei ao atingir Rolph.

Entretanto, pode ter sido desagradável sentir tal coisa quando se está morrendo.

Espere, onde eu estava indo mesmo?, me pergunto.

Serviços de Monitoramento e Informações, respondo. Para caguetar o Tom.

Obrigado, respondo.

Se você não quiser ser tratado com dureza, não faça nada de errado, eu enfatizo.

Basta ser normal, concordo.

Pelo menos é fácil cruzar a Planície Central porque, naquele dia perturbador, absolutamente ninguém está copulando.

Do outro lado da Ponte C ficam os Serviços de Monitoramento e Informações: cabana bonita pintada de lilás, muitas bandeirolas tremulando.

Ao chegar perto da ponte, meu nome é chamado e, voltando-me para trás, vejo Gabrielle D., da DANÇANDO SEM SAPATOS NA DÉCADA DE 1950, ela masca chicletes como sempre e usa meias soquete apesar de ter sessenta anos, e está com o marido, Bill, que tem um suéter que parece mais apertado a cada dia. E que sempre me chama de Frankenstein. Qual o problema? Incorreto! Eu lá o chamo de Eisenhower só porque o indivíduo pertence ao tempo do tema do Bill?

Apesar de estarmos no Descanso, e portanto não sermos

obrigados a usar fantasia, eles usam. Além disso, o cabelo de Bill está penteado para trás com vaselina e Gabrielle D. manteve o saltitante rabo de cavalo que costuma usar.

"Tudo certinho, Frankie?", diz Bill. "Frankenstein? Frankaroo?"

"Oi, Bill", eu digo.

"Belezinha, Tom Frame nos pediu para te entregar esse bilhete", diz Gabrielle D.

E me passa uma nota, que leio na hora:

Caro Brian,

Saiba, por favor, que refleti seriamente sobre meu erro recente e estou pensando muito nele a fim de reduzir a probabilidade de cometer erro semelhante no futuro. Quando falei aquilo sobre os Visitantes nunca virem aqui, saiba, por favor, que não queria dizer tal coisa e, com minha falta de jeito, estava tentando fazer uma gracinha. Falei de brincadeira, sendo irônico, para indicar como de fato acredito exatamente no contrário.

Por considerar que sou uma pessoa consciensiosa, me sinto compelido a enfatizar que, terminado seu Período de Informação, você também terá cometido um crime, o crime de omissão. Saiba, por favor, que, caso decida me Informar, eu compreenderei. Entretanto, caso opte por não me Informar, considerarei que estamos irmanados para sempre no futuro graças à grande bondade que terá demonstrado com relação a mim.

Com os agradecimentos e a eterna amizade, seja lá o que você decidir.

Destrua, por favor, esta mensagem.

Tom Frame

"Alguma resposta, monstro?", Bill pergunta.

"Não agora, Bill", respondo.

"Tudo bacaninha, meu faixa", diz Gabrielle D., e eles se vão, de mãos dadas como sempre; depois param para que ele possa lhe dar um beijo.

Agora tenho de cruzar a ponte e caguetar o Tom.

Mas que carta simpática, muito direta e confiante.

Dou meia-volta, compro uma empada na máquina, levo para meu Espaço de Dormir e não vou a lugar nenhum naquela noite.

Permitindo assim que meu Período de Informação expire.

No entanto, que ironia!

Na manhã seguinte, depois do Desjejum, eu estava agachado perto do meu nicho, tomando um refrigerante, quando, toda animadinha, chega trotando a Amy, Assistente Especial da Shirley, do Monitoramento.

"Oi, Bri", ela diz. "Tem um minutinho pra mim? Algumas de nós estávamos examinando seu nicho agora há pouco e olha o que eu achei."

Em sua mão a carta tão simpática que o sr. Frame me escreveu!

Na outra mão, seu apito, que a qualquer instante poderia ser soprado por minha causa.

"Para sua informação, agorinha há pouco mostrei essa carta ao sr. Frame. Depois disso, ele muito francamente o denunciou, declarando que ontem deixou escapar uma Falsidade Lamentável em sua presença e que você, naquela hora, lançou um olhar indicando que não o entregaria. Coisa que, segundo meus registros, você não fez. Denunciar. Brian, preciso que você seja honesto: o sr. Frame ontem pronunciou uma Falsidade Lamentável?"

"Sim", respondi.
"Mas você não o denunciou."
"Acho que não. Ainda não."
"Vai denunciar agora?"
"Ele realmente me denunciou?"
"Acabei de contar. Sim, denunciou."
"Então, vou."
"Mas seu Período de Informação expirou."
"Já expirou?"
"E o sr. Frame está reivindicando imunidade por ser o Primeiro Indivíduo a Declarar."

Três caubóis do FAROESTE passam com as falsas pernas arqueadas.

E tiram o chapelão para nos cumprimentar.

"Brian, para ser franca, fomos crianças juntos. Lembra-se dos Fantasminhas, lembra-se dos Bebês Dráculas, lembra-se que pertencemos àquela Equipe de Adolescentes que construiu os primeiros e hilariamente imperfeitos Cavaletes de Tortura? Não quero soprar esse apito e ver um grupo se reunir para matar você a pontapés."

"Também prefiro que isso não aconteça."

"Mas percebe meu dilema, não é mesmo? O sr. Frame acaba de denunciar você por não o ter denunciado. Quem garante que ele não vai me denunciar se eu deixar de apitar por sua causa? Entende o que estou dizendo? Bri, quer resolver isso comigo?"

"Quero muito."

"Fique calado e concorde com um gesto da cabeça. Durante o que vai acontecer."

E ela sopra o apito.

Uma multidão se forma.

Amy, em que todos confiam, sacode a cabeça com ar de quem está desiludida, triste e desanimada.

"Há alguns minutos uma Falsidade Lamentável foi falada em voz alta."

Uma expressão de surpresa invade o rosto das dezenas de pessoas ali reunidas, como se dissessem: Você deve estar brincando, essa insolência nos faz ficar de repente muito irados.

"Pelo Tom Frame", diz Amy.

Ela olha para mim.

Faço que sim com a cabeça.

"Sabemos disso", Amy continua, "porque o Brian, cumprindo seu dever, embora fosse difícil, falou a verdade para mim. Agora mesmo, nesse momento. Não se surpreendam se o sr. Frame, que admite ser mentiroso, tentar agora outra merda qualquer para salvar a pele."

A multidão corre para encontrar o sr. Frame.

"Eu simplesmente não podia soprar meu apito contra você", diz Amy. "Sempre achei você bonito desde que éramos crianças."

"Também acho você bonita", digo eu.

Coisa que não tinha achado, não tanto, mas pareceu uma péssima hora para começar a deixar de ser cortês.

Em breve, pelos sons que o sr. Frame fez quando a multidão o encontrou perto da Máquina de Vendas, fica claro que tudo tinha começado.

Amy e eu nos pomos de pé, escutando e fazendo caretas mudas de *dor* e *repugnância*.

"Acho que a gente nunca se dá conta de que não quer ser morto a pontapés até ouvir uma multidão fazendo isso com alguém perto de onde estamos", eu digo.

"A questão", diz Amy, "é que o sr. Frame fez mesmo aquilo pelo que está sendo punido agora. Logo, não preciso me sentir mal por causa disso."

"Não", eu concordo.

"O que me faz sentir mal, acredito, é que você também fez uma coisa errada pela qual eu posso mais tarde ser punida. Deus meu, e agora estou fazendo algo errado pelo qual posso mais tarde ser punida. Mas você faz com que eu nem me importe com o certo e o errado."

Então nos beijamos. E, encontrando um lugar na margem do ribeirão caudaloso, copulamos. Não foi minha primeira vez, porém devo confessar que foi uma das melhores. Imagino que o alívio por não ser chutado até a morte por um grupo de meus semelhantes foi o que tornou o ato tão memorável.

Caminhando de volta para o nicho, passo pelo sr. Frame. Lá está ele, caído, próximo à Máquina de Vendas. Um de nossos passarinhos doentios pousa sobre ele e lhe dá uma bicada. Mas como essas aves chegam até aqui? Esse é um de nossos mistérios duradouros. O que faz entrarem voando por nosso Furo de Saída? Ou sempre estiveram aqui?

Ah, Tom, acho que foi culpa minha, devia ter jogado fora sua carta. Mas como dei valor a ela e esperava lê-la muitas outras vezes. No entanto, Tom, foi principalmente culpa sua, por me caguetar à Amy quando ela o pegou fazendo a coisa errada que de fato você fez, depois de tentar reivindicar a imunidade que resulta de ser o Primeiro Indivíduo a Declarar. O que você queria com isso, Tom? Se conseguisse me denunciar, eu, e não você, estaria sendo bicado por um passarinho doentio perto da Máquina de Vendas, com uma aparência bem ruinzinha, não é mesmo, Tom?

Ao que Tom, há muito morto, emite um som sibilante da área próxima à boca.

Nessa noite, Amy vem ficar comigo no meu Espaço de Dormir: bem apertado! Encravados no nicho, tão juntinhos que nenhum dos dois consegue rolar o corpo, a menos que façamos isso ao mesmo tempo. Lá copulamos, rimos, deslizamos para fora a fim de cozinhar macarrão na minha chapa elétrica. Depois deslizamos de volta para dentro e ela me ensina a fazer uma trança em seus cabelos.

Embora durante muitos anos eu não pensasse em Amy como uma pessoa tão bonita, agora penso.

Pela manhã, vejo ao acordar que sua testa está encostada na minha. Em seu rosto, uma expressão que significa: Posso dizer uma coisa?

"Bom dia", eu digo.

"Não tenho certeza se posso fazer isso", ela diz.

"É bem apertado aqui", eu digo.

"Durante toda a minha vida tentei fazer tudo certo. E agora isso. Aqui estou, uma Assistente Especial, e fazendo o quê? Exatamente o oposto."

Ela está programada para Monitorar o NINHO DE AMOR DA ERA DO DISCO e agora começa a se fantasiar, toda desajeitada, com um material que trouxe na noite anterior.

"Ver o Tom morto mexeu comigo, tenho que admitir", ela diz. "Porque, em certo sentido, causamos aquilo. Causamos mesmo. Fizemos Tom Frame ser morto a pontapés e ele agora repousa em paz, ou seja lá o que for. Pra mim? Se resumiu a: Está bem, quem eu menos quero ver morto a pontapés, Brian ou Tom? E a resposta foi você. Por isso menti. E acho que agora vou simplesmente ter que viver com isso."

"Você salvou minha vida."

"Meu Deus, eu sei, mas, mesmo assim, argh!"

Quando puxo a polia que faz a cama deslizar para fora, adivinhe o quê?

Ocorreu um incidente único envolvendo a presença excessiva de água.

Está ocorrendo.

Todo tipo de lixo passa flutuando: uma manta, um braço artificial, uma merendeira.

Amy mantém suspensas as bonitas botinhas curtas para a sessão de disco, a salvo do incidente hídrico em curso, comprimindo os lábios como quem diz: Adoro essas botas, isso não é justo.

Mas pisa no solo. Tem que pisar. Ou vai se atrasar. A água penetra nas botas enquanto pego sua mão. Tudo na linha do FIM DE SEMANA VITORIANO.

"Merda", ela diz. "Odeio isso."

O silêncio paira sobre nós, como se significasse: Odeia o quê, Amy?

Red Murray vem patinhando às pressas atrás do chapéu suíço que precisa usar em seu papel no RESORT NOS ALPES, o de Montanhista Famoso por Sobreviver a uma Terrível Avalanche.

Mas não há como Red pegar aquele chapéu.

Ao passar, ele me lança um olhar que diz: Isso devia ser fácil, mas a porra do chapéu continua a escapar das minhas mãos.

"As coisas parecem estar piorando", eu digo.

"Que coisas?", Amy pergunta.

"Nada", respondo.

Seguimos patinhando, de mãos dadas, e sou invadido por um forte sentimento de que confio nela, gosto dela e desejo ficar ainda mais perto dessa pessoa cujos cílios, na noite passada, roçaram os meus, um belo vínculo para ter com alguém, em especial enquanto copula com ela.

Por isso, simplesmente falo.

"Essas inundações", digo baixinho.

E vejo que ela parou, olhando para baixo, chocada com a água que circunda suas botas curtas de disco e nelas penetra.

Eu a encrenquei. E me encrenquei.

Encrenquei a nós dois.

Ela se inclina, ficando mais perto.

"Inundação", sussurra.

"Inundação", sussurro de volta.

"Inundação idiota", ela sussurra, meio tonta.

As luzes então piscam e tudo fica escuro.

"Apagão", Amy sussurra.

"*Outro* apagão", sussurro imediatamente de volta para que não tenha a menor dúvida de que estou cem por cento com ela.

"Os Visitantes estão vindo", ela sussurra com sarcasmo no escuro.

"Um monte de Visitantes", eu digo.

Voltam as luzes e, aproximando-se rapidamente de nós, vem Gwen Thorsen, vestida de Morte, rumando para o Bonde e mantendo a túnica fora daquilo que, nos damos conta, mencionamos há pouco em voz alta como "inundação", possivelmente dentro de seu raio de escuta, após o que pronunciamos também em voz alta a expressão problemática "apagão", referindo-nos a algo que talvez tivesse sido melhor suportar em silêncio e de bom grado, depois do que ambos pronunciamos em voz alta a Falsidade Lamentável mais grave que é possível enunciar.

Os olhos de Gwen se contraem, dando a entender: (1) Sim, gente, ouvi tudo há pouco, e (2) Vocês estão transando, o que é ótimo, mas, pensem bem, mataram Tom Frame com quem eu própria estava transando.

Em sua pressa para nos denunciar, ela deixa cair a cauda da túnica da Morte, que, às suas costas, gera uma esteira temporária na água.

"Merda", diz Amy.

E sopra o apito.

Uma multidão acorre, muitos ainda esfregando os olhos pois acabam de acordar.

"A Gwen pronunciou agora há pouco uma Falsidade Lamentável em voz alta", diz Amy. "Referindo-se a, prefiro não dizer, mas…"

Então girou a ponta de sua bota de disco na água.

"Não fiz isso!", diz Gwen. "Ela sim! E ele também. Eles dois usaram também a expressão problemática 'apagão', além de…"

"Que, alô, alô, você acaba de usar", diz Amy.

"Usei para mostrar que você usou!", diz Gwen. "Antes."

"Acho isso trágico", diz Amy. "Gwen, você só está fazendo um joguinho muito bobo de empurra-empurra."

Vejo nos olhos de Gwen que ela sabe ser impossível ganhar de Amy, em quem todos confiam tanto.

"Esperem", Gwen diz, frenética. "Pensem bem, minha gente. Não é possível que seja Amy a mentirosa? E não eu? Se eles de fato falaram aquelas coisas que acabo de declarar que falaram, e ouvi quando falaram, não seria exatamente assim que ela… vocês sabem, se comportaria?"

Apesar de saber que Gwen está dizendo a verdade, ela vem falando com tamanho nervosismo que até eu passo a duvidar.

Durante os pontapés que se seguem, Amy me lança um olhar, com o cenho franzido, como se dissesse: Entra lá, cara.

Entro. Não chuto nem toco com o pé, simplesmente fico lá no meio daquele cheiro de boca de gente recém-acordada, sacudido pelos pontapés abundantes de meus pares.

Ah, Gwen, eu penso, por que você não fez o que frequentemente faço quando ouço por acaso alguém falando alguma coisa que eu desejaria não estar escutando, ou seja, fingir que não ouviu?

Quando tudo termina, alguém sugere que, por uma questão de respeito, devemos levantar Gwen, sempre querida de todos até agora, do chão molhado e levá-la para um lugar mais alto, tal como a Caixa de Sugestões, feita de plástico e com o formato de uma gigantesca rosa, em que deixamos algumas ideias caso desejemos.

Depositamos Gwen em cima da rosa, que, sentindo seu peso, declara: "Grande ideia! Adorei!".

Como Gwen continua deitada em cima dela, a rosa continua a repetir isso enquanto nos afastamos aos poucos.

"Isso está indo de mal a pior", diz Amy quando nos aproximamos do Bonde.

"Verdade", eu digo.

"Suponho que você acha que recorri ao apito rápido demais. Ah, meu Deus, talvez tenha mesmo. Mas queria que eu fizesse o quê? Deixar que ela nos caguetasse para passarmos o resto do dia esperando até sermos mortos a pontapés? Isso parece engraçado? Aliás, por que estamos falando sobre toda essa merda? No que estávamos pensando?"

Vendo-a ali, com as botas de quem dança disco, os olhos marejados, com um ar em nada animado e sim esquisito, perturbado, sinto mais ternura por ela do que se a visse segura de si e entusiasmada — ou seja, seu momento de fraqueza e confusão provoca em mim o desejo de protegê-la de qualquer mal no futuro.

No Bonde, ainda perturbada, ela se recusa a me beijar.

Mas insisto. E no beijamos. Continuamos a nos beijar mesmo que, no Bonde, ela precise inclinar-se ligeiramente e eu ajustar o corpo para continuarmos a nos beijar.

Então o Bonde desaparece no Túnel Oito.

Volto-me para ver o Salão e o encontro reluzente, suas árvores falsas balançando em sincronia, o brilho das muitas luzinhas nas árvores refletido nas ondas delicadas criadas pelo salto dos peixes no ribeirão caudaloso, tudo isso me dizendo: Brian, você se sente mal sobre o que acaba de acontecer com a Gwen, sem dúvida, muito justo, mas, apesar de tudo, ainda não é um mundo bonito? Um mundo no qual você nem estaria mais não fosse por Amy, que, a essa altura, já salvou sua vida duas vezes.

Por que não tentar ser feliz?

Naquela tarde, nós que estávamos de Descanso nos reunimos debaixo do Furo de Saída.

Diante de nós, três sacos para cadáveres rotulados "R.S.", "T.F." e "G.T.", respectivamente.

Entrando com seus colegas Monitores, Amy me olha de relance, deslocando por segundos os cabelos longos e lustrosos, sua expressão encantadora parecendo dizer: Ah, querido, você de novo!

Seu rosto então se torna sombrio como se dissesse: Argh, acabo de me lembrar que dois desses três sacos prateados ali postos com alguma coisa dentro se devem em parte a nós dois.

O sr. Regis, da Coordenação Efetiva dos Trabalhos, diz algumas palavras no microfone sobre como era triste honrar durante toda a vida certos princípios imorredouros e então, num momento infeliz, jogar tudo fora — e em nome de quê? Da desordem? Do caos? Levando assim sua desonra para a eternidade?

As luzes piscam, se apagam e voltam a ser acesas.

Consideramos essa vida agradável?, pergunta o sr. Regis. Encontramos pessoas a quem nos apegamos, coisas que nos dão prazer? Acordando pela manhã, sentimos em geral que, se obedecêssemos à Lei 6, nossos dias correriam bem? É pedir demais que certas coisas falsas e negativas não sejam enfatizadas? Será totalmente louco rechaçar aqueles que, por razões egoístas, insistem em enfatizar certas coisas falsas e negativas?

Al, da Zeladoria, pega o saco "R.S." e desaparece rapidamente ao subir pelo Furo de Saída.

Dennis, da Zeladoria, dá um passo à frente, pega o saco "T.F." e desaparece ao subir pelo Furo de Saída, embora não tão rápido por ser menor que Al e Tom ser maior que Rolph.

Em breve, Rolph e Tom repousarão no Acima, naquele cemitério dotado de muitas sombras, nas proximidades de Pueblo, descrito nos Cartões de Oração *in Memorian* que são agora distribuídos por Susan e Gabe dos Serviços de Consolo, sendo Pueblo, no estado do Colorado, a cidade sob a qual estamos aproximadamente localizados.

Gwen deve aguardar ainda um pouco mais até que Al e Dennis desçam e decidam qual deles a levará para o Acima.

O sr. Regis desconecta o microfone do pequeno alto-falante, pega o aparelho e se afasta tristemente, se é que se pode dizer que alguém caminha tristemente carregando um pequeno alto-falante.

Amy, ao partir, me faz um aceno sub-reptício.

Ah, Vida, penso eu, gostaria que você fosse mais simples e eu pudesse ter esses crescentes sentimentos de amor por Amy sem os sentimentos negativos opostos que resultam, em certo sentido, de termos participado há pouco de determinadas ocorrências indesejáveis.

E me vejo de algum modo praguejando contra a Lei 6 em meu coração.

Ao que a Vida diz: Por que praguejar contra a Lei 6? Caso você tivesse se mantido sob a sábia orientação dessa lei e denunciado Tom imediatamente, evitando falar um monte de merda Lamentável com Amy perto de Gwen, então Tom estaria tão morto quanto está agora, como cumpre estar, e Gwen ainda estaria viva, circulando alegremente em sua túnica da Morte com aquele sorriso meio boboca de sempre no rosto, e você poderia estar desfrutando de seus sentimentos por Amy sem nenhum problema, ambos trabalhando duro, na expectativa de Visitantes, pensando quem sabe em casamento e, com o passar do tempo, em filhos, tudo como pensam as pessoas normais que obedecem às leis.

Coisas que soam bem.

Mas, infelizmente, não acontecerão.

Aparece um sujeito portando uma metralhadora.

"Por acaso você é o Brian?", ele pergunta. "Papai mencionou seu nome. Sabia que lá de cima ele se divertia de verdade ameaçando você falsamente com as lanças? Achei que era você. Porque papai me mandou um desenho. Ele era um artista muito dotado. Sou o Edgar Spengler, do ESCONDERIJO DO GÂNGSTER DE CHICAGO. Filho do Rolph! Desculpe a arma. Vim direto de onde desempenho o Papel."

O desenho me mostra como sou na condição de Carniçal número 8: camisa chamuscada no Inferno, calça escurecida pelo fogo, gravata fumegante, tudo para indicar que, antes da Morte, eu trabalhava num escritório, talvez fosse mesmo um Executivo.

Na parte inferior do desenho, Rolph escreveu à mão: "Edgar, esse é o Brian, que ficou meu amigo".

Digo a Edgar que Rolph era um homem bom.

"Bem, mamãe e eu sempre achamos isso", diz Edgar. "Realmente não entendemos o que deu nele no final. Sempre foi tão sadio mentalmente! Feliz, sabe? Seja como for, pouco antes de seu falecimento, triste mas merecido, papai terminou o Descanso e estava prestes a voltar para as MANDÍBULAS quando me pediu que entregasse esse desenho a você. Aí esqueci. Epa. Meio irônico, né. Ah, e isso aqui."

Entregou-me então a carta. Dei um passo para o lado a fim de ler:

Caro Brian,

Como sinto em você uma "alma irmã", vou lhe sobrecarregar com uma verdade pesada.

Certo conhecimento maligno vem me fustigando há uns trinta anos. Estou velho e, portanto, transfiro essa perturbadora chama de sabedoria para você, com minhas mãos em forma de concha. Terei contado para meu filho Edgar, do ESCONDERIJO DO GÂNGSTER DE CHICAGO? Não. Edgar, Deus o guarde, sempre foi uma flecha muito reta, que carece de imaginação, contudo você nunca encontrará melhor coração, e sempre temi que isso seria demais para ele, pois, tão literal como é, poderia me denunciar, a seu próprio pai.

Faz muito tempo, eu era um adolescente. Com uma tonelada de energia obstinada. Que me levou certa noite (por incrível que pareça!) a subir pelo Furo de Saída. Verdade verdadeira! Eu tinha os colhões de um touro. Naquela época. Lá fui eu subindo pela escada cromada que todos nós conhecemos e que, como você sabe, estamos proibidos de tocar e muito menos subir. Pensava, em minha arrogância, que ia só ver como é o Acima. Testemunhar por conta própria algumas das coisas que nos foram ensinadas nas aulas de geografia, isto é, lojas de doces, viadutos, chuva, avenidas, festas nos dias das partidas de futebol, escalada de montanhas, bronzear-se na beira da piscina, beijar uma garota num lugar chamado "estacionamento atrás do supermercado". E adoraria ver o Céu, pensei eu, tão alto e tudo. E as florestas deviam estar muito verdes naquela época do ano.

Subi durante quarenta ou cinquenta minutos. Aí, pimba, de repente meu pescoço se torceu.

O que o torceu?

Teto de pedra.

Exatamente: o Furo de Saída sobe, é fato, mas em matéria de Saída não há nenhuma! O Furo não passa de um longo túnel vertical que termina naquele teto de pedra contra o qual, como mencionei, torci o pescoço.

E que dizer do cadáver de nossos queridos mortos, você pode perguntar, que ano após ano temos visto serem levados através do Furo para o Acima, seja por Dennis ou Al e, antes disso, pelo Bob "Big Bob" French?

Certo, sem dúvida!

Ao descer, descobri, num dos lados, um aposento semelhante a uma caverna e que, na pressa de subir e no escuro, eu não tinha visto. E, se você é do tipo que se apavora com uma imensa pilha de sacos prateados de cadáveres, alguns datando de cinquenta ou sessenta anos atrás, com um leve odor de putrefação e um braço ou perna ocasional se projetando para fora, aceite meu conselho: não entre lá com uma lanterna, como cometi o erro de fazer!

Em resumo, o Furo que todos esses anos contemplamos com esperança não é Furo coisa nenhuma, e sim um mero prolongamento que conduz ao salão lúgubre e sinistro onde ficam os mortos (!).

Estamos presos para valer aqui embaixo por uma tampa de concreto robusta e permanente. Ou talvez de um amálgama de concreto e polímeros.

Como os Visitantes supostamente chegarão aqui embaixo? Não chegarão. Nunca houve, assim parece, a intenção de chegarem.

Nós vamos permanecer sem Visitantes para sempre.

Não estou de sacanagem com você.

De que se trata? Por que nos pôr aqui? Coisas ruins acontecendo algum tempo atrás no Acima? Epidemias, guerras, fome em larga escala? Alguém no Acima pensou: Melhor deixar um pouco de lado? Como sementes? E isso somos nós? Até que a coisa ruim termine? Ou controle populacional? Nossos antepassados não passavam de vigaristas e essa era a prisão deles? Então por que nos fazer tão elegantes? Por que as fantasias, os papéis, o ribeirão, o Bonde, o Boliche?

Não sei.

E creio que ninguém vivo entre nós saiba.

Mantive isso só para mim durante toda a vida adulta. Fui muito solitário! Estou prestes a explodir. Há dias em que francamente tenho vontade de cortar meu próprio arame com uma das lanças e cair daquela altura. Mas, caso isso não ocorra, eu o verei em breve, companheiro, lá de cima! Aguardo sua resposta. Me responda tão logo possa através do Edgar, meu filho, ESCONDERIJO DO GÂNGSTER DE CHICAGO, *que lhe levou esta carta embora desconheça o conteúdo, pois, de qualquer modo, ele nunca foi de ler muito.*

Espero ser ainda seu amigo apesar da pesada carga que acabo de depositar sobre seus ombros.

Rolph P. Spengler

Vou até o Furo de Saída, olho para cima e penso: Espere, e agora?

Será que eu sabia, caro leitor, que poucos Visitantes tendem a vir até aqui embaixo, que na verdade nenhum veio, nem por uma vez, durante todos os dias da minha vida? Sim, sim, é claro, todos sabemos disso. Mas saber é uma coisa, dizer é outra. Por que dizer? Ajuda?

Sabemos por amarga experiência que não ajuda. Todos nos lembramos com vergonha daquele período chamado de Atoleiro, durante o qual, desencorajados, muitos de nós abandonamos por completo nossos papéis, pondo de lado adereços e indumentárias, apenas zanzando de um lado para o outro, falando merda, discutindo, reclamando, brigando, pegando na Máquina de Vendas aqueles sedativos chamados Prontossonos, seguidos, às vezes minutos depois, pelos saquinhos de pó estimulante chamados HipHipHurra.

Que tempos aqueles!

Não!

Nossa perda do senso de propósito resultou em oito mortes nas nossas onze salas de exibição e também em destruição de muitas coisas bacanas que nos haviam sido legadas por gerações anteriores. Certa noite, o já mencionado Demônio foi jogado do Precipício do Desejo Insaciável, soltando um triste e aleatório gemido de Remorso a cada trambolhão até por fim se espatifar numa Unidade de Ventilação, quando silenciou. E, lá de baixo, lançava um melancólico olhar demoníaco na direção daqueles entre nós que o havíamos empurrado pelo despenhadeiro, como se dissesse: "Colegas, basta, me apanhem aqui nessa horrível ravina, comecemos do zero. Precisamos acreditar em alguma coisa, certo?".

Em breve, respondemos coletivamente: Sim, sim, precisamos. Ao não crer em nada estamos simplesmente enlouquecendo! Oito mortos, quarenta feridos? Nossas três Máquinas de Vendas estraçalhadas e boiando no Lago Central contra Incêndios, o Bonde fora dos trilhos, o que nos obrigava, durante o Descanso, a caminhar por passagens às escuras até o Salão... Mas, afinal, qual a vantagem de ter o Descanso quando não se havia trabalhado uma única hora?

Disso resultou a Lei 6.

E as coisas ficaram melhores.

E ainda estão.

Sempre me perguntei (todos nos perguntamos ou fizemos o possível para saber): Quando chegarão os Visitantes? A qualquer dia agora. Em determinado dia. Que, ao começar, será então chamado por nós de hoje. Por isso, ao acordarmos para um novo hoje, é necessário imaginar que hoje será o dia! E, quando chegarem os Visitantes, temos esperança de fazer o quê? Encantá-los. Talvez os deixarmos alucinados. Com nossa qualidade e competência. No caso das MANDÍBULAS, o nosso caso, apavorá-los. Como seria triste se, depois de toda essa espera, fôssemos um fracasso quando nossos Visitantes chegassem! E eles poderiam dizer: Foi mesmo difícil descer por aquele longo Furo de Saída na escorregadia escada cromada, e agora, nem assustados nem encantados, ter que enfrentar a árdua subida!

Mas agora parece que aquele dia determinado, o tão desejado hoje, nunca acontecerá.

Com um sobressalto, reparo que estou pisando na extremidade de cima ou de baixo do saco prateado de Gwen.

Na de cima, a cabeça.

Lá dentro está o que sobrou de seu sorriso torto e meio bobo.

E, num clarão tristonho, me ocorre: se os Visitantes nunca virão, Gwen, Rolph e Tom morreram à toa.

Para não falar do Lester "Corisco" Cobb, dos Serviços de Alimentação, que tinha como passatempo manter uma lista de todos os nossos aniversários, até a última véspera do Natal quando, bêbado, perpetuou em voz alta a falácia da falta de Visitantes e pagou o preço final, nunca mais nos entregando timidamente um cartão de aniversário que ele próprio fizera. Ou a Betty Loomis, Amante Sedutora, cujo papel consistia em ficar mergulhada até a cintura numa Poça de Sangue Culpado e que, no ano anterior, passara a sentar-se deprimida na margem, desinteressada de tudo e resmungando coisas que não devia. Ao ser cercada, nos abençoou e perdoou antecipadamente.

E outros, tantos outros.

Às vezes, na vida, as fundações sobre as quais nos apoiamos sofrem um abalo e tudo em que previamente acreditávamos e que considerávamos valioso começa a se deslocar — e, de repente, todas as coisas parecem estranhas e novas.

Isso acontece agora comigo.

Na verdade, estou tomado pelo assombro.

O ar fresco nos chega constantemente através de Unidades de Ventilação numeradas de 1 a 26; a água potável chega através das várias Bicas; a nutrição chega através das estreitas Calhas de Alimentação que servem às numerosas Cozinhas; a eletricidade, embora esporadicamente, chega através daqueles grandes cabos verdes presos ao teto. Nenhuma dessas merdas pode ser barata, não é mesmo? Portanto, deve haver alguém lá em cima que ainda cuida de nós.

Mas que tipo de cuidado é esse? Enfiar gente num buraco e tapá-lo?

Estranhamente, nesse instante me dou conta de que estou apaixonado.

Porque, ao me perguntar com quem eu poderia querer compartilhar tais revelações (a quem recorrer nessa minha hora de necessidade), compreendo que é Amy.

Amy, e só Amy.

Que, segundo o relógio ao lado do Furo, deve estar na Sala de Jantar.

Procurando por Amy ao entrar, atrás de um grupo do DIA DE FÚRIA NO FAROESTE, sinto vontade de dizer: "Ah, Jimbo, pare de falar 'O papai aqui acha isso e aquilo'", porque Jimbo, cujo nome verdadeiro é Jim mas insiste em torná-lo mais típico de um caubói mesmo durante o Descanso, lá está mastigando um palito como se fosse um talo de feno ou sei lá o quê para parecer genuíno.

Acabou o tempo para representar papéis, Jimbo.

Nada de Amy.

Por que esses vaqueiros não podem sair da frente?, penso cá comigo mal-humorado. Depois me sento o mais longe possível deles.

Honestamente, surpreendentemente, estou cheio de esperança. Que vida nova vamos agora começar, livres da perspectiva de sermos alguma vez Visitados? Em quem podemos nos transformar sem os papéis? A que propósito mais generoso podemos dirigir nossas consideráveis energias até agora mal-empregadas?

Fico ansioso para explorar todas essas questões com Amy.

Mas... é pena.

Os Monitores de nossos Monitores são Shirley e Kiko: Shirley durante o dia, Kiko de noite.

Por isso, é raro ver as duas juntas no mesmo lugar.

No entanto, lá estão agora, entrando lado a lado na Sala de Jantar.

Vindo em linha reta na minha direção.

"Shirley me contou que no outro dia você não chutou muito o Rolph", diz Kiko, fazendo girar uma cadeira para sentar-se ao contrário.

Enquanto Shirley permanece de pé, com uma postura rígida.

"Só um toquezinho", diz Shirley. "Com a ponta do pé."

Que estranho conjunto de sentimentos me invade!

"Será que eu e Kiko podemos te comprar uma Coca?", pergunta Shirley ao me oferecer dez fichas.

"Beba a Coca, se concentre", diz Kiko. "Até agora você tem sido bastante sólido."

Pego as fichas, me levanto e, na verdade, compro duas Cocas porque hoje é a Quinta-feira da Sorte — você leva dois de qualquer coisa pelo preço de um.

"Em geral somos pessoas bondosas em nossa comunidade", diz Kiko antes mesmo de eu me acomodar direito no assento. "Você já se perguntou por que às vezes somos tão violentos?"

"Talvez porque nos importamos com as pessoas", diz Shirley.

"Acho que é exatamente por isso", diz Kiko. "Como vivemos num espaço muito limitado, para preservar a positividade e a ordem desenvolvemos um sistema caracterizado por rigor, disciplina e ferocidade."

Kiko está manuseando seu apito preso a um fio cor de laranja em volta do pescoço.

E agora vê que estou observando o apito.

Então varre a Sala de Jantar com um olhar rápido.

"Um bocado de gente aqui hoje", ela diz.

"Tem alguma coisa que você gostaria de nos contar, Brian?", pergunta Shirley. "Qualquer coisa?"

"Ouvimos dizer que você e Amy estão tendo um caso", diz Kiko.

"Minha Assistente Especial", diz Shirley.

"Estamos tendo algumas dúvidas sobre toda essa situação com a Gwen", diz Kiko.

"Com relação à Amy", diz Shirley.

"Com relação à falta de julgamento aparentemente chocante da Amy", diz Kiko.

"Com base no depoimento de duas sólidas testemunhas", diz Shirley.

"Bret Freeze e Katy Freeze", diz Kiko.

"Gostaríamos de enfatizar que, com relação a você, nem tudo está perdido", diz Shirley. "Você tem condições de ser o Primeiro Indivíduo a Declarar."

"Temos peixes maiores para fisgar", diz Kiko.

"Fisgar uma figura de relevo e muito respeitada como a Amy", diz Shirley, "exige provas bem substanciais."

Pobres coitadas! Tudo parece tão mesquinho!

Sabendo o que sei agora.

Deslizo em direção a elas, entre minhas duas Cocas, a carta de Rolph.

E vejo os rostos ficarem vermelhos enquanto leem.

"Então, hã, deixe eu entender isso bem, Bri", diz Shirley, deslizando a carta de volta. "Se compreendi direito. Todos esses anos, Dennis e Al têm simplesmente o quê? Empilhado esses sacos de cadáveres nessa, hã, caverna, é isso?"

"Deve estar ficando muito entupido lá em cima", diz Kiko.

"Tão entupido que, sempre que Dennis e Al sobem para acrescentar mais alguém à pilha", diz Shirley, "eles basicamente precisam pôr os corpos tão alto quanto podem nesse... o quê? Nesse morro instável e escorregadio de mortos?"

"Calma, Shirl", diz Kiko.

"E agora eles estão muito preocupados porque na próxima vez o falecido vai escorregar lá de cima, voar por cima da beirada e, alguns minutos depois, surgir como uma bala no fundo da porra do Furo?", diz Shirley. "E isso é um problema *meu*?"

Então me encara com os olhos subitamente marejados.

Para meu espanto.

"Bom, merda, parabéns, Bri", ela diz com voz rouca. "Você acaba de se juntar a uma pequena fraternidade que jurou manter segredo para o bem de todos."

"Não fale para a Amy", diz Kiko. "Não fale. Quanto menos gente souber, melhor."

"Mais uma razão para a Amy ir embora", diz Shirley. "Para você nos ajudar a fazer com que ela vá."

Nesse exato momento, adivinhe quem chega?

"Falando do diabo", diz Kiko.

Vendo-me ali com Kiko e Shirley, cujas posturas inquisitivas com o corpo inclinado para a frente deviam ser bem conhecidas por ela devido às muitas vezes em que assumira igual posição ao tentar que alguém denunciasse uma pessoa próxima e querida, Amy parou de forma brusca, me fez um aceno triste com a cabeça e saiu às pressas da Sala de Jantar.

Kiko ergueu o apito e soprou duas vezes, o que não significava: "Venham todos chutar", e sim: "Tate e/ou Jacqueline, tragam seus Atordoadores, e imobilizem o Brian, que parece desejoso de levantar-se e correr atrás de Amy".

Seguiu-se o som ensurdecedor do Alerta Geral, e Ken Di-Rogini, através dos alto-falantes do sistema de informações, disse que uma mulher não identificada, possivelmente Amy, na verdade quase com certeza Amy, poucos minutos antes tinha jogado Al no chão e entrado ilegalmente no Furo de Saída com o propósito aparente de escapar para o Acima.

E lá vem vindo Jacqueline com seu Atordoador.

Desabo.

Como é estranho acordar na Clínica, com marcas de queimadura nas duas têmporas, com o gosto e o cheiro de Amy, a sensação da mão dela na minha, tudo isso ainda fresco na memória, mas apenas para me dar conta de que ela não está no Acima, de jeito nenhum, e sim presa naquela tétrica caverna dos mortos, refletindo sobre duas opções igualmente terríveis: (1) descer e ser chutada até a morte com mais força que o habitual por ter admitido a culpa ao escapar; ou (2) permanecer para sempre em meio aos pavorosos mortos, descendo às escondidas vez por outra durante a noite para pegar água e comida nas Máquinas de Vendas, sabendo que qualquer movimento em falso levará à opção (1) anteriormente mencionada.

Será que posso sair da cama e me juntar a ela? Viver com ela? Lá em cima? Sim, sim, tão logo pare de sentir tanto enjoo. E quando conseguir ficar acordado por algum tempo.

Mas, infelizmente...

Uma terceira opção que eu não havia imaginado: naquela noite, lá veio Amy, mergulhando de cabeça pelo Furo e se espatifando no solo com o som que faz uma pessoa ao cair de uma altura que levou quarenta ou cinquenta minutos para atingir subindo a escada.

Trazia, na mão fechada, um bilhete para mim, escrito numa página de seu Caderno de Monitoramento, que me é entregue às escondidas na Clínica, na manhã seguinte, por Carver D., Cortejador Tímido, em FIM DE SEMANA VITORIANO.

"Obrigado, Carve", eu digo.

"Não tem a menor importância pra mim", ele diz.

Querido Brian,

Esperei por você aqui em cima, mas nada feito. Acho que teria sido pedir demais. Entendo por que tinha de me denunciar. Eu talvez tivesse feito o mesmo. Simplesmente somos assim.

Adivinhe uma coisa! O Furo não leva ao Acima. O que existe aqui em cima? Uma sepultura coletiva numa caverna. Tom, Rolph e Gwen estão aqui. Posso esticar a mão e tocar em Gwen. Pronto, acabo de fazer isso. Estou ficando meio biruta nesse pequeno espaço em que me vejo sentada entre ela e a longa queda. Dando uma olhada em volta, localizei sua mãe e meu pai. Seu pai e minha mãe devem estar mais para os fundos porque morreram antes.

Às vezes tinha me ocorrido que o Acima talvez nem fosse

real. Mas, ao escrever, certa luz de um tipo inteiramente novo penetra por dezenas de pequenas fissuras na tampa.

Por isso, o Acima é real, mas inacessível para nós.

Tudo parece embaralhado em minha cabeça. Você tem ideia de quantas vezes soprei meu apito? Envolvendo quantas pessoas? Sentada aqui estou tentando chegar a um número. Por que eu fazia tudo aquilo?

Querido, ninguém virá. Para ver como vivemos, como estamos vivendo. Nós estamos completamente sozinhos. Para sempre. Até que uma inundação nos liquide, ou o ar e os alimentos deixem de vir. Que piada, a forma como vivemos! A preocupação, a suspeita, a tensão, a maldade. Imagino que esses mortos estão me dizendo o que fariam caso pudessem voltar. O que nenhum disse até agora: Denuncie mais gente e chute com mais força quando lhe pedirem.

Eu sou uma assassina? Você é? Acho que sim, sem dúvida, uau.

Bom, não há vida pra mim. Não aqui em cima, não lá embaixo.

Por isso...

Não me importo em morrer, só não tolero a ideia de que isso seja ajudado por você, coisa que, por sermos como somos, acredito que teria de fazer.

Ei, uau, olhe, estou salvando você de novo!

Beijos,

Amy

No almoço, Shirley e Kiko mandaram bife, pudim, quatro barras de KitKat, um milk-shake. Além de um bilhete: "Lamentamos o que aconteceu com Amy. Mas foi o melhor que podia ter acontecido, apesar de doloroso. Aliás, achamos que você seria um excelente Monitor. Esperamos que isso lhe interesse. Fora disso, suas perspectivas são sombrias. Para sermos francas".

"Sim, por favor", escrevo na parte de baixo do bilhete, e como com apetite, mandando depois o bilhete de volta em cima do prato vazio.

Mas não vou me tornar Monitor.

Todos os dias, caro leitor, começam como determinado dia que chamamos de hoje. Por isso, todos os dias, ao despertar para um novo hoje, precisamos presumir que hoje pode ser o dia. Mas para quê? Isso é o que desconhecemos, aquilo que devemos descobrir — e agora rapidamente, pois qual a razão de ser de cada um de meus futuros hojes?

Tenho a carta de Amy, a carta de Rolph. Tenho aquelas anotações que escrevi para você, caro leitor.

Ao receber alta, vou me levantar, caminhar até os Serviços de Cópia, imprimir esse material e deixar Cópias em todos os tocos falsos do Salão, em todas as cadeiras da Sala de Jantar, na Chapelaria da DISCOTECA, nas cocheiras das BATALHAS MEDIEVAIS, nas tavernas do FAROESTE, nos assentos do Bonde enquanto ele faz o percurso sem fim entre as salas de exibição, da FESTA DO AMOR de CALI CREEK, no Norte, até o VERÃO DOS SONHOS NO MAINE, no Sul, assim todos podem conhecer a verdade e se mobilizarem para perguntar, talvez num momento de tranquilidade: Esse mundo que fizemos é um mundo em que possa florescer a paixão?

Embora eu não vá viver para ver isso, além de temer os pontapés que ocorrerão, espero que essas palavras exerçam algum efeito na destruição do velho mundo.

Dia das Mães

Nas árvores da Pine Street, que em todas as primaveras produziam flores roxas, haviam brotado flores roxas. E daí? Qual a grande novidade? Acontece que, em todas as primaveras, Pammy repetia: "Olhe essas flores, mamãe. Não são espetaculares?". Os filhos estavam tentando agradá-la de todas as maneiras. Paulie chegara de avião e Pammy, que a tinha levado para o almoço do Dia das Mães, agora estava de mãos dadas com ela. De mãos dadas! Em plena Pine Street. A menina que certa vez deu um tapa na própria mãe quando ela tentava ajustar sua gola.

Pammy disse: "Mamãe, essas flores, uau, elas realmente me deixam louca".

Típico de Pammy levar a mãe para almoçar vestindo uma blusa de moletom com o desenho de uma metralhadora cortada ao meio. Que tal um vestido elegante? Um terninho? Pelo menos dessa vez Pammy e Paulie não tinham ficado aporrinhando com a questão do fumo. Até quando Pammy estudava harpa, até quando os cabelos de Paulie eram longos e ele estava namorando aquela tal de Eileen, mesmo depois que a Eileen transou com uma porção de gente e Paulie raspou a cabeça, sempre que os dois vinham visitar a chateavam com a questão do cigarro. O que era grosseiro. Não tinham esse direito. Quando o pai deles estava vivo, não teriam ousado. Quando Pammy lhe deu um tapa na mão ao ajustar sua gola, Paul Sr. havia reagido aplicando um bom sopapo nela.

A cidadezinha estava bonita. Bandeiras tremulando por toda parte.

"Mamãe, gostou do almoço?", Pammy perguntou.

"Gostei muito", Alma respondeu.

Pelo menos ela não tinha aquela voz de velha. Mantinha a mesma voz de quando era moça e ninguém tivera aparência melhor num vestido apertado indo para alguma recepção.

"Mamãe, sabe de uma coisa? Que tal irmos até a Pickle Street?"

O que a Pammy estava querendo fazer? Deixá-la aleijada? Já estavam na rua fazia duas horas. Paulie tinha dormido até tarde e perdeu o almoço. Chegara pouco antes de avião e, puxa, como seus braços estavam cansados. Paul Sr. sempre dizia isso após uma viagem. Paulie não havia dito isso, não tinha o senso de humor do pai. Além do mais, parecia que ia chover. Nuvens azuis e negras pairavam sobre a ponte que cruzava o canal.

"Vamos pra casa", ela disse. "Desse jeito você está me levando para a sepultura."

"Mamãe", disse Pammy. "Não estamos indo para a sepultura, lembra?"

"Estamos", ela disse.

Na sepultura, ela diria: Paul, meu querido, deu tudo certo, Paulie chegou de avião, Pammy me deu a mão e, para variar, os dois pararam com aquela merda sobre o fumo.

Estavam passando em frente à casa dos Manfrey. Nos tempos do Nixon, um raio atingira a cúpula da casa. Pela manhã, parte dela se encontrava caída no jardim. Ela tinha levado Nipper para passear. Paul Sr. não passeava com Nipper. Porque isso precisava ser feito bem cedo. Paul Sr. havia sido um bebedor de respeito. Paul Sr. bebia com grande sofisticação. Naquela época, Paul Sr. vendia um pequeno aparelho que estimulava o crescimento das árvores. Bastava prender a uma árvore, e ela supostamente prosperava. Quando Paul Sr. bebia um pouco com grande sofisticação, ele pronunciava palavras adoráveis e às vezes fazia uma reverência. Aquele senhor de pinta respeitável chegaria à sua porta meio alto e perguntaria: Suas árvores são pareguiçosas? Estão flacificando para trás das outras? Precisam ser extramuladas? E mostrava o pequeno aparelho. Dessa forma, eles tinham quase perdido a casa onde moravam. Paul Sr. era encantador. Mas desencorajador em matéria de vendas. A eficácia de seus estimulantes de árvores era nebulosa. Paul Sr. havia dito tal coisa com a voz grave de bêbado na noite em que parecia inevitável que perderiam a casa.

"Mamãe", ele tinha dito, "a eficácia dos meus estimulantes de árvores é nebulosa."

"Mamãe", disse Pammy.

"O quê?", Alma perguntou em tom áspero. "O que você quer?"

"Você parou", Pammy disse.

"Pensa que eu não sei? Meus joelhos estão doendo. A filha me arrastando pela cidade toda."

Ela não sabia antes. Sabia agora, porém. Estavam na calçada oposta à loja onde os homens costumavam cortar canos. Que era agora uma academia de ginástica. Na época em que quase perderam a casa, Paulie foi à cama deles com uma xícara cheia de moedas. Ele estava então careca e vendia espaço num jornalzinho local para anúncios de produtos à venda. Pammy trabalhava no Nenhum Animal Precisa Morrer. Esse era mesmo o nome do lugar, que cheirava a maconha. Nas camisas e chapéus à venda havia estampas de vacas dizendo coisas como: "Obrigado por Não Me Matar com uma Porretada no Crânio".

E os dois tinham sido tão brilhantes quando pequenos! Ela se recordava do Prêmio de Bons Trabalhos do Paulie. Um menino chorou por não ganhar. Mas Paulie faturou esse prêmio. No entanto, não se deram bem mais adiante. Tinham empregos idiotas, nunca se casaram, viviam falando sobre seus sentimentos.

Paulie e Pammy tinham sido mimados. Bem, não por ela. Sempre fora firme. Certa vez os deixou sozinhos no jardim zoológico por desobedecerem. Continuaram a alimentar a girafa depois que ela mandou parar. Largou-os no zoológico e foi tomar um drinque. Ao voltar, Pammy e Paulie estavam plantados na porta da frente, arrependidos, os balões desinflados. Tinha sido uma boa lição em matéria de obediência. Um mês depois, no enterro de Ed Pedloski, quando, só com um olhar severo, ela mandou os dois passarem diante do caixão aberto, eles passaram diante do caixão aberto sem abrir a boca, sem fazer nenhuma gracinha.

A aparência do Ed era terrível, fora descoberto após vários dias caído no chão da cozinha.

"Mamãe, você está bem?", Pammy perguntou.

"Não seja ridícula", Alma respondeu.

No começo, ela e Paul Sr. tinham transado de todas as formas imagináveis. Depois, deitados no chão, debatiam que cores usariam para pintar as paredes. Mas aí chegaram as crianças. E eram ruins. Choravam e reclamavam, faziam cocô nas horas mais idiotas, pisavam em cacos de vidro, acordavam da soneca e abriam as persianas das janelas enquanto ela estava no chão com Paul Sr. antes de fazerem qualquer coisa, e tinha de se levantar, exasperada, estragando tudo. Ao voltar, Paul Sr. estava na parte mais distante do quintal, tomando um minúsculo gulugolinho.

Em breve, Paul Sr. estava passando noites fora de casa. Quem poderia culpá-lo? Não era divertido ficar em casa. Devido a Pammy e Paulie. Medidas drásticas se faziam necessárias. Ela comprou as roupas de baixo mais extravagantes. Voltou a fumar. Certa vez, deixou que Paul Sr. lhe desse palmadas na bunda enquanto estava só de sapatos de salto alto diante da geladeira. Outra vez, no quintal, de porre, se agachou esperando para pular em cima de Paul Sr. e, ao pular, descobriu que ele estava sem calça. Isso fazia parte. A loucura. Parte do amor grandioso que os unia. Como quando encontrava Paul Sr. apagado na varanda e precisava ajudá-lo a ir para a cama. Isso também fazia parte daquele amor grandioso. Mesmo aquela vez que, de um jeito muito engraçado, ele a chamou de Milly. Uma noite, ela e Paul Sr. ficaram do lado de fora da casa, drinques na mão, vendo por uma janela como Paulie e Pammy iam de aposento em aposento tentando freneticamente achá-los. Isso tinha... tinha sido de brincadeira. Foi gozado. Quando por fim entraram, as crianças ficaram tão aliviadas! Pammy caiu no choro e Paulie, com suas mãozinhas, começou a bater na barriga de Paul Sr. com tanta força que precisou ser mandado para...

Bem, sem dúvida não o mandaram dormir no barracão do quintal em meio à escuridão. Como sempre declarou. Não teriam feito isso. Devem ter rido da coisa. Com o jeitão desinibido dos dois. E mais tarde o mandaram para a cama. Por bater no pai. Após o que ele talvez tenha corrido para fora de casa e se escondido naquele barracão. Num gesto de rebeldia. Eles o haviam procurado incansavelmente, numa atitude digna de heroísmo, até encontrá-lo no barracão, dormindo de birra em cima de um saco de fertilizante, com o rosto sujo mostrando por onde as lágrimas haviam corrido...

Por que ele tinha chorado se supostamente havia se escondido num gesto de rebeldia?

Tanto tempo já tinha se passado!

Ela não ia entrar numa porra duma máquina do tempo por causa daquilo.

O céu agora estava negro acima da biblioteca.

Se Pammy fosse responsável por ela tomar chuva, sem a menor dúvida ia levar outro bofetão.

Num determinado Dia da Independência, Paul Sr. a tinha agarrado em meio aos arbustos de crisântemos. Gostou daquilo. Estava desejoso de alguma coisa mais audaciosa. Tudo bem, amigo, cá estamos. Dito e feito. Por volta da época dessa transa junto aos crisântemos, não mais se ouviram os nomes de Milly, Carol Menninger, Evelyn seja lá quem fosse. Por um breve período, esses nomes deixaram de ser ouvidos, não se sentiram aqueles perfumes estranhos durante a fase passageira da vitória-pela-audácia. Onde estariam as crianças naquele mágico Quatro de Julho? Ali por perto, felizes com as estrelinhas. Duas estrelinhas tinham se aproximado. Pararam. Logo partiram apressadas. Bem, com isso aprenderiam no que dava espionar. Aprenderiam que os adultos precisavam de sua própria horinha.

"Olhem, crianças", Paul Sr. havia dito com voz pastosa junto às costas nuas dela. "Bem-vindos a uma visão dolorosa."

Pouco depois desse audacioso Quatro de Julho, a casa quase voltou a ser perdida. Fim de toda a audácia. Na falta dela, os nomes/perfumes retornaram.

Não. A gente lembra errado. Eles trabalharam ombro a ombro para salvar a casa, e toda a questão dos nomes/perfumes havia desaparecido para sempre, ambos considerando risível que alguém pudesse imaginar que Paul Sr. algum dia chegaria até mesmo a considerar...

Ela estava tão cansada.

Idiota da Pammy.

Pammy insensível.

"Para casa", ela disse.

Mais adiante, do outro lado da Pine, varrendo a calçada... será que era?

Era.

Debi Hather. Bom Deus, como ela estava velha.

A estranha garota vulgar no curso ginasial. Grande hippie. Cabeça pequena, cabelos encaracolados, zero de peito. Olhe lá ela agora, ainda esquisita: blusa asiática, calça com laços nos tornozelos, magra como um passarinho. Quem ela achava que era? Gandhi, a mulher do Gandhi?

Vovó hippie?

Varrendo como uma alma penada a calçada na frente daquela antiga cocheira, a casinha em que morava desde menina. Com seus estranhos pais. Mandy e Randy. Ambos mancos. Mancando de forma diferente. Quando caminhavam pela rua, parecia a porra dum festival de dança.

Oi, Eisenstein, vamos parando por aí um *briefen* segundinho, disse Paul Sr. em sua mente. Vamos cãolocar uma pergunta hipertética. Digamos que você fosse a filha de dois coxos, crescesse numa casa minúscula e nunca tivesse *und potten* para mijar? Será que não se transformaria numa mulher estranha, com uns doze casamentos e uma trágica filha fujona?

Não, ela respondeu, não teria.

Tem certeza disso?, perguntou Paul Sr. Bom, talvez eu seja simplesmente burro. Talvez não alcance sua lógica muitíssimo elevada. Talvez, tendo vivido uma vida perfeita, você tenha todas as respostas.

Não tenho.

Não tem.

Não defenda aquela lá.

Só fiz uma indagação, ele disse.

Ele a estava pressionando daquele seu jeito, sem dar à outra pessoa a menor chance de...

Erto ou cerrado, sabichona?, ele perguntou. O relógio está correndo! Resposta, por favor!

Bom, como ela poderia saber? Quem seria ela se não fosse ela mesma? Por que ia querer saber um troço desses? Não queria dizer nada.

"Mamãe, quer ir até lá e dizer 'oi'?", Pammy perguntou. "Ela é uma velha amiga, não é mesmo?"

"Bom, velha ela é", disse Alma. "Mas nunca foi amiga minha."

"Mamãe, Deus meu", disse Pammy.

"Nunca tivemos nada a ver com ela", disse Alma. "Grande hippie. Nunca significou nada pra nós."

Não muito.

De fato, não muito.

Caramba! Lá vem a Alma Carlson. Subindo a Pine. Filha a tiracolo. Pammy ou Kimmie ou coisa que o valha. Ela tinha visto ontem o filho, Paulie, no supermercado. Braços carregados de flores. Para a Alma (!). Sei lá como *aquilo* funcionava. Aquela velha malvada (Alma) recebe flores pelo Dia das Mães. A mãe boa e generosa, (ela, Debi) recebe...

Deus meu, que cara: uma maçã murcha. Uma bolsa de cordão bem apertada.

Quando Deus ou sei lá quem vai dar o apito final? Pra uma megera como ela? Ou simplesmente vai viver por muitos anos apesar de toda a maldade? Ah, Deus ou Diabo, ela, Debi não acreditava muito em Deus ou Inferno ou todas aquelas merdas baseadas em figuras masculinas. Nunca tinha sido um anjo, usara (sim) umas drogas no passado, e também não adorava realmente a ideia de se apresentar nos portões cobertos de pérolas ou sei lá o quê para um Santo qualquer procurar seu nome no livro e dizer: Ei, eu estava aqui computando o número de homens que você teve na vida e... que horror! Pode esperar aqui um minutinho enquanto vou checar com Deus qual é o limite aceitável?

Varre, varre.

(Por que usamos a palavra *varrer* quando o som é mais parecido com *chue*?)

Chue, chue.

Porque, está bem, é isso aí, ela adorava os homens. E eles a adoravam. Isso lá atrás. Pra ela? Representava uma forma de transbordamento de alegria. Como aquele artista na televisão que gostava tanto de pintar que às vezes sua mulher se zangava e ele precisava dizer, segurando o pincel: "Um transbordamento de alegria, Joanie, mea-culpa!". Ela tinha sido assim. Mas em matéria de ir para a cama com homens. Ha! Aproveitara todos, sem exceção. Até mesmo os canalhas. Especialmente os canalhas! Aquele vendedor de Indiana! Com suas vendas para os olhos. Que *doideira*! Será que levava aquilo para todos os lugares? Pelo jeito levava! Mas que Deus o abençoe, ele era *daquele jeito*, aquilo era seu *truque*. Todo mundo tinha um truque ou vários truques e, na opinião dela, se você ama o Universo (coisa que ela fazia, ou gostava de achar que fazia, ou sem dúvida *tentava* fazer), tinha que amar *tudo nele*. Mesmo o sr. Indiana (Ted? Todd?) e seu estojinho com as vendas. Onde andaria agora? Era uns quinze anos mais velho que ela. Por isso estaria... Onde? Num asilo? Morto? Tendo sua conversinha interessante com aquele santo sei lá qual? Sobre vendas? Sobre não parar quando ela pedia...

Mas mesmo aquilo... a gente aprendia alguma coisa com tudo. Ou, pelo menos, ela aprendia. O que tinha aprendido com o sr. Indiana foi que...

Bom, não tinha certeza.
Não namore homens de Indiana.
Ha, ha.
Que piada.
Chue.

Ted/Todd de Indiana tinha sido seguido por quem? Quem mesmo? Carl, depois Tobin, mais tarde a combinação Lawrence/Gary. Adiante a coisa fica indistinta. Deus meu, que rol mais ilustre! Ela tinha mesmo vivido. Sem discriminar alto/baixo, boboca/sofisticado, casado/não casado, era o que desse e viesse. Nenhum obstáculo. Nenhum grilo. Se você está interessado em mim, muito obrigada, faço uma reverência ao seu eu que me reverencia — e mãos à obra. Isso aí, não mudaria *nada* daquilo. Por que lamentar o fato de se abrir para as oportunidades do momento? Aproveite o que vier! Mesmo agora, aproveite! Abrir-se ao mundo. Ela devia atravessar a Pine e dar um abraço em Alma. A sacana ia ficar atônita.

Mas não. Se havia aprendido alguma coisa na vida era que as pessoas precisavam ser aceitas como eram.

Por exemplo, Vicky. Sua filha. O que quer que Vicky tivesse sido em determinado momento, ela, Debi, havia aceitado. Quando Vicky quis ser uma devoradora de livros, usar aquelas enormes botas enlameadas e decorar tudo sobre a Revolução Francesa, além de sempre arrumar a casa, limpar as privadas e tudo mais, ela se comportou como quem diz: Vá em frente, garota, eu a aceito assim. Quando Vicky quis cortar a grama porque o desfile seria naquele fim de semana e toda a cidade veria como a grama deles estava alta (como se *isso* fosse importante), foi como se dissesse: Manda brasa, *minha amiga*: embora você só tenha oito anos, se estique toda, pise firme com essas botas enlameadas e empurre a pesada máquina de cortar grama. Não vou ficar envergonhada com nada disso.

O que quer que Vicky quisesse ser, ela topava.

Mas não seria porreta se Vicky tivesse desejado ser uma moça menos subserviente e mais assertiva, tão segura de si que nada a afetaria? De alguma maneira, lhe coubera a filha errada. O que causava certa tensão. Vicky era tão *nervosa*. Tudo tinha de ser *perfeito*. Como naquela vez em que trouxe para casa um sujeito simpático, Dan, e ela preparou para eles um macarrão com queijo; mas não havia leite porque, devido aos problemas com Phil ou talvez com Clive, estava um pouco distraída e não tinha feito compras na semana anterior ou nas duas semanas anteriores; por isso, preparou o prato com iogurte de morango e, quando os dois se recusaram a comer, ela indicou (apenas para ser honesta) que eram uma dupla de seres humanos bastante privilegiados para torcer o nariz diante daquilo que noventa por cento da população mundial consideraria a porra de uma *iguaria*; e, ao ouvir a palavra "porra", Dan (filho de *cirurgiões*) ficou ruborizado ou coisa que o valha e Vicky começou a gaguejar. E, durante todo o tempo, Vicky — ela se recordava disso em especial, desse detalhe tão típico da campeã em matéria de autossabotagem — tinha mantido seu *aparelho ortodôntico* como um suporte de gaita. Com o rapaz ali ao lado! Dava pra aguentar um troço *desses*?

Sim, tensão. Tensão entre elas. Cada vez maior. Por fim, no último ano do curso ginasial, Vicky demonstrou seu habilidoso truque para aliviar a tensão. Deu no pé. Fugiu. Com aquele filho da mãe do Al Fowler e seu primo magrela e comprido. Al voltou alguns meses depois, disse que a tinham deixado em Phoenix, ela estava enchendo o saco deles.

Duas semanas depois, um cartão-postal: "Mamãe, estou bem. Não tente me encontrar".

E foi isso.

Trinta e dois anos atrás.

Nem uma palavra desde então.
Chue.
É a vida.

Mas, sabe de um troço? De verdade? Ela se sentia bem com aquilo. Tinha criado uma moça independente. Uma princesa guerreira. Uma moça tão focada em obter o que precisava que nem tinha se dado ao trabalho de dizer adeus. À própria mãe. Isso era uma prova de audácia. Era assombroso. Porque, se Vicky *tivesse* se despedido, Debi ia tentar dissuadi-la. Amava tanto a garota! Teria dito: Está bem, olhe, concordo que sou um desastre, muitos homens na minha vida. Nem sempre estou disponível para ajudar com... qualquer coisa, álgebra ou sei lá o quê, mas me dê outra chance. E vou me concentrar mais em *você* e nas *suas* necessidades, vou repudiar quem *eu* sou (uma pessoa que sempre tenta dizer *sim* à vida) e vou fazer o possível (decidido daqui em diante!) para começar a dizer *não* à vida, e, muito falsamente, me submeter a esse molde que você parece preferir para mim ("Mãe Robótica Perfeita"), de forma que nada que eu venha a fazer a desafie minimamente ou faça você pisar um centímetro fora de sua zona de conforto estreita e confinante...

Alma agora estava parada do outro lado da rua. Olhando para ela fixamente. Como que paralisada.

Quê que há? Está querendo o quê? Uma reverência? Uma saudação? Um aceno de mão?

Aqui vai, companheira.

Não vai acenar de volta, Sua Majestade?

Não?

Muito bem.

Longe dela querer julgar. Qualquer um. Em qualquer momento. Julgar significava dominar. Colocar-se acima do outro. Coisa que ela se recusava a fazer. Alguns faziam. Muitos faziam.

Não ela.

Mas seria uma piada, não é mesmo? Quando Alma passasse dessa para uma melhor e o tal santo perguntasse: Por que tão malvada? Por que tão orgulhosa? Por que tão hipócrita? Você achou a vida bela? Onde estava seu *coração*? Por que esbanjou sua vida preciosa tentando possuir, controlar, *interferir*?

E Alma, recém-morta, ficaria lá, chocada, pensando: Estou me dando conta agora. Quem tinha razão? Debi. Quem estava errada? Eu, Alma. Eles então lhe mostrariam o filme de sua vida e Alma veria que Paul tinha trepado com todo mundo, não era mais possível escapar dessa realidade.

Será que ela, Debi, estaria observando tudo ali por perto, no Céu, achando graça? Não. Porque ia viver mais que Alma.

Ha, ha.

Não. Digamos que ela estivesse morta. E diria: Conheci você em vida, Alma. Lembra-se de mim?

Poxa, Debi, oi, me lembro, Alma diria. E sinto muito sempre ter sido arrogante com você.

É, foi sim, ela diria. Mas eu a perdoo.

E o tal santo, muito impressionado com o que observava, diria: Uau. Embora ela sempre a tratasse como merda, você está sendo condescendente agora.

Mas, afinal, você trepou com meu marido, Alma diria. Um porrilhão de vezes. De acordo com aquele filme sobre minha vida que acabei de assistir. Mesmo enquanto eu estava no hospital para dar à luz Pammy.

Isso é uma surpresa para você?, o santo fulano de tal perguntaria. Sobre seu marido?

É sim, Alma responderia. Vivi num estado de cegueira autoimposta, nunca tentei conhecer a verdade.

É pena, o tal santo ia dizer. Tem um troço ruim aqui. Qual é o pecado maior na sua opinião: o adultério ou a obstrução do verdadeiro amor?

Não sei, Alma responderia.
A obstrução do verdadeiro amor, o tal santo diria.
Mas ele era meu *marido*, Alma diria.
Bem, o casamento não passa de uma tradição cultural supérflua, diria o santo sei lá o quê. Ao menos é assim para nós aqui em cima.
Ela trepou com ele uma porrada de vezes, Alma diria, cabisbaixa. Diante dos meus olhos. E eu nunca soube.
E, no entanto, aqui estou no Céu, Debi diria. Pense nisso.
Ha, ha. Tudo aquilo tinha acabado de pipocar na sua cabeça. O poder criativo da mente, uau.
Especialmente a dela.
Bem, Paul tinha merecido coisa melhor. Que Alma. Ele era tão doce! A sensação era de que, fodendo com todo mundo, ele simplesmente estava sendo fiel à sua verdadeira natureza. Tinha tanto prazer naquilo, a elogiava com tanta sinceridade depois, nunca a ignorava em público, como tantos outros, e sempre se animava ao vê-la e às vezes até dava uma piscadela com Alma ali a seu lado. O que era estranhamente delicioso, porque Alma (ela tinha que admitir) sempre tivera certo glamour, era uma das garotas mais velhas e (ah, podia lhe conceder isso também) era realmente bonita. Certa vez, numa espécie de festa de quintal, Paul tinha lançado aquela piscadela e eles se escafederam para dentro de um depósito de material de piscina ou coisa parecida; depois, quando ele voltou para Alma, que estava com ar preocupado (como costumava estar naquela época, ha, ha), Paul pousou a mão na bunda de Alma enquanto dava outra piscada na direção dela. E Alma se encantou tanto com a mão dele na bunda, como se aquilo realmente *significasse* alguma coisa para ela, que, pensando agora naquela beatitude singela e patética, Debi foi atingida por uma pontada de sentimento de irmandade, como se dissesse: "Os homens são uns porcos, minha

irmã, não é mesmo?", embora, na época, nem tanto, porque ela havia acabado de ser desprezada por Eric ou Chase e aquela segunda piscadela a deixara realmente felicíssima (porque significava, segundo ela entendeu, "*Das Wifen* não tem ideia de como foi gostoso você, toda safada, chupando meu pau agorinha há pouco enquanto eu estava sentado naquele garrafão de cloro").

E como aquele cara falava bem! "Estou maximamente em brasa *pour toi*", ele disse. Essa ela tinha anotado. Em seu diário louco. Que tempos! Trepava com qualquer um e anotava no diário louco.

Como Alma podia não saber? Que Paul tinha sido um tremendo fodedor? Literalmente? Ela, Linda, Milly K., aquela iraniana, as duas irmãs Porter, Mag Kelly, Evelyn Sonderstrom. E essas eram apenas as que ela conhecia pessoalmente! Todo mundo sabia. Como era possível que Alma não soubesse? Você andava pela cidade e via um cara alto e pálido, com cara de bobo, saindo de alguma casa ou levando alguma garota (ela, Debi, aceitava a sentença como culpada) para os fundos da igreja de são Judas Tadeu a fim de dar uma rapidinha, cantarolando "Kumbaya" em tom irônico. Alguns dias depois, ele mandou um bracelete. Na verdade, um bracelete bonito. Ainda o tinha. Ia doar para um abrigo de mulheres. Jesus Cristo, o que ela *tinha sido* naqueles dias? Fodendo com um cara casado? Atrás de uma igreja?

Não, sabe de uma coisa? Ela amava aquela mulher. *Louvava* aquela mulher. Aquela mulher que ela tinha sido: autêntica, espontânea, que nunca pensava duas vezes. Sobre nada.

Simplesmente *pulava*.

Às vezes era tão frustrante! Ter nascido no tempo errado! No futuro, ela tinha total certeza, as pessoas seriam francas e livres, fodendo com quem quisessem e vivendo em comunidade, dividindo todas as responsabilidades: se você fosse chegado a cozinhar, limpar ou coisas do gênero, faria isso; ou, se fosse mais criativo e se sentisse mais autêntico no relacionamento com os outros, oferecendo conselhos para os problemas, fumando um baseado para ir mais fundo, você faria isso. Ninguém seria dono de nada nem de ninguém. Todo mundo faria exatamente o que ela ou ele gostasse, e ninguém ia fazer fofoca sobre ninguém, olhar ninguém de cima para baixo, considerar alguém uma vagabunda, todas as casas seriam do mesmo tamanho e, se alguém começasse a construir um anexo luxuoso, todos estariam lá dizendo: *Não, essa não, somos todos iguais aqui*; e, se a pessoa fizesse um auê por causa disso, eles simplesmente... bom, haveria uma espécie de conselho. Que, com toda justiça, ia sistematicamente derrubar aquela elitista. Trazer ela ao nível geral. Fazer com que morasse numa casa menor. De castigo. E alguns desse grupo que tinham preferido dar conselhos e fumar maconha poderiam simbolicamente ficar com a casa da opressora. Só por um tempo. E com o marido. Até que ela de fato se arrependesse. E, se a elitista resistisse, recusando-se a arrepender-se de verdade (tal como avaliado pelo subgrupo mais sábio), ela poderia ficar naquela casa bem menor até ceder, enquanto o grupo mais sábio se reuniria do lado de fora, xingando-a, criando um tipo de cerco até ela estar quase morrendo de fome e...

Era tão injusto. Ela tinha amado Paul e Paul a amara também, mas nunca vivera com ele um só minuto; e então ele tinha rompido o relacionamento e ela era obrigada a passar de carro na frente da casa de Paul todos os dias a caminho daquele trabalho imbecil de recepcionista, observando como aquele pavoroso anexo ia sendo construído e às vezes vendo Alma, de braços cruzados no meio das armações de madeira, fumando com ar presunçoso.

E, no entanto...

Quem tinha vencido? Quem era feliz? Quem era feliz naquele instante? Era Alma? Não tinha cara de quem estava muito feliz.

Ela, Debi, estava feliz.

Feliz naquele momento, naquelas condições. O vento soprando mais forte, nuvens negras acima do Centro de Lazer, calcanhar esquerdo fora do chinelo, tudo perfeito.

Partida ganha, Debi.

A vida era dura, as pessoas diziam. Mas não. Ela discordava. A vida era sábia. A vida *compensava*. O amor de sua vida foi embora, muitos anos se passaram e a filha fugiu, coisa que quase a matou, mas então, jogada às baratas, você foi forçada a refletir, ver o que tinha sido bom na sua vida, ver o que tinha sido melhor e, quando a resposta foi: "Paul, Paul foi a melhor coisa que aconteceu comigo", você voltou aos poucos para ele, procurou-o, de certa maneira o atraiu para o relacionamento, para você, e qual foi o resultado? O ano mais feliz de sua vida. Da vida de ambos. Foi o que ele disse. "Nunca fui tão feliz. Essa é a verdade." As palavras exatas. Ela tinha tido isso. E então ele morreu. Típico da sorte dela.

Como obviamente não podia comparecer ao hospital Chasen-Winney nas horas de visita, foi às escondidas até a sepultura alguns dias depois, chorando copiosamente. E então lá veio Alma. Interferindo, interrompendo, como sempre. Naquela belezinha daquele Granada vermelho que Paul havia comprado para ela. Presente de aniversário. Ai, meu Deus! Debi teve de escapulir atravessando um bosque e estragando seus sapatos pretos novos porque (quem diria?) tinha um *pântano* nos fundos do cemitério. Por fim saiu de lá aos trambolhões, como uma espécie de fantasma melancólico. Entrou na Wendy's para tomar um milk-shake, a lama vermelha se acumulando em volta dos sapatos destruídos, enquanto o rapaz que varria a loja olhava aquilo como se dissesse: Minha senhora, já é estranho que venha chorar na Wendy's. Mas saia por favor para que eu possa limpar essa cagada que está fazendo aqui.

E então ela precisou telefonar para Cal, no trabalho, para que ele a levasse de volta ao cemitério, onde pegaria seu Dart.

O fim.

Solitária desde então.

Chue.

"Poxa, mamãe, acena de volta", disse Pammy. "Você está se comportando como uma maluca."

Não acho que eu vá acenar, Alma pensou.

"Ela não passa de uma velha senhora", Pammy continuou. "Por que ferir seus sentimentos? Seja como for, é o que eu acho."

"Isso é porque você não sabe de porra nenhuma", Alma disse. "Macaco, olhe para o próprio rabo. O que é que você fez até hoje?"

O vento de repente ficou frio, espalhando folhas para todos os lados.

Ah, maravilha. Agora Pammy estava furiosa. Coitadinha, Pammy era sensível. Delicada. Quem saberia por quê? Ela sempre tratara bem da Paminha.

Ha, ha. Paminha. Quase tinha esquecido que costumavam chamá-la assim. Paminha. Usando trancinhas. Na ponta de uma trancinha, o laço de fita cor-de-rosa, na ponta da outra trancinha, o laço de fita amarela. Porque era desse jeito que Paminha queria. Paminha de pé sobre um banquinho dirigindo a produção das tranças com grande confiança. Ela não tinha pensado nisso há… podia sentir o cheiro da cabeça da menina naquela época. Um cheiro doce. Com um toque de trevo. Para onde tinha ido aquele cheiro? Para onde aquela criança cheia de confiança…

Certa vez, Paminha chegou de uma aula na segunda série perguntando o que era *motivo de chacota* e *mulherengo*. Quem tinha falado essas coisas?, Alma perguntou. Quem vinha contando essas mentiras sujas? Como tinha tomado uns tragos, ela foi durona. Pammy não dava um nome. Então obrigou a menina a ficar num pé só durante certo tempo. Depois, Paminha teve a boca lavada com sabão por ter desobedecido a uma ordem expressa...

Os sinos da igreja de são Caspiano tocaram uma, duas, três vezes.

Agora vinha a chuva. Perfeito. A idiota da Pammy. Oito quarteirões até chegar em casa. Os joelhos dela estavam pifados. Qual é o plano, Pam? Vai me carregar? A coluna da Pammy era estropiada. Ela não ia carregar merda nenhuma.

Pedrinhas de granizo começaram a quicar na calçada.

Bonito.

Ai, bonito coisa nenhuma.

Ei! Puta merda! O que...

"Mamãe, é melhor correr", disse Pammy.

Correr? Corra você. Eu não posso, sua tonta. Não corro desde...

Então estava correndo. Mais ou menos. Atrás de Pammy. Meu Deus, que maneira engraçada de correr, embaralhando as pernas. O granizo fustigava seus braços como vespas. Vespas num mergulho direto. Uma pedra do tamanho de um limão se esborrachou na calçada à frente delas como um sorvete.

Puta merda. E se isso atingisse alguém?

Pammy tinha tirado a blusa de moletom e a mantinha no alto. Acima da cabeça de Alma. Deus, que garota! Lá só de sutiã, braços nus e cor-de-rosa bem levantados. Para que sua mãe não fosse atingida. Cabelo cheio de pedrinhas de granizo como contas de plástico naqueles velhos troços católicos...

Sentiu uma onda de ternura por Pammy.

Alguma coisa golpeou Pammy na cabeça e um pequeno rasgão vermelho apareceu onde o cabelo começava. Pammy parecia atordoada. Chocada demais para se mover. Uma árvore? Perto da casa dos Obernick. Ela empurrou Pammy até a árvore. Melhor assim. Não, não era. O granizo estava agora atacando com força os próprios galhos. Uma chuva de galhos quebrados desabou sobre a cerca da casa dos Obernick: um, dois, três, quatro, cinco. Meu Deus, precisavam sair dali. Caiu mais um galho, ferindo-a no ombro. Ei, isso doeu, seu palhaço! Como quando Karl Metz a acertara com aquele martelo.

Alguém chamava seu nome.

Do outro lado da rua.

As pedras de granizo que ricocheteavam no guarda-chuva preto de Debi pareciam suor saindo da cabeça de algum personagem de desenho animado quando ele supostamente está preocupado. Uma vez Paul Sr. lhe mostrara um cartum assim. Um desenho pornográfico que Paulie depois achou. O sujeito muito preocupado ao ver sua mulher trepar com um enorme marujo ou...

Não ia funcionar. Não ia funcionar ter a ajuda da Debi. Ou funcionaria? Talvez. Não, não mesmo. Paul tinha gostado demais daquela mulher. Entre todas, a de quem mais gostou e com quem ficou mais tempo, voltando a ela quando não queria mais saber das outras. Foi humilhante. Que tivesse ficado por mais tempo com a mais vagabunda, a mais estranha, sempre falando bem dela, como se realmente pudesse...

Homem velho. Homem idiota. Velho apaixonado. Velho tão feliz, de cuecas, em frente ao ventilador, contando tudo como se ela devesse estar feliz, feliz por ele, feliz por...

Dispensou Debi com um gesto incisivo.

Não precisamos de você, sua puta. Não queremos sua ajuda.

Encostou na cerca dos Obernick. Cerca suja. Alguém devia pintá-la.

"Mamãe?", disse Pammy, um fio de sangue correndo pelo rosto. "Você está bem, mamãe?"

Ela empurrou Pammy. Não conseguia respirar. Depois de empurrada, Pammy se manteve distante. Ela era assim. Carinhosa mas fraca. Não quicava de volta. Podia ser empurrada pra longe de vez.

A cerca cedeu. O chão se aproximou. Ai, cerca barata. Ela devia processar aqueles imbecis dos Ober…

Estava agora caída no chão, um pedal de bicicleta abandonado ocupando seu campo de visão. Uma formiga caminhando sobre ele. A cerca estava de pé. Ainda de pé. Não cedera. Só ela tinha cedido. Por que diabos estava caída no chão?

Ah, Deus, alguma coisa em seu coração. Alguma coisa em seu…

Os sinos da igreja de são Caspiano soaram uma, duas, três vezes.

Chuva chegando. Que chatice.

Ia ficar presa em casa o dia todo.

Do outro lado da Pine, os girassóis dos Denison estavam se curvando ao vento. Alma e qual-era-o-nome-dela estavam dobradas como um par de jovens ogras. Mamãe ogra e filha ogra, passeando na cidade dos monstros. No Dia das Mães Ogras. Que simpático. Que coisa mais doce. Que coisa mais estranha.

Um outro *chue*.

Lá se foi.

Deixa chover! Jesus, que dilúvio! Manda ver! Sim! Beleza! Memorando da Mãe Natureza: posso ser uma senhora louca. Não me sacaneiem. Transformo instantaneamente a Pine Street num rio, entupo os ralos nas sarjetas e atiro (lá vai bala!) uma torrente de pequenos cristais que vocês seres humanos chamam de "granizo", mas eu, a Mãe Natureza, chamo de "meu maravilhoso espetáculo" porque eles vão ressoar e ricochetear no ritmo da música que eu toco, quicando na rua, que se tornou escura por conta da chuva, e chegando à cintura de vocês, caindo igualmente sobre os miseráveis e sobre os...

Nozes!

Bolas de golfe!

Caramba!

Porra!

Como é que Alma estava se virando? Nada bem. Sendo bombardeada. Ha! Vai nessa, garota. Esse é um bom exemplo do mundo servindo como professor. Tente escapar disso se valendo de arrogância, Sua Majestade.

De longe veio o som de um desfile, aquele som distante de tambores, coisa esquisita porque qualquer desfile teria sido cancelado, não é mesmo? Por causa do granizo. Só que não era um desfile, e sim o som das pedras maiores até então desabando em cima (cacete!) do Fiesta dos Obernick, da lata de lixo dos Neill, que — opa! — tombou de lado (como se tivesse sido nocauteada) e saiu rolando para o meio da rua.

Pammy ou Cammie ou sei lá quem tinha tirado a blusa e feito uma tenda para cobrir Alma.

Cobrir a mãe.

Na verdade, um troço carinhoso.

Ah, que diabo, em algum lugar naquela bagunça ela devia ter um...

Entrou em casa, pegou o guarda-chuva do pai, com cabo em formato de pato, saiu.

Porque, quem era ela? Era Debi. Quem era Debi? Debi era generosa, uma boa pessoa. Conhecida por essa característica...

dava em profusão para os outros, era cordial com eles apesar de a maltratarem, mesmo uma malvada como Alma, que (sim, está bem, Debi admitia isso) muitas vezes tinha desejado ver morta para ter uma chance decente de possuir o homem que amava, uma casa de verdade e todas as coisas que a gente devia ter neste mundo — mas não, não queria mais ver Alma morta porque ela, Debi, era *amor*, era *perdão*, era *bondade*, era *luz*; onde havia necessidade, lá estava Debi, e era por isso que estava prestes a...

Parou, com o guarda-chuva aberto, e gritou para o outro lado da rua.

Espere.

Espere um minuto.

Será que Alma tinha indicado com um gesto que ela não se aproximasse?

Tinha sim. Ah, meu Deus! Fala sério. Que folgada! Que colhões! Ainda rainha? A camponesa de classe muito baixa? Que vinha pegá-la, Alteza?

Vá se foder, Alma.

Que isso seja uma lição para você.

Essa merda eu não vou engolir.

Porque ela, Debi, também era uma pessoa dotada da sabedoria de deixar que o mundo ensinasse aos maus uma lição enquanto ela se mantinha calmamente à distância, observando o cosmo com confiança nele.

Entrou, bateu a porta, jogou o guarda-chuva no suporte. Foi para o aposento do meio, o antigo quarto de seus pais, pegou raivosamente o material do imposto de renda no armário de documentos, ficou remexendo nos formulários à toa. Pensando como era estranho (na verdade, como era bonito, uma benção misteriosa e inesperada) que, após toda uma vida sendo a pilhéria de todos (foda fácil, amante desprezada, mãe abandonada), ela finalmente (na hora H) estava aprendendo a assumir a porra duma atitude por conta própria.

Ficou lá uns quinze minutos, furiosa, sem fazer absolutamente nada. Até ouvir a primeira ambulância chegar, quando pulou para a janela com o coração na boca, e observou enquanto, sem nem tentar aplicar as pás do desfibrilador para dar o choque, os enfermeiros puxaram o lençol por cima da cabeça de Alma e a embarcaram.

A mente de Debi saltou para a frente, registrou uma pequena explosão, sossegou.

Alma agarrou uma ripa da cerca. Para... para escapar. Daquilo. Da dor. Alguma coisa nova estava acontecendo agora. O aperto no peito era maior. Meu Deus, tal como o trabalho de parto do Paulie. Depois foi além, era o trabalho de parto da Pammy, e ela estava parindo algo maior que Pammy, saindo do seu peito.

Deus, oh Deus.

Pop! Era como o descreveria se ainda fosse capaz de descrever.

Pop!

Uma porção de pequenos seres então chegaram. Deus, volte. Ela não sabia se devia fazer carinho neles ou chutar. Enquanto a encaravam, viu que estavam dizendo: *Cuidado, garota, cuidado*.

Chegou nesse momento o chefe deles, um homem.

Paul Sr.

Tão bonito!

"Você finalmente se deu conta, querido?", ela perguntou. "E ama a pessoa certa? A que conhece há mais tempo e entende melhor você?"

Bastava vê-lo para saber que a resposta era não.

Ainda não.

As muitas coisas se condensaram em apenas duas. Um menino e uma menina. Paul deu um tapinha na cabeça deles e se transformaram em bebês. Que ficaram se escondendo, assustados, atrás de Paul. Olhando-a com maus olhos. Como se ele os protegesse. De quê? Dela? Nem fodendo! A culpa era dele! Nunca deixou que fôssemos uma família!

"Você agora me aceita como eu sou?", Paul perguntou.

O quê? Que sacana! Que tal *me* aceitar como *eu* sou? Me tratar bem. Como sua esposa. Uma esposa de verdade. É pedir demais? Largar todas as outras. Amar só a *mim*. Vai fazer isso? Vai?

Ela viu que a resposta ainda era não — e sempre seria.

Aquilo doía. Doía muito. Outra vez. Bem, se ele queria brigar, ela sabia o que fazer. Gostava disso. Era boa nisso. Faria com que ele pagasse. Como sempre tinha feito. Você imaginaria que ele soubesse que...

Olhou para baixo. Suas mãos brilhavam. Vermelhas.

"Isso não tem nada a ver com ele", disse o bebê do sexo feminino. "Como *você* quer ser?"

Como aquela criancinha podia falar tão bem? Era como um pequeno gênio. Usando fraldas. E o que ela queria dizer? Tinha tudo a ver com ele. Ele havia feito tudo. Estragara tudo. Antes que Paul bagunçasse com ela, Alma tinha sido uma gracinha, cheirando lilases no dia da formatura, sacudindo o diploma por um canto. Foi Paul. Paul quem fez as mãos dela ficarem assim. Foi enxugar os olhos e pôs fogo nos cabelos.

Não era nenhum problema.

Não doía.

Muito.

Agora Paul tinha ido embora. Os bebês pareciam perdidos. Ela os pegaria. Primeiro o menino. Seus olhos se esbugalharam ao ver as mãos quentes dela. Afastou-se engatinhando. Ela foi pegar a menina. Também se afastou engatinhando. Era como quando se deixa cair uma folha de papel num dia ventoso e ela decide ludibriar você. Ela imobilizou-se. Os bebês voltaram. Eles a queriam. Mas havia o problema das mãos. Fez menção de pegar o menino. Que se afastou engatinhando. A menina, que se afastou engatinhando.

Então aconteceu de novo.

E mais uma vez.

Como se durasse cem anos.

Apareceu um toco de árvore. Em algum momento.

Ao menos agora podia sentar-se.

Sentou-se, tentando entender.

Pelo jeito, ela devia admitir que estava errada. Mas não estava. Se estava errada sobre aquilo, então não havia o certo.

Talvez pudesse fingir.

"Está bem, está bem", disse em voz alta. "Eu estava errada. O tempo todo. Em tudo."

As mãos ainda quentes.

O toco começou a crescer, elevando-a acima dos bebês. Então: latidos terríveis. Os outros seres estavam de volta. Com dentes enormes.

Lá vinham eles, se espalhando como hienas por uma vasta planície.

Verdadeiros comedores de criancinhas.

Meu Deus, tão rápido. Ela teria de erguer os bebês. Abaixou-se e pegou o menino, queimando seu bracinho.

Como fazer aquilo, como esfriar as mãos?

"Foi culpa de quem?", a menininha perguntou.

"Dele!", Alma exclamou. "Dele, dele, dele!"

Os braços ficaram quentes até os cotovelos. Que intimidação! Quem quer que a tivesse feito assim, incapaz de mentir, estava agora abusando dela por não saber mentir.

Os seres-hienas chegavam mais perto, com bafo de comedores de carne e dentes amarelos.

"De quem?", a menininha perguntou. "Culpa de quem?"

"Não sei", ela gritou, desesperada. "Sinto muito, sinto muito, realmente não sei! Minha? Culpa minha?"

"Não", disse a menininha.

Que inferno! Muito bem, esqueça os bebês, ela ia ficar com as mãos quentes. Ela era o que era, afinal. Ninguém podia culpá-la. Enquanto fosse Alma, ficaria com raiva. Tinha esse direito. Será que *queria* ter raiva? Não. Queria era ser ela mesma, mais moça. Antes de ter raiva. Antes de Paul. Cheirando lilases, balançando o diploma. Não, até antes: tão moça que ainda não queria nada, não gostava de nada, não desgostava de nada. Não, ainda antes: antes até de ser Alma, porque Alma sempre encontraria Paul, amaria Paul — e Paul sempre seria Paul.

Ocorreu-lhe aquilo, e então estava acontecendo: tudo se arranjaria quando deixasse de ser Alma.

Seus braços e mãos esfriaram e empalideceram, perfeitamente normais.

Ela debruçou-se e pegou os bebês.

"Quem você *quer* ser?", a menininha sussurrou no ouvido dela quando o toco cresceu o suficiente para ficarem a salvo dos seres-hienas, que latiam e rosnavam mais abaixo.

Foi como esperar no topo da montanha-russa chamada Alpino. Naquele carrinho de madeira, incapaz de acreditar que o que estava prestes a acontecer ia acontecer em breve. E então, enquanto pensava, Deus, ah meu Deus, isso não pode de jeito algum...

"Ninguém nem perto de casa lá", o enfermeiro chamado Henry disse à enfermeira chamada Claire.

O que era uma grosseria, Claire achou. Mas, na verdade, não, estava tudo bem: a filha não podia ouvir, soluçando, encostada numa árvore.

Elliott Spencer

Hoje é para ser   Partes do   Partes do meu
Claro, Jer   Por favor   Aponte para as partes do meu corpo enquanto diz o nome delas que consta da nossa lista de Palavras que Vale a Pena Conhecer.
Manchas senis
Dedo
Pulso
Ao chegar a *pulso* Jer diz: Esse aqui parece ter sido quebrado. E cutuca.
Doeu?, ele pergunta.
Sim, respondo.
Lombo
Cintura
Você não era nenhum brotinho, diz Jerry.
Não entendo o que acabou de dizer, explique por favor, eu digo.
Você não era moço, diz Jerry. Seu corpo não é de uma pessoa jovem.

Ah, isso é legal, eu digo. Isso é legal, Jer.

Jer sacode a cabeça no seu jeito peculiar Como se dissesse: 89, você me faz mijar de tanto rir.

Faz um tempão, talvez uma semana, tivemos nossa Sessão de Explicações devido à figura de linguagem *fazer mijar de tanto rir* É bastante comum, como Jer me mostrou na *internet*.

Braço
Perna
Umbigo
Cicatriz, no *Estômago*
Pênis

Passamos a manhã inteira aprendendo, até não sobrar nenhuma parte do meu corpo.

E, à noite, durante toda a noite, uma gravação fica me ajudando a melhorar minha Sintaxe.

Já aprendemos *berrar*?, Jer pergunta.

Emite um som alto e assustador.

Você agora, diz Jer.

Eu *berro*.

Então, contra *quem* vamos berrar?, pergunta Jer. Contra quem estiver na nossa frente.

Contra quem estiver na nossa frente, repito.

Fique à vontade para berrar palavras ou frases, ele diz.

OLÁ!, eu berro.

89, você é sempre tão bom em tudo!, ele diz.

Então, sendo muito generoso, ele me ajuda pronunciando algumas palavras que talvez eu queira berrar.

Puto

Bosta
Pulha
Idiota
Podemos conhecer as Definições?, pergunto.
Ah, claro, Jer responde.
Como se verifica, todas querem dizer a mesma coisa:
Puto = indivíduo na nossa frente.
Bosta = indivíduo na nossa frente.
Pulha = indivíduo na nossa frente.
Idiota = indivíduo na nossa frente.
89, sempre chamei você de 89, Jer diz. Mas amanhã você vai se transformar em Greg. Que tal?
Eu sou Greg?, pergunto.
Vai ser, diz Jer. Amanhã. Porque amanhã é... adivinhe só? Dia do Primeiro Trabalho.
Excitante! Há muito espero pelo Dia do Primeiro Trabalho o Primeiro Trabalho segundo Jer é: *extremamente nobre e elevado* Segundo Jer: Vou defender a *liberdade* Para os *pobres* e *doentes* Vou defender os *fracos* Dos *opressores*.
Mais Definições. Com a ajuda do livro Ilustrações Úteis:
Liberdade = pássaro voa com um sorriso no bico, num cartum.
Pobre = criança triste, os bolsos para fora da calça.
Doente = sujeito magro na cama, os olhos representados pela letra X.
Fraco = sujeito no deserto, tentando pegar um copo de água e fracassando.
Opressor = em quatro gravuras seguidas do livro, um sujeito alto, com cara de monstro, espeta um pau no corpo de um *fraco*, que vai ficando cada vez mais *fraco* com cada cutucada.
Por que os *opressores* querem cutucar os *fracos*?, eu pergunto.
Eles são maus, responde Jer. Precisam ser parados.

De fazer aquilo, eu digo.
Correto, diz Jer. E você é parte importante da solução.
Caramba carambola!, como Jer poderia dizer.
Nunca me senti tão valorizado até hoje.

Dia do Primeiro Trabalho!
Ônibus, diz Jer. *Camaradas*.
Camaradas = muitos novos companheiros no *ônibus*   Todos, como eu, usando roupas verdes.
Barulho do motor, e partimos.
Conversem, diz Jer.
Conversamos   Fazemos isso   Cada um fala seu nome   Digo que sou Greg   Aquele é Larry   Aquele outro é Vince   Outros três se chamam Vince   Um se chama Greg como eu   Há outro Greg   E um Greg lá na frente   Há sete Conors ao todo   E oito Williams   Todos felizes   Exceto Jer.
Jer, no telefone: Ei, Roberta, boa escolha de nomes. E essa era a única porra de tarefa que você tinha.
Zangado, eu digo. Irritadiço.
Olha, 89, diz Jer baixinho. Você fala melhor que qualquer um desses babacas.
Verdade: meus *camaradas* falam como bebês, poucas palavras.
Por sua causa, Jer, eu digo.
Cessa o barulho do motor.
Pronto, amigo?, Jer pergunta. Para berrar?
Espero que sim, respondo.

Jer e outros Supervisores nos levam a: *árvores*   Mas há algo errado: Nossa *árvore* no Ilustrações Úteis tem *esquilo*   Nenhum esquilo perto dessas *árvores*! É melhor consertarem nosso livro.

Os Supervisores dizem: Tirem as roupas verdes   Dobrem e deixem aqui   Depois nos dão novas roupas de várias cores   Nos vejo nus com muita timidez   Tendo visto antes só meu próprio *pênis, lombo, barriga*   no espelho de nosso Quarto Valente   Nos vestimos rapidamente   Sigo Jer e os Supervisores descendo   a *colina*   Florezinhas brancas se agitam   Ei, não andei tanto em

Bem, nunca!

Lá estão eles, diz Jer.

E, sim, lá estão   Muitos *Putos, Bostas, Pulhas, Idiotas*   à nossa frente   Entre eles e nós: área baixa e comprida que eu chamaria de *rio*   Cheia não de água, mas de *Policiais* parecendo nervosos.

Sinto um pouco de vergonha por ser o primeiro a berrar, mas adoro tanto o Jer que simplesmente berro.

Outros se unem a mim   Gregs, Conors, Williams, Vinces   Todos Berram até nossa garganta ficar realmente dolorida.

PutoBostaPulhaIdiota!, berra um dos Conors.

Que maneira criativa para   Ele simplesmente juntou tu

Assim nos manifestamos a favor dos *doentes* e *pobres*, defendemos os *fracos* dos *opressores*!   Gritando para eles *PutoBostaPulhaIdiota*!   Por cima daquele *rio* de Policiais!   Pisando em florezinhas brancas   Passarinhos em cada uma das cinco árvores   Vez por outra cai um pequeno galho   Como se o canto dos passarinhos o derrubasse.

Muito bem, Jer diz no ônibus. Realmente trabalharam bem, todo mundo.

As roupas verdes devolvidas, voltamos a vesti-las.

Se preparem, diz Jer.

Então é a hora da *Root Beer*   Que eu nunca   Nenhum de

nós tomou   De repente apaixonado pela *Root Beer*, e gostaria de tomar outra   Podemos?   Podemos.

De volta para casa, aquecido e feliz num nevoeiro de *Root Beer*.

Jer olha para mim   dá uma piscadela que significa: 89, você trabalhou muito bem.

Coisa que sem dúvida faz bem ao coração.

O Quarto Valente tem um *problema de intercom*   Depois de um estalido   todos no Quarto Valente podem ouvir claramente quem está do lado de fora   falando, enquanto eles, do lado de fora, não sabem disso.

Uma vez, por exemplo, faz muito tempo, na semana passada, Kennedy B. falando ao telefone com o namorado Kevin:

Faço compras, cozinho, disse Kennedy B. Além disso, tenho um emprego a que, tipo, realmente preciso *ir*?

Comigo e com Jer no Quarto Valente, Meg lançou um olhar para Jer que significava: Ha, ha, estamos escutando Kennedy B. ao telefone e ela não sabe. A seguir, pôs o dedo em cima dos lábios, como quem diz: Se ficarmos calados, vamos ouvir mais.

Isso não é trabalho, Kevin, disse Kennedy B. Não considero que deixar Jeeves entrar e sair seja um trabalho de verdade. Quando alguém começa a te mandar um cheque por fazer isso ou por recolher o cocô dele, aí isso é um emprego. Na minha opinião.

Provavelmente devíamos consertar esse troço, disse Meg.

Ah, poxa, disse Kennedy B. Isso está ligado? Vocês podem me ouvir?

Não, disse Jer.

Não estou falando com você, querido, disse Kennedy B. Estou falando com Jerry e Meg.

Hoje, sozinho no Quarto Valente, ouço de repente um estalido:

Mas tem uma coisa que eu não entendo, diz Meg. Por que ele precisa saber de *manchas de senilidade*? De tantas palavras? Certo? Uma grande perda. Só precisa saber o suficiente para movimentar essa carcaça velha por aí. Estamos treinando mordomos aqui? Maridos substitutos para viúvas? Voltamos a fazer essas coisas?

Quisera, diz Kennedy B. em tom triste.

Quer saber honestamente?, diz Jer. É o que me interessa. Essa merda fica muito chata.

Mordomos? Marido? Viúvas? Interessa? Merda?

Não entendi o que você acabou de falar, por favor explique, eu digo.

89, você ouviu tudo isso agora?, pergunta Jer.

Ouvi, eu digo.

Vá dormir, 89, diz Meg. Grande dia amanhã.

Segundo Trabalho amanhã, diz Jer. Você foi aprovado para o Segundo Trabalho.

Porque trabalhou muito bem no Primeiro, diz Meg. Isso não é legal?

89, você está mesmo se dando bem, diz Kennedy B.

Segundo Trabalho:
Outra vez *ônibus*.
Chegamos a um *Local* inteiramente novo.
Algumas mulheres descem   de um outro *ônibus*   Vão mudar de roupa   atrás de um *biombo*.   Que nossos supervisores chamam de *biombo infeliz*   Enquanto piscam o olho   As mulhe-

res entram de verde e saem vestindo roupas de várias   Uma não consegue calçar o sapato e, rindo de si mesma,   sacode a cabeça, joga o sapato para longe   Tira o outro sapato, atira   Como se dissesse: *Ah, que se dane, quem precisa de sapatos para berrar?*

Nós homens vamos para trás do *biombo infeliz*   Que ainda tem um cheiro de mulheres   Lá estão empilhadas as roupas verdes delas   Todos se imobilizam, nossos olhos ficam meio vidrados   Vamos acabar com isso, diz Jer, alarmado.

Podem sonhar, diz o Supervisor Marty.

Como se estivesse acontecendo, diz Jer.

E enfia em nossos braços montes de novas roupas.

Hoje visto: blusa branca   calça azul   chapéu de feltro marrom.

Vendo em meio às cabeças em movimento dos camaradas: um *playground*   Como no livro de Ilustrações Úteis   Exceto que não   Outro erro   do livro!   Esse *playground* não tem *crianças* correndo atrás de *borboletas*!   Só *Policiais*   De pé, com cara de infelizes   Um sentado no *balanço*   Seu amigo *Policial* dá uma cutucada nele   Que o faz pular para fora   Enquanto o *balanço* fica *balançando*   O que pulou fora me encara   tento uma piscadela.

Nada feito.

Aquele *Policial* não deve estar com vontade de piscar.

Atrás dos *Policiais*: multidão de *PutosBostasPulhasIdiotas*.

Nós berramos   Que barulhão fazemos pelo bem!   Então algo acontece   Um *PutoBostaPulhaIdiota* de repente está aqui   Do nosso lado   No meio de todos nós!   Berrando!   Para nós!   Tão perto que posso ver uma ferida em seu lábio   O Greg sempre mais tranquilo dá um tapa nele   Ele reage com um tapa no tranquilo Greg   Nosso maior Vince   acerta um soco na cara do *PutoBostaPulhaIdiota*   O *PutoBostaPulhaIdiota* cai no chão   Não berra mais   Só cobre o rosto   Esquivando-se, acovardado   Vários Williams, um Conor magro, três Vinces se reúnem em volta dele com agressividade   Os pés e pernas deles começam a se mover.

Será que aquilo deve   deve realmente

Me afasto   Ofegante   Lá está um pequeno banheiro   Que de fato cheira ao que é   Sento apoiando numa das paredes   Coração martelando feio   Será que é correto fazer um breve repouso durante o Trabalho?

Espero que sim.

Lá vem Jer.

Que diabo você está fazendo aqui, 89?, ele pergunta. Meu Deus, vamos.

Greg, eu digo.

Greg, certo. Sem dúvida, quem quer que seja, diz Jer.

Puxado por Jer, passando pela *fonte*   De onde sai água sem Embora ninguém esteja bebendo dela   Passando por três mudas de *árvores* presas ao solo com arame   Puxado pelo querido Jer de volta com meus

Ulalá.

Meus Conors Gregs Vinces meus

Querido Jer.

Parabéns, Jer.

Sem *Root Beer* para mim, muito obrigado, na volta para casa.

Por estar *chorando*.

Sei *chorar*   Só nunca tinha feito isso.

Choro sem parar.

Jer, falando baixinho, perto de mim: O que você está fazendo, 89, por que está chorando?

Eu: Não sei, desculpe, desculpe.

Jer: Pare. Precisa parar. Vê mais alguém aqui no ônibus chorando?

Não, respondo.

O Conor que chutou, os Williams que chutaram e os Vinces que chutaram e deram socos estão muito felizes bebendo *Root Beer*.

Toma isso, diz Jer.

Me dá um trocinho branco

Jer, você sempre me ajuda, Jer   Obrigado, Jer   Você não quer que meus *camaradas* me vejam *chorando*   E eu também não quero que meus *camaradas* me vejam *chorando*.

Engole, ele diz. Engole, seu bobo. Não pode ficar com isso na boca. É uma *pílula*. Engole.

Alguns segundos depois não me sinto triste   Nem um pouquinho   Apesar do rosto ainda molhado, me sinto bem pra caramba   E sonolento   Bem pra caramba, sonolento pra caramba.

Já desabando, com o olho esquerdo vejo o que está do lado de fora da *janela*:

Fazendas noturnas vão ficando rapidamente para trás.

Por que à noite todas as janelas das *fazendas* são cor de laranja?   É um mistério gostoso para pensar enquanto o sono

Deve ser noite porque o aquecimento está ligado.

Vontade de tirar as roupas verdes suadas.

Faço isso.

Começo a *chorar*   Por que *chorar* de novo?   Aqueles pontapés   aqueles socos   A porra daquela

Surra.

Essa palavra surge na minha

Assim de estalo.

E simplesmente sei de estalo que *surra* é: chuteschutesporradas numa *viela*.

Ora bolas!   Como Jer costuma dizer   De onde veio isso?

E, assim de estalo, sei que *viela* é: chão negro e molhado do lado de fora, com *música* vindo dos fundos do:
Tom's Dizzy Oasis.
Música   Ha!   *Tom's Dizzy Oasis*   Ha ha!
Quem levou a *surra*?   Com quem aconteceu a *surra* na *viela* ao som de *música* atrás do *Tom's Dizzy Oasis*?
Comigo, eu digo. Greg.
Não, eu digo.
89?, pergunto.
Não, eu digo.
Silêncio   O Quarto Valente faz seu ruído de praxe   *Hum claque-cloque*   Depois um som como se alguma coisa de bom tamanho acabasse de cair da mesa   Embora nada tenha caído.
Elliott Spencer, eu digo.
Hum claque-cloque   Hum claque-cloque.
Elliott Spencer Elliott Spencer, eu digo.
Jer entra   Trazendo o café da manhã.
89, meu Deus, veste suas roupas, ele diz.
Elliott Spencer, eu digo.
Jer deixa cair o café da manhã.

Entram Meg e Kennedy B.
89, você não está metido em nenhuma encrenca, diz Meg.
Espero que não.
Está com um cheiro danado de suco de laranja aqui, diz Kennedy B.
Mas quem é Elliott Spencer?, pergunta Meg.
Eu. Era. Era eu.
Era quando?, pergunta Kennedy B. Era você quando?
Antes.

Jer: Olhos se arregalam.   Bate com os *nós dos dedos* uma, duas, três vezes no tampo da mesa.

Antes quando?, pergunta Kennedy B.

Antes de eu chegar aqui. Na *caminhonete*.

Eita, diz Meg.

E você estava aqui, digo a Jer.

A expressão no rosto de Jer diz: Se eu ainda estivesse carregando o café da manhã, ia deixar cair outra vez.

Por conta da Meg, logo refazemos meu *Teste de Limpeza*.

No qual Jer me submete algumas palavras   Eu as conheço ou tenho uma leve memória:

Schenectady	NÃO
Coleman Street Bridge	NÃO
Reverendo Barry Knox	NÃO

Muito bem, diz Jer. Limpo.

Não sei, diz Meg. Me deixa encucada. O nome? A caminhonete? Fico pensando.

Precisamos de quarenta, diz Jer. Temos quarenta?

Temos trinta, diz Meg. Contando com o 58 e o 31.

Não conte com o 58 e o 31, diz Kennedy B.

O 58 não cumpre as ordens mais simples, diz Meg.

E nem queira fazer uma porra duma pergunta ao 31, diz Kennedy B.

Meg: Talvez não devêssemos ter essa conversa na frente do...

Querendo se referir a mim.

O 89 é tranquilo, diz Jer. Certo, 89?

Espero que sim.

E espero ser tranquilo por causa do Jer   Meu bom amigo Jer!   Parabéns, Jer   Que deixa para trás a família todas as manhãs, lá no *Burbury Estates*   Sandi, Ryan, o pequeno Jerry, o bebê Flint   Que todas as noites aguardam seu regresso   Como a cada manhã eu aguardo seu regresso   Jer, que nos primeiros tempos   meu cérebro tão *apagado* que tudo o que eu conseguia dizer era *blegblegbleg*   me ensinou palavra por palavra na sua voz boa, firme e impaciente no Quarto Valente   às vezes com hálito de quem comeu macarrão.

Companheiro significa *amigo*.

Quem é meu único *companheiro, amigo*, no mundo até agora?

Só Jer e mais ninguém.

Hoje é: Terceiro Trabalho   De acordo com Jer: *Nota dez*.

Nota dez = melhor que todos os outros em nossa defesa dos *pobres* e *doentes*, defendendo os *fracos* dos *opressores*.

O Local do Terceiro Trabalho é um *campo* coberto de capim   Onde, segundo Jer,   os *Indígenas* antigamente   começaram *lá*, no morro, e desceram até *aqui* soltando gritos de guerra.

Lá em cima (onde os *Indígenas* iniciaram a descida) há agora um *Chicken Fuego*.

Bem que eu gostaria de comer alguma coisa, diz o Supervisor Marty.

Mais *PutosBostasPulhasIdiotas* do que nunca   Jer nervoso   Marty nervoso   Todos os Supervisores nervosos   *Policiais* nervosos.

Ei, olha isso aqui, diz Marty. Não é uma porra duma ponta de flecha?

Curva-se para pegar.

Ha, boboca, uma pedra qualquer, diz Marty

Atira num *poste de telefone*.

Cuidado, diz Jer.

De repente, dois *PutosBostasPulhasIdiotas*   De braços dados   Passam correndo pelos *Policiais*   e chegam até onde estamos   No meio da gente.

O Vince de cabelo comprido dá um soco   Depois ele e dois Conors dão pontapés   Um Vince de cabelos curtos dá um pontapé   Pouco depois tem um monte de gente em volta dos dois que levaram socos e pontapés   Lá vêm mais três para salvar os companheiros   Mais Gregs, Vinces e Conors chegam correndo   Em breve, os que vieram salvar precisam ser salvos   Um dos que vieram é lutador de verdade   Pior pra ele   Para fazer ele parar são necessários   Tantos socos e chutes que   Dentro em pouco ele não consegue mais se levantar   Ou lutar   Ou se mexer   Nem um dedinho.

Alguns dos funcionários da *Chicken Fuego*, na hora do descanso, olham pra nós, com as mãos na cabeça, como se achassem nossa forma de lutar admirável.

Que cagada, diz Jer.

Opa, que merda, câmeras, diz Marty.

Descendo do antigo morro dos *Indígenas*:   uma fileira   de homens   e mulheres   com, acho eu, *câmeras*?   As *câmeras* deles diferentes das que aparecem em nosso livro Ilustrações Úteis Que são seguradas com uma só mão   Por uma *vovó* sorridente que aponta para o *alce* num *cânion*.

Por que são só eles aqui e nós batendo neles?, diz Jer. Por que não podemos pôr alguns dos nossos *lá* pra eles baterem em *nós*?

Boa pergunta, diz Marty.

Em todo o mundo, no país, em qualquer lugar, quem agora parecem ser as más pessoas?, pergunta Jer.

Somos nós, responde Marty.

O Vince de cabelo comprido se afasta da luta.

Jer: Vince, ei, companheiro. Topa um desafio? Um desafio divertido?

Vince senta-se, cansado   Olhando para a mão vermelha Como se usasse uma luva vermelha.

Pobre Jer   Meu *companheiro*   Acordou feliz hoje   Mas não   Terceiro Trabalho, *nota dez*   é agora   *cagada*   muito triste o *companheiro*   Faz tanto por todos nós   com tantas *preocupações em casa*   tal como: Sandi prestes a *abandoná-lo* por Terence, *novo cara fodão* no trabalho   se Jer não *passar menos tempo fora de casa ela vai embora logo, logo.*

Tomo uma posição em que os olhos de Jer possam me encontrar.

89!, diz Jer. Greg!

Jer aproxima-se, a voz fica macia.

Preciso de sua ajuda, 89, diz Jerry. Você topa? Pelo Trabalho? Por mim? Pela Meg, pela Kennedy B.?

Por você, eu digo.

Lá vou eu   Entre dois *Policiais*

Onde é que aquele velho babaca está indo?, grita alguém.

Pra lá!, eu digo.

E me vejo em meio aos *PutosBostasPulhasIdiotas*   Berrando *PutosBostasPulhasIdiotas,* berrando *Idiotas.*

Cabeças se voltam   Os olhos dizem: Por que tanta grosseria?

Então chegam os punhos   Depois que caio: pontapés   Ai! Ai!   Tudo segundo o planejado   Jer, por favor veja   veja minha *surra*   Então essa *surra* começa a me lembrar de outros tempos   outras *surras*

Tal como:

Elliott Spencer, debaixo da *ponte*   Simplesmente levaram o dinheiro dele   o dinheiro que ganhei devolvendo *um porrão de toneladas de latas vazias*   Desapareceu   Quem   levou? *Grady!*   *Grady* comprou *vinho*   Depois do *vinho, Grady* pegou uma pedra   Deu uma risadinha   Então: *Que merda, Grady   Você pegou a porra do meu*

Dormindo depois, pedrinha debaixo do quadril   Ah, como doía a cabeça   Ah, que porre, dormindo durante toda a tempestade *Todo mundo contra mim   Sempre   Toda a minha vida   Não é justo   Não por culpa minha   Amanhã é melhor pedir emprestado alguma grana à Sal se puder enganar aquela babaca burra*   Manhã e, Ah, como dói a cabeça   Acordo molhado da chuva   O lugar para cagar é perto da velha geladeira *Ah, por favor, vinho.*

Os pontapés e socos   ai   não paravam

Vindos de Skanky Trey e o amiguinho que ele come, Len De Rhett, namorado da Sylvia   De três garotões ricos e suas menininhas de saias curtas   Uma delas me dá um drinque: (Toma, bebum, ela diz com voz de bêbada. Toma um gole, bebum

Risosrisosrisos das outras saiascurtas.)

Os chutes e socos também continuam   ai   ai   sem parar Na vida real: vindos da multidão de *PutosBostasPulhasIdiotas* que me cercam cantando.

Ai ai ai.

Por entre meus dedos ensanguentados entrevejo Jer   Empurrando o sujeito com a *câmera* para mais perto, porque assim a *câmera* vai ver e mostrar   O que precisa ser visto e   creio eu exibido?

E aí aumenta tanto a *surra* na vida real que abaixo a cabeça, fecho os olhos e tampo com as mãos os ouvidos para não escutar ai   toda a pancadaria.

Você é o cara, diz Jer.
Espero que sim.
Então abro o olho que ainda consigo abrir.

Não estou no Quarto Valente   De jeito nenhum   Gato pula em cima de uma pilha elegante de livros.

Como você parece estar notando, 89, diz Meg, este não é o Quarto Valente.

Aquele gato?, pergunta Kennedy B. Seu gato.

Aqueles retratos, na estante de livros?, diz Meg. Você, quando era moço.

Querendo ser você quando moço, diz Kennedy B.

Este lugar foi alugado, nós alugamos, diz Jer.

E criamos aqueles quadros usando o RecFace, diz Meg.

Adoro esse aqui, diz Kennedy B. Você parece tão feliz caçando.

Com seu filho, diz Meg.

Greg Jr., diz Jer.

É como um jogo, diz Meg. Estamos brincando disso, o tempo todo, toda a sua vida, essa era a sua casa. Casa do Greg. Bacana, não é?

89, estudamos *beberrão*?, pergunta Jer.

Jer mostra o que representa *beberrão* no livro Ilustrações Úteis: um sujeito com a *cartola* amassada, as letras X representando os olhos e as bochechas vermelhas, caído debaixo de um lampião, homem elegante que usa uma *cartola* não amassada passando por cima dele com o nariz tapado.

Então vou falar o seguinte, diz Jer. Esse era você. A maior parte de sua vida. Passou um tempão de porre na margem do rio. Não teve filhos, não teve mulher, não trabalhou durante quinze anos. Entrando e saindo da cadeia. Um tremendo *beberrão*. Um *cachaceiro* repugnante.

Quem quer ser esse sujeito?, pergunta Meg. Você sabe? Por mim, já vai tarde.

Muito tarde, diz Kennedy B.

Mas que vitória, não é mesmo, quando se pensa na coisa?,

diz Jer. O velho e inútil *beberrão*, que em toda a vida fez um monte de coisas lamentáveis, foi um peso para todos? E que agora, no fim da partida, tem a chance de começar algumas coisas bem maravilhosas?

E até em termos nacionais?, diz Kennedy B.

Você tem ideia de quantas pessoas em todo o país viram você levar aquela coça outro dia?, pergunta Meg.

Dois milhões, diz Kennedy B. Até o meio-dia.

Dois milhões de cidadãos que veem com novos olhos nossa causa, diz Meg. Que bênção. Para o movimento.

Para o qual trabalhamos, diz Kennedy B.

Pelo qual fomos contratados, diz Jer.

No qual acreditamos muito, diz Meg.

Sem dúvida, diz Kennedy B.

Vamos partir para o Quarto Trabalho, diz Meg.

Meu olho ficou arregalado.

Ah, não, coitadinho, diz Kennedy B. Sem mais nenhuma briga. Chega pra você.

O Quarto Trabalho vai ser você deitado aqui mesmo, diz Meg. Como está.

Se possível sentado, diz Kennedy B.

Conversando com uma senhora simpática que está curiosa sobre você e sua vida, diz Meg.

Sua vida como Greg, diz Jer.

Você é Greg, vai continuar a ser Greg, um sujeito idoso e simpático que, aposentado como professor de matemática numa universidade local, ficou triste vendo seu país seguir caminhos errados e que no fim da vida, como uma espécie de passatempo ou uma tentativa de retribuir tudo o que esta maravilhosa nação te deu, se tornou ativo na política e, em consequência, se sentiu, e ainda se sente, compelido a participar desses protestos para que seus sentimentos sejam conhecidos, diz Kennedy B.

Acho que devemos dar uma simplificada nisso, diz Jer.

E, se eu tocar em meu chapéu, finja que está passando mal, diz Meg. Peça desculpa, se levante e vá para o banheiro.

Será que ele ao menos sabe onde fica o banheiro?, pergunta Kennedy B.

Vou estar com um chapéu, diz Meg. Na hora certa.

Além disso, será que ele consegue andar?, pergunta Kennedy B.

A jornalista da KTOD vai chegar daqui a dez minutos, diz Jer.

Logo depois terminamos a Preparação   Tenho até um *roupão*.

Batida na porta.

Ele está muito cansado, diz Meg à senhora que traz uma *câmera*.

Acho que vamos precisar que isso seja o mais breve possível, diz Jer.

Ele levou uma surra horrorosa, diz Meg.

Como a senhora viu, diz Kennedy B.

Como todos nós vimos, diz Jer.

Como o mundo todo viu, diz Meg. Um sujeito idoso e simpático tenta simplesmente manifestar suas opiniões e tem seu direito de livre expressão negado?

Onde é que chegamos!, diz Kennedy B.

Simplesmente errado, diz Meg.

Senhora: E vocês, quem são?

Sobrinha, diz Meg.

Sobrinha também, diz Kennedy B.

Sobrinho, diz Jer.

Luzes em meu rosto.

Pisco mais de uma vez.

A senhora me lança um olhar carinhoso   E sua voz se torna doce e amável.

Me diga, Greg, por quê, nessa idade, você sentiu o impulso de participar das manifestações? Podia estar sentado aqui, com todo o conforto, nessa casa adorável, gozando de sua aposentadoria ou trabalhando no jardim, se gosta de jardinagem como muita gente idosa parece gostar. Não que eu deseje categorizar as pessoas idosas, mas por que não jogar cartas ou ver televisão?

Me preocupo com este país.

(Tal como Preparado.)

Jer, Meg e Kennedy B. olham para mim como quem diz: Sim, sim, muito bem falado por nosso tio.

Apesar de velho, acredito que eu deva ser capaz de manifestar minhas opiniões, eu digo.

Verdade, diz Kennedy B.

Ele é tão modesto, diz Meg.

Lembra daquela vez que pagou anonimamente minha universidade?, pergunta Kennedy B.

E aquela vez que doou o Buick para a administração do Parque?, diz Meg. Anonimamente?

Num tom mais sério, com vistas a de algum modo mudar de marcha, a senhora diz o seguinte. Correm rumores de que há um grupo secreto de pessoas que foram, se assim podemos dizer, objeto de uma lavagem cerebral e se comportam como uma espécie de zumbis ao participar das manifestações. Indivíduos cuja mente foi apagada e depois reprogramada — robôs humanos, se podemos assim dizer —, sujeitos que chegam de ônibus em grande número para fins de propaganda.

Silêncio.

Não entendi o que a senhora acabou de falar, explique por favor, eu digo.

Ele fica confuso com muita facilidade, diz Meg. Atualmente. Na idade que tem.

Quando era mais moço?, diz Jer. Nunca confuso. Cabeça afiada.

Um tio realmente afiado, diz Kennedy B.

Esse nosso tio, diz Meg.

E aquela surra desgraçada não deve ter ajudado em nada, diz Kennedy B.

Você, Greg, tanto quanto possa se recordar, recebeu algum treinamento ou programação desse tipo?, a senhora pergunta. Pode me dizer, por exemplo, o lugar onde nasceu?

Meg toca no chapéu.

Recordações especiais do curso ginasial?, pergunta a senhora. Um show que gostou de ver quando era criança? Quem é você, Greg? Em que acredita realmente?

Liberdade, respondo. Para os *pobres* e *doentes*. E defender os *fracos* dos *opressores*.

Ha, ha, diz a senhora. Essa é boa. Defender os fracos? Allentown, Pensilvânia, Greg: alguma lembrança? Certos acontecimentos brutais que ocorreram lá a alguns organizadores de sindicatos num pequeno shopping center? Galena, Illinois, o que se passou lá, tragicamente, em julho do ano passado a um grupo de professores de ensino médio desarmados?

Meg toca no chapéu, limpa a garganta.

Qual é seu sobrenome, Greg?, a senhora pergunta. Será que você ao menos sabe qual é? Em que ano, mais ou menos, o ser humano aterrissou pela primeira vez na Lua? Qual o nome do time de futebol americano de Cleveland? Como é que esta casa só foi alugada há três dias? Por quê, quando vocês cantam, usam sempre as mesmas quatro palavras?

Meg limpa a garganta, abre bem os olhos, toca no chapéu.
Puto, bosta, pulha, idiota, diz a senhora.
Levanto num salto, peço desculpa e vou para o banheiro.
Você diz que é jornalista?, Kennedy B. pergunta.
Você diz que é um ser humano?, a senhora pergunta.
Espero no banheiro até que as mulheres e a *câmera* vão embora.

Gato na *banheira*   Enroscado feliz   Por que, ah, por que não posso ser mais como ele?   Em nada confuso   Só enroscado   Minha banheira fazendo o ronronar soar mais alto.
Jer entra   fecha a porta   encosta nela.
Está bem, esse troço saiu errado, diz Jer. Essa senhora? Janet Ardmore, Equipe de Notícias Dois da KTOD? Nojenta. Encrenqueira das boas. Preconceituosa. Visão estranha do mundo. Além de um pouco mentirosa.
Engraçado como gente má fala qualquer coisa, sabe? Mas, admito, estamos numa sinuca de bico. E, sem querer ofender, você foi mal na entrevista, companheiro.
Não compreendi o que você acabou de falar, explique por favor, eu digo.
A porta se abre com violência   Meg e Kennedy B. entram se apertando   Jer passa para dentro da banheira com um ar de *nojo*.
O gato escapa às pressas.
Jer, a KZIP está telefonando sem parar, diz Meg. A KDUC está estacionada na porra da rua. Naquela caminhonete amarela. Com as antenas.
Não compreendi o que você acabou de falar, explique por favor, eu digo.
Sabe de uma coisa, 89?, diz Meg. Pare de dizer isso, está me deixando louca com essa pergunta.

A Meg está estressada, diz Jer.

Estamos todos estressados, diz Kennedy B.

Ao contrário do que se acredita por aí, não sou uma sacana feita de pedra, diz Meg.

Nunca disse que você era uma sacana feita de pedra, diz Kennedy B. Disse que você às vezes se comportava como a funcionária ideal da empresa.

Glimm está vindo pra cá, diz Meg. Com o portátil. Certo? Vamos tratar de fazer uma Limpeza Total. Segundo o Programa de Qualidade Assegurada. Coisa que devíamos ter feito há muito tempo. Cérebro comprometido. Vamos dizer. Para quem quiser ouvir. Por causa da surra. Entendem? Todos ganham. Depois disso, o 89 fica controlado e vazio. Incapaz de falar. Nem uma palavra. Quem causou isso? Eles. Eles causaram. Surraram tanto o coitado do velho bonzinho que apagaram ele de vez. E dizem que são gente de moral? Agindo assim?

Que vergonha, diz Jer. Perde-se totalmente um ano.

Ele precisa consentir, diz Kennedy B. baixinho, entregando a Meg uma *folha de papel*.

Você está triste, companheiro, está assustado, sabe o que está prestes a acontecer?, pergunta Jer.

Não sei qual é a hora certa para sentimentos delicados, diz Meg. Mas não é agora.

Vem por aí um monte de merda, diz Kennedy B.

E, de estalo   ao ouvir a palavra *monte*   sei que é o *montinho* na margem do *ribeirão*   onde construíamos   uma *rampa de neve*   Se errasse no pulo?   O garoto e o *trenó* caíam no *ribeirão*   O garoto tinha de correr para casa, as calças transformadas em *gelo*, puxando o *trenó*   As calças juntando mais gelo a cada passo   em pleno inverno   na cidadezinha calma e azulada   a caminho do lar doce

Mamãe, creio eu.

Então a vejo com absoluta clareza: *Farinha de trigo* nos cabelos   Exclamando Oh ao ver as *calças congeladas*   Que tenho de deixar perto da porta   num *saco enorme*, lá aberto   Aqui está *Vixen*   Nosso *cachorro*!   Farejando minha *calça congelada* que não estou usando mais   e ficou ali no *saco enorme*   Com o formato de um menino dançando, uma perna dobrada.

Jer curva-se sobre a pia   Transforma suas costas em escrivaninha   Meg põe a folha sobre as costas-escrivaninha de Jer   me entrega a caneta.

Então, 89, isto é simplesmente sua CF-201B, diz Meg. Anexo à sua CF-201A. Que você já assinou. Feliz. Satisfeito. Anteriormente.

Quando se juntou a nós, diz Kennedy B.

Entrou para nossa equipe, diz Meg.

Não dói, 89, diz Kennedy B. Lembra-se? É só uma questão de ímãs e coisas assim, não é?

Como ele poderia se lembrar, sua tonta?, diz Meg.

Ele na verdade parece se lembrar de uma porção de coisas, diz Kennedy B.

Alguma vez menti pra você, 89?, pergunta Jer. Ou enganei você? Ou escondi alguma informação, distorci alguma informação? É para seu próprio bem. Para fazer sua vida melhor.

Jer, por que você está puxando esse papo agora?, diz Meg.

Às vezes, para fazer o bem, é preciso pôr de lado ou esquecer a bondade para tomar algumas providências.

Salve, salve, diz Meg. Falou bem.

Faça aí seu X, 89, diz Jer.

Talvez agora a gente possa sair finalmente desse banheirinho idiota, diz Kennedy B.

Adoro essa ideia, diz Meg.

Carol, eu digo.

O que é isso, 89?, pergunta Jer.

Carol Spencer, eu digo. Carol K. Spencer.

Ah, merda, diz Meg. Perfeito.

Carol K. Spencer, Becker Street, número 1534, Schenectady, Nova York. CEP 12304, eu digo.

E então apoio a caneta na pia   Delicadamente.

Seguindo as instruções de Meg   Jer me leva para o *quintal* Para *uma conversinha franca urgente imediatamente.*

Isso, agora mesmo, 89?, diz Jer. *Penumbra.* Aquilo lá? *Álamo.* Mais além? *Depósito do jardim. Portão. Girassóis.* Isso que sopra? *Brisa.* Verifique só. Lá em cima. Você ao menos sabia o que era isso?

Sol e *Lua* no céu ao mesmo tempo.

Você parece agitado, companheiro, diz Jer. Pouco comunicativo. Longe de sua personalidade normal, sempre animado.

Pisco.

Gostaria de visitar, eu digo.

Visitar o quê?, pergunta Jer.

Mamãe.

Ha, uau, interessante, diz Jer. Barganhando. Grandes progressos. É essa sua exigência, 89? Como um pré-requisito para assinar? Levamos você pra ver sua mãe e depois assina?

Sim?

Vou deixar tudo às claras com você, 89, diz Jer. Estudamos *deixar as coisas às claras com alguém?* Figura de linguagem?

Dizer a verdade, respondo.

Lembra quando tínhamos todas aquelas mariposas no Quarto Valente?, pergunta Jer. E usamos spray? E elas estavam caídas em cima de tudo? Sem se mover? E varremos todas elas, pusemos num saco, tudo aquilo? Aquelas mariposas? Estavam *mortas*. Tinham *morrido*. Perfeitamente normal. Lembra da

Gladys? Que costumava limpar o Quarto Valente? Lembra quando a Gladys parou de vir? Uma pessoa chega a certa idade.

Não é mais um frangote, eu digo.

Exatamente, diz Jer. Acontece com todo mundo. Até com você. Até comigo. Até com nossa mãe. Quer dizer, pense bem, 89, quantos anos você tem? Setenta e cinco, oitenta? Sua mãe, é claro, seria mais velha.

Voando baixo sobre o quintal surge um V de aves.

Gansos, diz Jer. Esse som? *Grasnado*.

Os *grasnados* se tornam mais graves à medida que os *gansos* se distanciam.   Um *ganso* se atrasa.   Voa de modo engraçado, mais rápido,   até voltar a fazer parte do seu V.

Minha mãe é *morte*?, pergunto.

Ha, ha, não, sua mãe não é *morte*, 89, diz Jer. Ela está *morta*. *Morreu*. É como se deve dizer isso. Sinto muito. Sinto por sua perda. Deve ser doloroso. Esquecer que sua mãe existiu e então saber que ela morreu. Mas, triste reconhecer, esse é o tipo de coisa dolorosa que acontece quando uma pessoa recebe uma Limpeza de baixa qualidade.

Seja franco comigo, eu digo.

Acabo de ser, diz Jer.

Outra vez, eu digo.

Estamos apertadíssimos em matéria de tempo, 89, diz Jer.

Como eu cheguei aqui?

A porta dos fundos se abre   *Feixe de luz* escapa   Chega até os sapatos de Jer   Que se iluminam.

Glimm chegou, diz Kennedy B., inclinando-se para fora da porta. Precisa de ajuda. Com o portátil. Minhas costas estão péssimas e as de Meg também. Por isso...

Kennedy B. entra e fecha a porta.

O *feixe de luz* vai também.

Quintal às escuras.

Vamos falar outra vez, ou ainda, de *morte*, 89?, diz Jer. Veja como você está andando esquisito e devagar. Como está sem fôlego. Você está cem por cento bem, se sente totalmente jovem? Nós, como empresa, pagamos por um check-up médico de rotina. Caridosamente. Para todos vocês que viviam debaixo daquela ponte. Para um monte de gente que vivia debaixo de muitas pontes em vários estados. Seus resultados? Nada muito bom. Por isso, você se disse, inteligentemente: Será que eu quero ficar doente e morrer debaixo dessa ponte nos próximos dez a dezoito meses, na companhia dos mesmos sacanas que me agridem e me tratam como se eu fosse um merda a maior parte da minha vida como adulto, ou vou viver a salvo no Oeste, com refeições fartas, médicos de graça e uma equipe de jovens colegas que cuidarão de mim e, quem sabe, ainda trazer algum propósito à minha vida?

Eu pisco.

Eis o que consta do Programa de Qualidade Assegurada, diz Jer. *Caso a Operação de Limpeza não seja totalmente eficaz, e o Associado se recusar a fazer a nova operação recomendada, o referido Associado deve ser imediatamente removido do Programa e reposto em seu Local de Origem* — o que, para você, meu irmão, significa que vamos mandá-lo para o Leste e plantá-lo debaixo daquela velha ponte, em meio às brigas, à fumaça, à sujeira e com seus companheiros antigos e maldosos. O que não é algo que eu desejaria fazer com alguém que passei a respeitar e, para ser franco, por quem até me afeiçoei.

Eu pisco.

Desculpe ser tão duro, 89, diz Jer. Mas é para isso que servem os amigos.

A noite é agora uma vasta noite no céu: baixa, azul, negra   as estrelas um borrão.

O Sol se foi   A Lua vencendo.

A Lua venceu.

* * *

De dentro da casa alguém   talvez Glimm   *tosse*.

Gato na janela olha para fora   cauda balançando   cabeça de lado   como se dissesse: *Por que você não me quer como seu gato, 89?*

Pensamento triste   triste:

Se fizer Operação de Limpeza   aquele menino deslizando no trenó   aqueles dias azuis e brancos   aquela *Mãe* com farinha de trigo nos cabelos?

Se vão.

E jamais existirá alguém que possa se lembrar deles.

Ninguém capaz de lembrar de *mamãe*   me enrolando em meu *roupão azul*.

Meu querido homenzinho   ela diz   Imagine as coisas maravilhosas que você conquistará um dia   nesse mundo magnífico   Como vai deixar orgulhosa sua mãe.

Ah, *mamãe*   Ah, desculpe, *mamãe*   não conquistei nada de bonito nesse magnífico

A porta dos fundos se abre.

O *feixe de luz* escapa.

Meg contorna Kennedy B.   desce da *varanda*   atravessa o *quintal* andando sem jeito com *sapatos de salto alto* na *grama* molhada   me dá um beijo no *rosto*   põe uma flor em meu bolso.

Rosa, Kennedy B. diz da *varanda*. Quer dizer que ama você.

Bem, na verdade amo mais ou menos, diz Meg.

Vamos, 89, meu querido, entre, diz Kennedy B. Daqui a pouquinho acorda de cabeça fresca, um novo começo.

Sem olhar mais para trás, 89, diz Jer. Só para a frente. Daqui por diante.

Conosco, diz Kennedy B. Seus amigos.

Até o fim, diz Jer.

Isso não soa bem, 89?, pergunta Meg.
Sim, respondo.

Mas podemos dar alguns segundos?, pergunto.
Se podemos dar a *você* alguns segundos?, pergunta Jer.
Podem me dar alguns segundos?, pergunto.
Não sei por que estamos tão exigentes em matéria de sintaxe a essa altura da partida, diz Meg.
Tá certo, ele deseja mais algum tempo, diz Kennedy B.
Eles atravessam o quintal   a porta é aberta   o *feixe de luz* desaparece.
O *feixe de luz* corre para dentro.
Estou sozinho no quintal.
Borrão de estrelas maior, mais baixo até agora   Os *álamos* balançam   O *depósito* faz sons de *sapo*   a cada sopro da *brisa*.
Preciso pensar   usar meus poucos segundos para
Não sou   não sou agora   não sou mais   exatamente Elliott Spencer.
Quem sou   hoje   nunca foi *beberrão*   nunca tomou *vinho* não quer   porque nunca bebeu.
Quem sou hoje   tem palavras   novas e antigas recordações gosto dele   de quem eu sou   gosto muito dele   não quero perdê-lo ou suas lembranças de mamãe   ou lembranças do *Vixen*   de minha velha escola   St. Damians   corda da bandeira soprada pela *brisa* batendo no *mastro*   Vincent traz *cocaína* pra mim numa *luva sem dedos* e para ele   na outra *luva sem dedos* verde
Porque somos *irmãos de sangue*.
Longe de casa   Mamãe *morta*.
Não tenho nenhum *amigo* ou *companheiro* em todo o mundo.

* * *

A *brisa* agora mais   As *folhas* dos *álamos* sacodem loucamente   O *trinco* do portão solta um *estalido* a cada novo sopro da *brisa*.

E, de repente, eu sei: faltava uma *dobradiça* no *portão* da mamãe   precisa ter cuidado   quando abre o portão da mamãe usar as duas mãos   Muito divertido o quintal da mamãe   Tantas plantas silvestres

Mamãe   segurando a *cesta de piquenique*   corre até onde estou   me bate com a *cesta*   fico rindo sem parar e

Ruth está lá   Ha, ha, *Ruth*! Eu me lembro de você!   Ah, linda   *Ruth* caída debaixo da árvore   acabei de   estou no maior *porre*   acabei de derrubar *Ruth*   *Ruth*, no chão, segurando o *ursinho de pelúcia* que dei pra ela   Você me deixa triste, Elliott, não me casaria com você nem se fosse o último

Mamãe: El, meu Deus. Você não para de beber, e faz cada coisa maluca

Arranco o *urso*   das mãos de *Ruth*   jogo o *urso* na *chapa quente*.

Urso pegando fogo   *aliança* que comprei para a Ruth ainda presa com fita adesiva à *pata*.

Olhe só pra você, idiota!, diz *mamãe*. É isso quem você é? Me dê essas merdas de chaves.

Saio portão afora   para meu *Electra*   *Electra* novinho em *folha*.

Mamãe deixa tombar a cabeça, tão triste   Ajuda *Ruth* a levantar-se.

Eu pisco.

Meio enojado, lembrando   daquilo.

Esse homem sou eu agora?   Será que o homem que sou agora jogaria *Ruth* no chão, atiraria o *urso* na *grelha*, entraria no *Electra*, iria até o *Tom's Dizzy Oasis* para ficar ainda mais *bêbado*?

Não.

Se eu pudesse   voltar ao quintal?   Tiraria o urso do fogo   Removeria a aliança do urso   Daria a aliança para Ruth, dizendo: Desculpe, Ruth, vamos nos amar   para sempre.

Mas Ruth se casou com *Philip*, mudou para muito longe   Lembro   Agora me lembro.

Se Ruth não tivesse ido embora   Mamãe não *morte*   Eu diria: Ruth, mamãe, o eu que era antes não é o único eu que posso ser   Há um eu sob aquele eu que deseja ainda fazer coisas bonitas no magnífico

Olhe, Ruth: Olhe, mamãe: esse novo eu   no tempo que lhe resta.

Vou tentar.

Vou passar   por aquele *portão*   usando as duas mãos   Saio do *quintal*   para (ha ha, agora me recordo): o *terreno*   *terreno baldio*   Nunca estive tão só apenas comigo   do lado de fora! joelhos doem   não mais frangote.

Quando   vou *morte*?   Será que posso *morte* sozinho?   Ao que tudo indica, sim   Um pouco assustado com isso.   Devo admitir

Mas não estou *morte* ainda

Ainda não *morte*.

Ainda não.

E ainda não.

Diante de mim o mundo se abre novo a cada passo e a cada farfalhar das folhas de álamo acima   e agradeço   Pois enquanto o mundo for reluzente e novo   não há *morte*   e que coisas bonitas ainda poderei fazer?

Eis um *cacto*   Palavra que conheço dos velhos *desenhos animados* que assisti com *mamãe*   Essas árvores do *Oeste* (eu sei de repente) não são minhas velhas árvores do *Leste*   que eu conhecia   de cor: *sicômoro, corniso, faia*   Não sei ainda os nomes das árvores do *Oeste*   Mas vou aprender logo   estou aprendendo   o tempo todo.

Sei: *noite, estrela, Lua*
Sei: *andar,* sei *esconder*
Sei: *trilha* e   sorrindo um pouco   enveredo por ela.

Minha casa

Quem venderia uma joia daquelas? Bem, Mel Hays. Esse era o nome dele. Segundo Jordan, da Agência Imobiliária Hillside. Ele estava doido para vender. Mulher doente. Acabara de aposentar, não tinha condições de manter a propriedade. Cara esquisito, disse Jordan, exigia um encontro pessoal com qualquer pessoa interessada em fazer uma oferta.

Meu Deus, nos demos bem de saída. Hays era grandalhão, desgrenhado, amistoso, engraçado: o irmão que nunca tive. Havia trabalhado para a cidade. Tinha uma queda por assuntos históricos. Eu também, comentei, e compartilhamos nossos interesses comuns. O que eu amava no lugar eram exatamente as coisas que ele amava: o celeiro (construído em 1789); os seis palanques inclinados para amarrar cavalos, cada qual encimado por uma cara de serpente distinta; o carvalho onde um homem havia sido enforcado erroneamente por traição; o carvalho menor plantado no local onde seu corpo ficou enterrado por quinze anos antes que a família exumasse seus restos mortais.

Fantasmas?, perguntei.

Ele riu, tocando no meu braço como quem diz: Há mais a falar sobre esse assunto, meu amigo.

A porta do quarto onde ficava sua mulher doente permanecia fechada. Mas o resto da casa, bom Deus! Estantes de livros por toda a parte, estranhos aposentos menores cheios de artefatos encaixotados: um remo do Taiti, o braço de um violino tocado em Antietam, o casaco de uma criança do tempo de Washington, com manchas de lama daquela época.

Impressionante, eu disse.

Tivemos sorte, ele comentou.

O interior mostrava os sinais de abandono decorrentes da enfermidade da esposa e da escassez de recursos financeiros, motivo pelo qual decidi, em nome daquela surpreendente relação calorosa entre nós, aceitar o preço que me pediu.

Só porque.

Porque eu tinha a quantia necessária.

Ao voltarmos à ampla varanda que eu tanto havia admirado da rua, já tínhamos nos tornado amigos e a casa era minha, pelo jeito. Uma família de raposas se sentava ali no caramanchão, ele disse. E: aqueles cornisos davam florezinhas brancas aos montes no começo de abril. E: no inverno você vai precisar cuidar das paredes do porão que têm rachaduras.

A casa dava a impressão de ser uma mansão rural, situada no topo de uma colina de onde se via toda a antiquada cidadezinha.

Pensei em meus amigos atravessando atônitos o amplo vestíbulo e dobrando o pescoço para seguir a ascensão daquela escadaria misteriosa, para depois levá-los, no andar de cima, até o aposento onde, em tal ano, certa mulher enfrentou um difícil trabalho de parto. Eu faria pesquisas sobre a casa e compilaria meus achados num livro com capa de couro, a ser posto no nicho pentagonal do corredor estreito que conduzia aos antigos alojamentos dos serviçais. Toda a minha vida acreditei que um dia eu moraria num lugar como aquele, e sofria pela distância entre tais lugares como existiam em minha imaginação e os lugares em que de fato morei (antes de Kay, com Kay, depois que Kay partiu): tetos baixos, feias frestas para o aquecimento, portas ocas de pinho. Viver ali constituiria, imaginei, uma espécie de exorcismo de todas as limitações que tinha sofrido até então. Ali se sentia — qualidade artesanal, sem dúvida, mas também, meu Deus — o passado, o passado vivo. As festas dadas, as comidas servidas, a poeira de 1862, as despedidas de quem partia para a guerra em 1917, os dramas sussurrados altas horas da noite e que tinham transformado para sempre a vida de pessoas que um dia caminharam por aqueles corredores e agora estavam enterradas no cemitério da cidadezinha que eu visitara na vinda, passando a mão pelas lápides cobertas de musgo, lendo nomes em voz alta, refletindo: Pobres coitados, vocês não andam mais sob o sol.

Hays nos fez parar num pomar. Antes maçãs e peras pendiam em grande quantidade das árvores e formavam um tapete no chão, ele disse. Agora, não. Havia uma espécie qualquer de doença. Ele andava preocupado.

E gesticulou na direção da janela do quarto da mulher enferma.

Vou contratar um jardineiro, pensei, recuperar a saúde daquelas árvores. A impressão era de que ele tinha lido minha mente, e sua expressão dizia: Você aparecendo aqui agora para tomar conta desse lugar querido, e tendo os recursos para fazer isso, prova que existe mesmo isso que chamam de boa sorte.

Nosso aperto de mão pareceu significar: Vamos queimar a etapa das burocracias e fechar logo esse negócio.

Me dá vontade de morrer, ele disse. Pensar que vou perder este lugar para sempre.

Entendo perfeitamente, eu disse.

E era verdade. Minha mente deu um salto para a frente, para aquele futuro triste quando algum dia eu também o perderia para sempre.

É o céu, ele disse. Foi o céu para nós dois.

Acredito, eu disse.

Talvez..., ele disse — e seu rosto foi tomado por uma expressão de dúvida que me fez querer oferecer qualquer coisa de que ele precisasse.

Era estranho, muito estranho gostar tanto de alguém num primeiro encontro.

Prossiga, eu disse.

Talvez eu pudesse vir de vez em quando, ele disse.

E eu pensei: Sim, é claro, seria bom vê-lo uma vez ou outra.

Mas então ele continuou.

Passar um ou dois dias, ele disse. Quem sabe ficar no quarto de hóspedes.

Eu não disse não. Não fiz isso. Mas a expressão em meu rosto deve ter significado alguma coisa. O mesmo não aconteceria com você? Visitar... bem, talvez. Mas passar "um ou dois dias"? "No quarto de hóspedes"? Será que ele se referia a meu quarto de hóspedes ou ao deles? O quarto que tinham reservado para essa função ou aquele que eu em breve...

De certa forma, era demasiado.

Pensei então: Ele não vai me cobrar essa promessa depois que sair da casa, está só falando para se sentir reconfortado.

Recuperando minhas boas maneiras, disse que sim, sem dúvida, ele seria bem-vindo, eles seriam sempre bem-vindos, a qualquer momento.

Mas agora havia uma expressão em seu rosto.

A qualquer momento, repeti. De verdade.

Ele deu uma batidinha nas minhas costas, disse que veríamos como as coisas seguiriam, fez um gesto vago e desesperado na direção do meu carro, como se dissesse: Lá está ele, você sabe onde está, pode ir embora.

Pensei: Que chato. Mas, afinal, onde está escrito que precisávamos ser amigos?

Fiquei sentado por algum tempo no carro, contemplando a casa, adorando-a como não havia adorado nenhum outro lugar em toda a minha vida

Telefonei para a Jordan, instruí a fazer a oferta pelo preço total mais dez por cento. Na manhã seguinte, ela chamou de volta, perplexa. Aparentemente ele havia mudado de ideia. Sobre a venda. Coisa muito estranha, ela disse. Ele não tinha condições de manter a casa. O corretor dele disse o mesmo, e ambos estavam tentando entender que diabo havia acontecido para a coisa desandar. Hays recebia uma mísera pensão, a mulher estava morrendo. Havia despesas médicas, a casa já estava à venda fazia dois anos e a minha oferta tinha sido a primeira.

Você disse alguma coisa?, ela perguntou. Fez alguma coisa?

Ele disse que às vezes gostaria de vir e ficar algum tempo. Passar a noite. E eu simplesmente, você sabe, hesitei.

Estranho, ela disse. Quer dizer, você estava perfeitamente no seu direito.

Acho que sim. Não disse não, apenas…

E deu no que deu?, ela perguntou. Uau.

Voltamos, oferecemos mais, depois ainda mais, até que finalmente eu pagaria um terço a mais que o preço que ele pedira de início.

Mas a resposta ainda foi não.

A mulher morreu em janeiro. Mandei um cartão de pêsames com o oferecimento de encontrá-lo para tomarmos um café — não recebi resposta. Vez por outra eu passava de carro diante da casa para me torturar. Naquela primavera, o teto da biblioteca que ficava num dos lados desabou depois que uma árvore caiu sobre ele. A árvore passou a fazer parte da casa. Após uma forte tempestade de verão, a extremidade sul da varanda da frente, de que eu gostava tanto, afundou uns vinte e tantos centímetros: três de suas colunas se entortaram e quebraram. Mais tarde, uma delas cedeu e as duas metades ficaram jogadas no chão. A beirada do telhado também cedeu, permitindo a visão da calha enferrujada e cheia de folhas. Em outubro, o magnífico gramado da frente estava tão alto que perus selvagens iam se alimentar lá. Grandes e feios, eles podiam ser vistos andando arrogantemente de um lado para o outro como dinossauros.

Certas noites brilhava uma única luz de uma janela no andar de cima.

Por fim, escrevi uma carta para ele. Não haveria uma maneira de resolver aquilo? Não era de nosso interesse mútuo conversar sobre o assunto, chegar a um acordo? Não recebendo resposta, escrevi outra. Somos ambos boas pessoas, escrevi, trata-se de uma situação em que ambos ganham, não podemos esquecer o que se passou? Sinto muitíssimo, eu disse, por não haver reagido de forma mais generosa no momento. Simplesmente fui apanhado de surpresa. Por poucos instantes. Afinal, não recusei: apenas hesitei. Terá sido esse um pecado imperdoável? Não era possível perdoar o erro de um instante?

Nada.

Uma terceira carta. Será que ele não se envergonhava de ser tão teimoso? Será que aquilo que nós dois estávamos encenando — dois homens velhos — não era exatamente o que fez mal ao mundo desde tempos imemoriais? Será que ele achava mesmo correto associar a venda de uma propriedade à contingência de se instalar como uma espécie de convidado permanente em potencial? Em que tipo de mundo ilusório ele vivia?

Nenhuma resposta.

Uma quarta. Você vai morrer e vou ficar com a casa, creia

em mim. Por que não vender agora? Use o dinheiro para viver uma vida melhor que essa vida atormentada que parece estar vivendo, aí sentado, sozinho e amargo, deixando que esse lindo lugar, um lugar que você amou, um lugar que vocês dois amaram, vire uma ruína. Isso é vergonhoso, espero que esteja desfrutando de sua arrogância, seu filho da mãe teimoso e malvado.

Essa última, para mérito meu, nunca enviei. Amassei e queimei no fogão.

Eu tinha adoecido. Atualmente estou doente. Meu tempo é curto. Queimei a carta a fim de preparar-me para enfrentar o que vem pela frente com o coração mais puro que puder.

Preciso escrever outra. É óbvio. Sei disso. Nem que seja somente para meu próprio bem.

De fato sinto muito, ela vai começar. Sinto por minha parte nisso tudo. Afinal de contas, o que você realmente me negou? Mais ou menos um belo ano num lugar adorável. Eu teria sido feliz. Mas o que significa um ano no grande esquema das coisas? Nada. O que são dez anos, cem, mil? Estou de partida, amigo, quase já fui. Eu o considero orgulhoso e errado, mas não tenho o menor desejo agora de curá-lo. Seu erro foi uma ideia que eu tive. Estou quase acabado. Minha ideia do seu erro irá comigo. Estar correto é uma ideia que você está tendo. Ela irá com você. A despeito de tudo, espero que você viva para sempre e, se a casa ruir com você dentro, como parece estar acontecendo, espero que até isso lhe traga alegrias. Ela sempre esteve ruindo à sua volta, tudo está sempre ruindo à nossa volta. Apenas estamos vivos demais para reparar. Sinto a verdade disso agora em meu corpo. Estou tentando não ficar apavorado. Porém às vezes fico durante a noite. Se você é chegado a uma oração, reze por mim, amigo. Amigo que poderia ter sido. Amigo que deveria ter sido.

Essa carta existe em minha mente. Mas estou cansado demais para escrevê-la. Bem. Isso não é verdade. Não estou cansado demais.

Simplesmente não estou pronto.

O impulso de orgulho, vida e vontade própria ainda é muito forte em mim.

No entanto, vou chegar lá. Vou mesmo. E ainda a escreverei.

Só não posso esperar demais.

ESTA OBRA FOI COMPOSTA PELO ESTÚDIO O.L.M./ FLAVIO PERALTA EM ELECTRA
E IMPRESSA EM OFSETE PELA LIS GRÁFICA SOBRE PAPEL PÓLEN NATURAL
DA SUZANO S.A. PARA A EDITORA SCHWARCZ EM AGOSTO DE 2023

A marca FSC® é a garantia de que a madeira utilizada na fabricação do papel deste livro provém de florestas que foram gerenciadas de maneira ambientalmente correta, socialmente justa e economicamente viável, além de outras fontes de origem controlada.